[日] 西尾维新 著
戴枫 译

サイコロジカル(下)
鬼かれ者の小唄

绝妙逻辑
临刑诳语之石丸小唄(下)

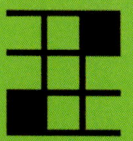

Illustration
take

Author
NISIOISIN
Illustration take   Cover Design 稚梦

サイコロジカル（下）
曳かれ者の小唄
西尾維新 NISIOISIN

临刑谜语之石丸小呗

[日] 西尾维新 著
[日] take 绘　戴枫 译

中国广播影视出版社

千本樱文库

前 言
PREFACE

　　文库，原本是指收纳书物的仓库和书库，也指收纳书与记事簿，以及不常用物品的小箱子。以前者为例，京浜急行线的"金泽文库站"就是以前镰仓时代北条氏用来收藏汉书的，"金泽文库"名字的由来便是如此。东京都的世田谷区也存在收集珍贵汉书的"静嘉堂文库"。后者则更多地被称为"手文库"。

　　江户时代以来，可以放入袖袂的小开本书籍逐渐流行起来，被称为"袖珍本"。明治三十六年（公元 1903 年），富山房发行了小开本的丛书，起名"袖珍名著文库"。随后，明治四十四年（公元 1911 年），讲述战国时代的猿飞佐助和雾隐才藏系列故事的讲谈社"立川文库"出版发行。讲谈是一种日本民间艺术形式，以口语化的方式讲述历史故事。而"立川文库"则是将讲谈收录成册集中出版的丛书。据统计，当时刊行量为 200 册左右。从那时起，文库就脱离了原本的释义，逐渐演变成了现在的类书集丛。

　　文库说法借鉴了日本出版业界的传统说法。而千本樱源自日本奈良县吉野山樱花盛开的奇景，世人皆用"一目千本樱"来形容樱花美景。"千本樱文库"纳入的作品皆为日系作品，题材包括推理、悬疑、幻想、青春、文化等类型，正如千本樱满山盛开的绝景。

现代日本，以"文库"命名刊行的丛书系列有 200 种以上，所谓"文库本"只不过是统称而已。日本传统的"文库本"常用的是 148mm×105mm 的 A6 尺寸，也叫"A6 判"。千本樱文库的所有书籍将在"文库本"的基础上提升，达到 148mm×210mm 的开本标准。在追求还原的前提下，力图带给读者更清晰的阅读体验。

从 20 世纪 70 年代以来，日系推理小说逐步进入中国读者的视野。随着时代更替，涌现出了各种不同风格的作家。日系推理小说能够长久不衰的原因之一在于设立的各种新人奖，这些新人奖能为日本文坛输送新鲜血液，不断地创作优秀作品。其中，以"自由度"著称的梅菲斯特奖独树一帜。梅菲斯特奖是讲谈社旗下的公募新人奖，其特色在于不限题材，不设字数限制，能够充分发挥作者的想象力和创作力。因此，获奖作品都具有鲜明的个性。同时，如森博嗣、京极夏彦、辻村深月等人气作家也都出道于梅菲斯特奖。梅菲斯特奖作家系列的引进出版，会给读者带来更多的个性之作。

西尾维新作品的风格，即使放在梅菲斯特奖的历史上，也是独具一格的。2002 年至 2005 年期间刊行的"戏言系列"兼具文学性与娱乐性，打破了本格推理小说以解谜为主，不注重登场角色的传统。其作品中，经常出现形形色色、个性怪异的角色形象：喜爱自言自语的大学生、醒来就会失忆的侦探……

"千本樱文库"会陆续为各位读者带来他们的故事。

"千本樱文库"编辑部

RENAISSANCE OF LIGHT NOVEL

轻的文艺复兴

  轻文艺是介于轻小说与纯文学之间的分类。与轻小说一样，轻文艺较多使用配色浓烈鲜明的背景与人物形象的立绘作为封面。而在内容方面，除了汲取轻小说中"剑与魔法""异能""机械"等常见要素以外，更加注重构筑世界观，合理搭建人物关系，使其充分服务于剧情发展，因此更加具有逻辑性，作品完成度更高，并非只依托于"角色力"。而与纯文学相比，其天马行空的想象力，更受年轻读者喜欢的角色，以及融入流行文化的余味，都充分诠释了"轻"的概念。作为类型文学的重要分支，"轻文艺"不仅体现着文学的功能性，更将娱乐性发挥得淋漓尽致。

  说到轻文艺的起源，离不开轻小说的发展。21世纪初，轻小说曾经涌现出大量内容丰富的杰出作品，读者群体涵盖甚广，题材百花齐放，文学性与娱乐性都非常高，当时堪称轻小说的"黄金时代"。但随着动画市场的商业化运作愈发成熟，轻小说逐渐受到形象商务与媒介联动的影响，"萌文化"与"角色力"逐渐占据主导地位，如今轻小说的受众群体范围在逐渐缩小。近年，轻文艺的涌现也正是适应了读者的需求与时代的改变。

  "轻的文艺复兴"旨在再现当初轻小说"黄金时代"的繁荣，遴选当下具有代表性的轻文艺作品，其中既有口碑甚好的名作，也有个性鲜明的新作。宛如文艺复兴运动，将曾经辉煌过的流行文化，推荐给这个时代的读者们。

千本樱文库

Book Design Hiroto Kumagai
Cover Design Veia
Illustration take

序章
第一天（1）　　　正解的终结
第一天（2）　　　罚与罚
第一天（3）　　　蓝色牢笼
第一天（4）　　　微笑与夜袭
第二天（1）　　　姗姗来迟的开始
＊至"第二天（1）　姗姗来迟的开始"止为上卷内容。

第二天（2）　　感染犯罪　　　　　　1
第二天（3）　　伪善者日记　　　　　63
第二天（4）　　死愿症　　　　　　　111
第二天（5）　　项圈物语　　　　　　161
第二天（6）　　唯一的笨办法　　　　199
后日谈　　　　丧家之犬的沉默　　　255

目录

登场人物介绍

玖渚友 ——————————— "死线之蓝"

铃无音音 ——————————— 监护人

我（旁白）——————————— 十九岁

斜道卿壹郎 ——————————— "堕落三昧"

大垣志人 ——————————— 助手

宇濑美幸 ——————————— 秘书

神足雏善 ——————————— 研究所员工

根尾古新 ——————————— 研究所员工

三好心视 ——————————— 研究所员工

春日井春日 ——————————— 研究所员工

兔吊木垓辅 ——————————— "害恶细菌"

哀川润 ——————————— 承包人

石丸小呗 ——————————— 大盗

零崎爱识 ——————————— 闯入者

第二天（2）——感染犯罪

石丸小呗
ISHIMARU KOUTA
大盗

0

花朵没有不会枯萎的，却有不会绽放的
这世道总有不公

1

"你这废物！"

卿壹郎博士用他的手杖责打志人君，愤怒的咆哮声几乎震碎玻璃。志人君避也不避，当头吃下这一击后整个躯体轰然倒塌。而博士甚至没有半点停手的意思，继续施杖痛打他倒在地上的助手，一下又一下，同时嘴里一句又一句地喊："废物！废物！废物！"

我们看着这一切。

无话可说，只能旁观这一切。

地点在一栋——那间接待室中。斜道卿壹郎、神足雏善、根尾古新、三好心视、春日井春日、宇濑美幸、大垣志人，然后是铃无音音、玖渚友、我,以上十人聚集在此。这意味着,除了"她",当下设施内部所有人员都已到齐了。

"……"

在那之后已过去一个多小时,警察却还没到,即便美幸小姐第一时间发现尸体后就选择了报警,可这里毕竟位于荒郊野岭,夜半又下了那场倒霉的雨……虽没听说造成山体滑坡,只是警方想抵达,恐怕还得花上不少时间。

杀人事件……

恐怕是要往这个方向去了。

大体如此,虽然没有实感,昨天那样豁达地与我交谈的兔吊木垓辅被人杀了,尽管对此全无实感,但想必事情接下来会如此发展。

"可恶……今天不是轮到我的回合吗……"

我自言自语吐出这句话,同时看着志人君被打骂。若能实现,我又会问那人什么呢?好像有该问的,又似乎没什么好问。如今兔吊木得胜而逃,而这到底是不是他本人所期望的,我们暂且不论。

"请您住手吧!"

美幸小姐抱着博士的手不放。

"博士,请您冷静!"

"住嘴!"

卿壹郎博士一把甩开美幸小姐,甚至像对待志人君一样用手杖打她。美幸小姐护着脸,因而以手臂吃下那一杖,她短促地惨叫一声,倒在地上。

"一个个全都要妨碍我——"

说着,博士朝美幸小姐的后背踹了一脚。

"……"

人类这种东西竟是如此脆弱、易碎吗?

如今,在我面前正大发雷霆的这位小个子老人,无论威严还是那似乎十分老练的氛围,全都荡然无存,我昨日见到过的任何一样都不复存在。眼前只有一个四处撒气的稚童,好似心爱的玩具被人毁坏。那样了不起的人竟会如此轻易堕落,无论是好是坏,就连曾以绝对性威势压我一头的斜道卿壹郎,竟也会落得这般境地。

那么,若是我站在他的位置?

"太难看了,斜道博士。"

卿壹郎博士再次举杖,正要朝美幸小姐打下去的瞬间,那个声音在室内回响,就像方才有人射出一支箭矢一样。博士的手臂也因此停在半空。

声音的主人是铃无小姐。

她坐在椅子上,跷着二郎腿,抬起下巴,仿佛丝毫不把博士放在眼里。而实际上,她也确实向博士投去轻蔑的目光。

"真是的……起了个'堕落三昧'这么大排场的名字,本小姐原本期待还挺高,结果太失望了,没承想你也没什么大不了。无聊透顶!好歹你也活了六十年,不过就死个人,竟然慌成这样,慌到找女人、小孩出气,搞不清状况不说还又吼又闹,太不像样了!真是，难看难看，难看得要死——"

"闭嘴！三十年都没活到的丫头胆敢来指责我！明明什么都不知道！"

怒吼完，博士把他的手杖朝铃无小姐丢了过去。而后者别说没打算躲，连眼睛都没有眨一下。手杖顶部击中铃无小姐的额头，炸开了花，即便如此，铃无小姐也只是轻轻"哼"了一声，仍然轻蔑地看着博士。

那是看透无聊之物的眼神。曾受过一次铃无小姐同等对待的我，现在非常理解博士的心情。那眼神会让你痛感自己的矮小、卑劣，与之相关的一切感受都要叫你彻底品尝个遍。

"浑蛋……竟敢那样看我。"

"博士！请不要这样！"志人君倒在地上叫道，"请冷静下来，请您冷静点！"

"冷静？！这种状况你叫我怎么冷静！那玩意儿死了……"博士又回头看向志人君，"那玩意儿要是死了，那玩意儿要是没了会怎样！一切不都结束了吗！积累到现在一切都完了！"

"那玩意儿"——兔吊木垓辅。

"是谁……"博士又转向这边——向着所有人聚集的桌旁，投来充满最大限度敌意的目光，"谁杀的？谁捣的鬼？究竟是谁？又为何干下此等荒唐事！反正就在这里吧！那个不知廉耻的悖德者！"

博士吼完，双手"砰"地猛拍圆桌，但没有人回应他，想来并不是被博士的气势压倒，只是任谁都无话可答吧。

铃无小姐满脸写着"如此无聊的人不值得理会"，早已不再看他了，她的额头上大概是被刚才的手杖打伤了，出了点血，但她似乎对这种程度的小伤毫不在意，看起来既若有所思，又好像什么都没想。

而她旁边的玖渚，只是沉默不语，静观其变。

"真是戏言啊！"

事情的开端——不知是否可以如此判定，总之，最先察觉到异样的据说是志人君。因为早上没有接到兔吊木的定期联络电话，而平时都会按时打来。仅仅如此的话，以前也发生过好几次——比如睡过头、突发性遗忘，或者恶作剧，以及别的什么，总之都是些充斥兔吊木风格的理由——因此他也没太在意，但之后主动尝试联络时，却仍然没有任何反应。

由此察觉到不对劲的志人君就报告给了博士和美幸小姐。然后博士指示他去查看情况，志人君听从了。当时似乎是早上六点半左右。

随后，志人君就发现了那个——发现了满身是血的兔吊木。把那个"悖德者"运用整面墙壁展示出来的场面，被志人君里里外外看个透彻。

所以，第一个发现兔吊木垓辅尸体的就是大垣志人。

"悖德者吗……"

虽然不知道博士是怀着什么心情说的，但这词儿本身没有用错。地处荒郊野岭，相当于某种封闭空间，而其中有人被杀的话，凶手必定就在剩下的人之中……这意味着……

意味着，令人厌恶的、丑陋的、老套的剧本再度开演。

"哎呀，大伙儿都冷静点。"

就在一种难以言喻的气氛在周围流淌——不，即将沉滞之时，根尾先生出来打圆场，他对所有人滑稽地摊开双手，看起来落落大方。

"热血过头也没什么好处呀，对吧，博士？咱们得先想想今后的对策才是。"

"今后？"博士不耐烦地看了他一眼，"你说今后能怎么办？哪还有什么'今后'！都不存在了！"

"别别别，您这样破罐破摔可不好啊！依我看，就让那个给咱们捅娄子的家伙负全责吧。哎呀，他动静那么大，怎么可能没留下一点蛛丝马迹呢？只要警察来查，嫌犯想必马上就会伏法的。这样一来——"

"嫌犯？不就是你们几个之一？"

"非也，此乃武断啊！博士，这根本不像卿壹郎博士您的作风。您瞧，前些天不是有个闯入者闹得沸沸扬扬吗？外人作案也不无可能。不！铁定就是那小子！就算咱这儿再怎么难以攻陷，也绝不至于难于上青天嘛。"

闯入者……

听到这个词，我浑身不易察觉地一僵。

"您从自己人开始怀疑自然无可厚非,可这恐怕不妥吧,再说我等——员工又何必这么做呢?那玩意儿之于咱们也是很重要、很重要的研究素材。"

"根尾!"

博士换了一种语调吼他。

"没啥关系了吧,事到如今。"根尾先生却还是全无惧色,"反正玖渚大小姐和那位冰雪聪明的小姐,还有少年,大概也察觉到了,所以她们才大老远跑来,鄙人可言中?咱们相互之间,就别再搞两面三刀那一套了,如今双方都没闲心互相试探不是?"

"……"

"……"

言罢根尾先生窥伺着博士和玖渚的表情。前者只一脸苦涩沉默不语,后者则采取无视态度,简直就像没听见似的。于是他只好唉声叹气地耸耸肩。

"算啦,咱继续说。总之,不会有员工想杀兔吊木先生,这是当然的嘛。所以结论是什么?要怀疑博士的秘书——宇濑美幸女士,或者助手——大垣志人君吗?"

听到这话,一左一右倒在博士身边的两个人同时起了反应。

"可是不对呀,谁都知道咱们这里数他们对博士最为忠心耿耿,说起来虽然不好听,尤其大垣君,那可是死心塌地啊!明知道只会让博士不愉快,不可能会去做的。这样一来,又怎么样呢?是的,就该怀疑到'贵客'玖渚大小姐她们头上……"根尾先生看着我们，"但这也不对劲，因为这三个人是来救兔吊木先生的。虽说'救'这个字眼听着比较别扭吧——总之她们不可能会杀人！对吧？"他又转向博士，"这样的话，博士，我们之间就没有凶手啦。当然，也包括您在内。"

"……"

听完根尾先生这一通虽称不上条理清晰，却总归略有道理的分析，博士终于也闭了嘴。就算情绪失控，失去冷静，瘦小、枯萎、腐烂到芯，那也是堂堂的斜道卿壹郎，道理摆在眼皮底下，完全无视还是不可能的。

"那就只可能是外人犯案了嘛。既然弄出这么大动静给咱们看……对了，该不会是和博士敌对的研究机构干的吧？依我看啊，张空机关和拜萨尔机构都挺可疑。"

"那些人不会弄得那么夸张……"

"也许吧，但不无可能哦！所以我们中间有没有'悖德者'，现在还说不准。没错吧，诸位？"

他转身向所有人寻求评论。

"……"

确实如他所说。虽然语气有些搞怪，想来也是他打破现下沉重气氛的手段而已，至少，让所有人，尤其是让博士冷静下来可以思考，这点根尾先生是成功的。

自然，我也包括在"所有人"之内。

"心视老师——"我向坐得离人群最远的心视老师搭话。

"嗯?"老师瞪圆了眼睛,然后莫名浮现出一丝微笑,转过来面对我,"咋啦?徒儿?怎么……有话问咱?"

"老师……您刚才看过现场就有数了吧?"我虽有点紧张,但仍继续问,"您可是人体解剖学的权威。兔吊木垓辅为何被杀,死因或者别的什么您应该——"

"嘿嘿,你小子竟然会来求咱,真够稀奇。人生虽说无聊,可活着总有点价值,就是指这个吗?"老师笑了,是我在那边时万分熟悉的讨厌笑容,"嗯,咱也就瞧见一丁点儿,多了也不敢说。"

"……"

"大量出血造成失血过多而死,不然就是外伤性休克致死吧,虽说谁都能看出来。"老师开口说,不仅对我,也是对所有人说的,"死亡时间嘛,是哦,大概昨天半夜零点到三点,那三个钟头吧。"

"范围很大啊!"

"是。通常粗看之下推测死亡时间要根据死后僵硬程度和瞳孔的状态判断,可是咱还没有摸过兔吊木先生的身体,再说眼球又是那副模样呀。"

兔吊木先生的面部被像是剪刀的物体损坏,眼球也受到了影响。

"虽说辜负你难得的期待,可是咱现在也只能说这么多了。"

"谢谢您……"

我点点头,不再看向老师。

昨天深夜零点到三点……那段时间里，我在干什么呢？我记得，好像是子夜一点多碰到春日井小姐，然后——

"怎么怎么，你想调查不在场证明是吗，少年？"根尾先生说，"那我们有更好的办法。是吧，宇濑小姐？"

"什么？"突然被叫到名字，美幸小姐抬起头。

"什么事？"

"你去查看出入记录吧。"

"……"

美幸小姐偷偷瞟了一眼博士，对方不耐烦地丢给她一句"快去快回"。

"明白……"

于是她点点头，快步走出房间。

记录？我实在不太理解。这是什么意思？难不成进入每栋楼都得严格执行一遍的那个开锁手续（钥匙卡、数字密码、ID、声纹以及虹膜识别），而且都会在某地的中央电脑上留下记录吗？原来如此，倘若有了这个，就能大幅缩小时间范围。毕竟，为了进入七栋——

"为了进入七栋？"

我的思考在此处停止。

对了，根本不是有无记录的问题。七栋，光是进去就必须得突破那严密的守备啊！没有被录入"钥匙"数据库的人类，别说杀死兔吊木，就连大门都进不去。

这样一来——我瞧着根尾先生,他难道没发现吗?照这么说,根本就不存在能进入第七栋的"外人"啊!

比如红色的承包人哀川润,她的手段之高,论口技、读心术和开锁技术不仅无人能出其右,标准若不放低数个档次,甚至没人敢名列其左。按我对她的了解,毕竟是个自封"人类最强"的自恋狂外加自信狂,这话还是只听一半为妙,但即便是如此强大的哀川小姐来了,恐怕也打不开那扇门。再怎么说,对手可不是简单的机关锁,而是由严密逻辑构筑而成的思维机器。

现在根尾先生一脸泰然地把他那满身横肉塞进扶手椅,他当然不可能没发现,根尾先生不可能没发现自己话里的矛盾之处。那么,刚才那番话只是平息博士情绪的权宜之计。

此人相当精明。

我再次深有体会。同时,也让我更加冷静了几分。

也就是说,这意味着我们三个——我和玖渚以及铃无小姐——三个人不可能犯案。我们不是员工,名字不在数据库之列,自然对付不了那道锁,那么最终必然会导出上述结论。

"……"

同样也足以否定她犯罪的可能性。那范围就能缩小到剩下七人——这家研究所的在职员工中了。因为能进入大楼的只有他们,这是必然的。到此为止的逻辑推断都没错——至少没有事后无法订正的大错。

我若无其事地窥视房内。那七人——卿壹郎博士、根尾先生、神足先生、春日井小姐、老师,然后是志人君,以及离开房间的美幸小姐——但是,方才根尾先生的理论也不全是权宜之辞。这七个人之中,我不认为有人具有必须杀死兔吊木的动机,况且手段还那么残忍。虽然不认为……

"不过话虽如此,"根尾先生开腔,"我昨晚一直在自己的五栋里面,神足兄呢?"

"我也一样。"对方简短回答,"没理由半夜出去瞎逛。"

"咱也是呀。"

"我出门遛过狗,路上还和少年碰面了,对吧?"

春日井小姐向我确认,我一言不发地点点头。

"博士呢?昨晚在做什么?"

博士不耐烦地甩出一句"也一样"回答根尾先生的问题。

"我一直在这里,在一栋,和志人、宇濑他们在一起。看过记录就知道了。"

"如此如此。那……你们呢?"根尾先生的矛头指了过来,"你们几位昨天晚上都做了些什么?"

"一直待在宿舍里啊,我下雨之前出去散了散步吧。"

"哦,散步。"根尾先生意有所指地点点头,"原来如此,半夜出门散步,挺有雅兴的嘛。那么,咱们之中还是没有凶手了,谁都没走近七栋嘛。"

此时正在说话的根尾先生本人,他心里可不一定会这么想。半夜会出去散步,会说谎,更会制造秘密,这才是人类。谁对谁都不可能完全坦诚。

"欸，伊字诀啊，"铃无小姐用只有我能听到的音量小声问，"按眼前的形势，接下来情况不妙啊！"

"情况已经不妙了吧……"我侧目瞟着还是那副呆样的玖渚，压低声音回答，"借用博士的话，一切都结束了嘛……兔吊木被人杀了，那咱们此行的意义也没有了，只留下一堆麻烦事啊！"

不，或者铃无小姐指的不是那些，而是与即将到来的执法机关之间的冲突摩擦吗？十有八九需要接受无休止的笔录和约谈，而且恐怕我们暂且要作为此事的嫌疑人被拘留在爱知县，估计回京都的日子要推迟了。我是无所事事的大学生，而玖渚是家里蹲，倒还没有问题，可铃无小姐（虽说是打工）身司有职。我虽想着也许她说的不妙是指这个，却被铃无小姐否认。

"本小姐意思是，这风头怎么看都不对……唉，总是这样，给浅野帮忙准没好事……虽说也是惯例了……明知道会这样，怎么我还是次次……"

"呃，铃无小姐？"

铃无小姐陷入自我厌恶，而我揣摩不透她话中的真意，深感困惑，此时正好见到美幸小姐归来。她面有愁色地转向所有人，接着踌躇不已地走向博士，然后跟博士说了几句悄悄话。

"什么？"博士惊讶地向美幸小姐寻问，"此话当真？"

"是的……绝对没错。"

肯定的回答。虽然不知在肯定什么，总之美幸小姐点点头：

"唔……"

见她这样反应，博士若有所思，然后就这样挂着若有所思的表情走到桌边，坐下，甚至托着下巴，从若有所思升级成伏案沉思。

"……"

美幸小姐到底和博士说了什么？

不，现在不是内容问题，而是博士听了她的话，居然恢复了冷静——倒不如说，初次见面时他身上的某种深不可测的特质，似乎已经回归了博士瘦小的躯体中。对我而言，这才是问题所在。尽管我还不知道会发生什么问题……总之，问题很大。

简言之便是"不祥的预感"。它在我腹中翻江倒海，就像我与老师重逢时感受到的一样，而我的不祥预感向来神准，就如那位最糟糕的占卜师，她的预测从不落空。

"哼！"

伏案的博士终于抬起头。必然地，所有人的视线也集中在他身上。

"看来大事不妙了，诸君。"

听到"不妙"一词，我看了一眼铃无小姐。而她闭着眼睛，简直像在打盹，额头上伤口流出的血已经凝固。我的视线回到博士脸上，而此刻他又恢复了那种老练的笑容。

"喂，宇濑，"博士看向美幸小姐，"去联系门口警卫，警察来了的话，把他们赶回去。"

"欸……"美幸小姐露出惊讶的表情，"欸，可是，为什么……"

15

"随便编个理由。对了，跟他们说是误报好了，比如小孩子的……"说着博士瞧了一眼志人君，"恶作剧之类的。"

"好的。"美幸小姐含混地点点头，一副不太理解状况——完全没有理解状况的表情，"误报，是吗……"

"怎么了？快去！"

"可是……为何……"

"每次不跟你解释缘由，你就不能给我干活吗？"

"不，不是……非常抱歉，我马上就去。"

美幸小姐慌了，向博士低头行了一礼，再次快步跑出房间。

"这是怎么回事……博士？"根尾先生注视着她离开的门，"赶警察回去？您认真的吗？方才宇濑小姐同您说了什么？"

"就是那个，根尾，就是因为那个，"卿壹郎博士狡黠一笑，"大事不妙啊！"

"确实不妙……可这是两码事吧？赶走警察难道能解决此事吗？"

"行了，听着。"

博士抬手委婉地打断他，数秒后再次开口："说到底啊，根尾，你的逻辑很奇怪。兔吊木那栋楼大门是上了重锁的，无论外来人多厉害都不可能突破，至少，张空、拜萨尔那帮家伙做不到。"

"至少"二字是一字一顿发的音。博士这种行为又让我感到一阵没来由的重压。这位老人的言外之意究竟是什么？

经博士指出，根尾先生便十分刻意地配合起来："啊啊，好像是这样的，我都没发现呢。"

"即便如此，马上就说家贼犯案还是有点武断吧？博士，咱们不是一起合作到现在吗？虽说能理解您看到兔吊木先生变成那样，心情有些慌乱，可您当场做出那样的结论……我们也是有立场的呀……"

"慌乱？真失礼，哪有这回事，我冷静得很呢！"

博士堂而皇之地宣言，仿佛方才的失态只是我们眼睛产生的错觉。

"可是啊，博士……"

"你尽管安心吧，根尾，我怎么可能毫无根据地怀疑自己人呢？你想知道刚才宇濑跟我说了什么吗？"

前半句明显在座所有人都能大肆反驳一番，可看来大家被博士后半句话勾起了兴趣，全都乖乖等着他继续。卿壹郎博士煞有介事地卖个关子，然后宣布——

"昨晚……'七栋'大门没留下开启记录。"

"没留下？"根尾先生重复一遍，"没留下……也就是说，昨天晚上没有留下某人进入七栋的痕迹吗？"

"没错。从记录上来看，七栋最后一次开门是志人和……玖渚大小姐，以及那个青年，三人组从兔吊木那里出来的时候。当然，正常来说，记录不会出错吧，根尾？"

博士又强调了"正常来说"几个字，简直就是暗中强调还有"异常情况"，难道博士已经知道凶手——"悖德者"是谁了吗？

17

发现尸体后分明只过了一个多小时，就演到揭露真相了？我可不这么认为，借用今早铃无小姐的话——这又不是电影，我不可能预测到何时会结束。有可能下一刻见到结局，也有可能好戏才刚过半。我又怎么可能会知道这个故事还剩下多少页。

原本我的立场就是不固定的。

"那……所以，是怎么回事呢？"根尾先生一脸疑惑地询问博士，他看起来是真的没搞清楚状况，平时的搞怪态度消失殆尽，"奇怪，那岂不是没人进过七栋吗？是不是设备出故障了啊？"

"不可能！你也知道那不可能发生吧？"

"那……"根尾先生若有所思，"若只论可能性，最后进入的大垣君和玖渚大小姐她们就是凶手了……可这样又和三好女士推断的死亡时间矛盾。博士，这样一来就没有人能犯案了啊！"

"麻烦事还有一件，根尾……"博士笑得颇为轻松，"行了，你冷静听我说，冷静点，你也老大不小了，慌成这样岂不难看？宇濑去查记录的时候顺带帮我查了……其他人的，包括我在内，其他所有员工的出入记录。"

"其他人……我们的吗？"

"不然还能有谁！"博士放声大笑，实在是精神矍铄。他似乎越说越兴奋，渐渐兴高采烈起来。可我却感觉心情……或者说某种第六感，与博士相反一般缓缓沉向深暗的海底。

我渐渐明白了，虽然博士究竟在暗喻什么尚不明了，但我渐渐开始明白他想把结论导向何方。那游刃有余的态度正源于此，煞有介事的架子更源于此。琼斯定律[1]有云，分明走到穷途末路却还笑得出来的人，只可能是心里已经定好了找谁当替死鬼。

如此一来——

"结果是——宇濑现在不在，所以由我来说——没有任何人半夜出门，至少在三好说的那个时间段里没人离开自己的楼栋。"

听了这话，所有人倒吸一口凉气。

"虽然只有一个例外……就是春日井。"博士说。

被点名的春日井小姐浑身一震，保持着镇静，面无表情地对博士的话做出反应。

"春日井子夜一点多离开四栋外出，大约五分钟，就是你刚才说的'遛狗'吧。不过这无须列入考虑，很明显仅仅五分钟是不可能制造出那种惨状的。"

"多谢您的信任……"春日井小姐一脸搞不清状况的样子，含混地回答，"非常感谢您的信任。总而言之……"

"欸？这……所以……"根尾先生结结巴巴地说，"咦？这样的话，博士，不是更没理由怀疑我们了吗？大家都没离开过自己的楼啊！再说犯罪现场七栋的大门也没有出入记录。那这就是……"

"'不可能'犯罪。"

心视老师打断了根尾先生。

"你不觉得吗？徒儿。"

"是啊是啊……"

---

1 琼斯定律是墨菲定律的衍生分支。——译者注

我一边斟酌词句,一边点头赞成老师的说法。没错,倘若对卿壹郎博士所说的内容照单全收——那么不仅无人进入七栋,甚至所有人都没离开过自己的大楼。这样一来,如果尝试用一个简单的词语概括当下的状况——密室。

而且极为典型。

"可就算这是'不可能'犯罪——"

假设这便是卿壹郎博士的言外之意,又有何必要请警察打道回府?此时不正应该由他们出场吗?我想起京都府警局的那两位警官,努力思考着,然后自然而然看了一眼博士坐的地方。

博士无所畏惧地一笑。

"不可能?这个世上不存在如此无聊的东西,存在的只有可能,以及存在于可能之前。"

"不,可是博士啊,既然事情这么古怪,您又为何要让警察吃闭门羹呢?"根尾先生原原本本地表达我的疑问,"这不合道理啊,一点不像博士的作风。"

"唉,我说根尾啊,你能不能用用脑子?说得这么明白居然还没发觉,我看这大傻瓜的帽子你是免不了了。"

"大傻瓜吗?"根尾先生抱起手臂,"可是,博士——今天在此的又不是只有我们啊……"

博士说着,用下巴指了指我们三个。见状,根尾先生吃了一惊,神足先生没显得有多意外,心视老师满脸的理所当然,春日井小姐还是满不在乎,志人君则瞪大了双眼,转头看向我们。

我吞下一口唾沫，铃无小姐仍旧闭着眼睛，可能真的睡着了，再偷看她旁边的玖渚友，这边也岿然不动，仅仅是空虚地、眼神涣散地坐着，既有可能在思考Raja-Maharaja[1]和PaRappa-Rapper[2]之间的关系，也有可能不是，总之肯定不在正常状态。确认过己方战力之后，尽管结论相当惨烈，我还是转过身，与其对峙。

"这我可不能听过就算了，斜道卿壹郎博士，"我硬是压低声调，"您这样说，简直就是指控我们是凶手，是杀了兔吊木的人。即便博士您这样的人，有些话也是不能说的。"

"嗯？喂喂喂，我还什么都没说呢，"博士语带轻蔑，皮笑肉不笑，"你慌什么？或者，难不成你心里有鬼？"

"不怀疑自己人，接着就来怀疑我们吗？真不错啊，简洁明了。确实，我们住的宿舍没有安保措施，出入是很自由，然而博士，我们无法进入兔吊木先生居住的七号大楼，这点可比各位更有优势，没错吧？在讨论有记录没记录之前，我们连ID密码都没有，进都进不去，更别提出来了。"

"哈哈，'优势'？那可未必！这句话毫无意义！"

博士豪迈地放声大笑，然后仿佛瞬间切换开关，眼神突然镇定下来瞪着我，伸出手指戳戳点点。

1　Raja-Maharaja是NHK音乐节目的歌曲名，原文来自梵语，意为"伟大尊王"。——译者注

2　PaRappa-Rapper是1996年发售的PS游戏，国内译为"动感小子"或"说唱狗啪啦啪"，与前文"伟大尊王"语感相似。——译者注

"你一个人想来办不到,小鬼,也许的确进不去更出不来。可你不是一个人吧?你们三人之中不是还有一个意外因素吗——"

那根手指从我身上直接平移,博士指着玖渚友。

"是吧,玖渚大小姐?"

对此,玖渚仍然不作任何回应,就像什么都没听见,好似什么都没看到,全无一点声息。但是,除玖渚和铃无小姐以外的所有人,听了博士的话多少都难掩惊愕之情。

"等等……博士,怎么会……"

"怎么?根尾,有必要这么吃惊吗?毕竟,在那儿就座的可是玖渚大小姐,那个'集团'的统率者,被害人——我们的同伴,兔吊木垓辅的前任领袖啊!那区区几道破锁,她哼着歌都能撬开。对吧!玖渚大小姐?"

玖渚不作反应。见此,博士终于开始恼火……倒不如说,开始有些焦急。但他马上恢复状态,威武地一笑,表现出游刃有余的派头。

"被我一语中的,无话可说了吗?"

"您这番话丝毫没有逻辑,"我感到终于控制不住渐渐加快的语速,但仍努力让自己平静下来,"根本不足以证明玖渚有能力突破那警备过于森严的系统……"

"何止突破?破解之后连记录都能删掉,手段可高明得很,现在也只能说如意算盘打空啦!至于为什么没动其他楼的记录,八成是没有想到吧,到底是个毛头小鬼。"

"一派胡言！怎么可能？到底是小鬼？这是谁在大言不惭啊？玖渚若能开锁，那你们不也——"

"理由当然有啊！"博士说，"为什么说她可以开锁，甚至还能删掉记录？既然你要问，答案我自然有。因为写出这系统基础代码的，七年前构筑出所谓'警备过于森严的系统'的，以仅仅十二岁之龄创造出这家研究所研究素材的，正是这位玖渚大小姐啊！"

博士淡淡地说完，再次指着玖渚。

而玖渚她，仍然，没表现出任何反应。自从看过兔吊木惨死的尸体之后，她就一言不发。但是，若博士方才所言不虚……

"这可是个难以置信的天才！别指望你这种普通人的想象力能跟得上，当然我也做不到完全理解。但这一点，正是由于这一点，玖渚大小姐……足以构成检举你们三人的理由！"

"检举？你说检举？"我唰地一下站起来，"荒唐！这样荒唐的指控岂会成立！"

"淡定点，徒儿。"心视老师横插一脚，加入我和博士的对话，只见她不知何时已经叼上烟，右手端着一罐可乐，究竟何时去拿的？

"慌了阵脚太难看，铃无小姐不是才说过吗？"

"老师……"

"博士，即便如您所说，也还留着未解之谜吧？"

言罢，心视老师转而把烟头对准博士。那烟看不出牌子，从细长的外形来看是女士香烟。这人在那边分明是抽雪茄的，难不成肺出了问题？

"未解之谜？说来听听，三好。"

"方才根尾先生不是提过嘛，这三位是来'救'兔吊木先生的，所以没理由杀人吧？玖渚大小姐呢，就像博士说的，是兔吊木先生的前任领袖，那更没理由杀人啦，和咱们员工没理由杀兔吊木先生一样，这三个人也没有动机呀。"

"你的想象力不足啊！"博士说，"三好，换个思路，怎么说我们也是做研究的。哦，不过你搞生物，可能怪不得你……"

"啊，您这话可是会对部分领域的科研人构成歧视啰？这是嘲讽，就差没直接说数学和工程学比生物学优越呢。是不，小春日井？"

"完全同意！这属于自以为整个世界就是由自己的数式构成的工程学者常见的误区，不知廉耻也要有个限度，肯定是因为天天对着阿拉伯数字导致感受能力钝化了吧！"

春日井小姐跟老师一唱一和。

呃，理科也免不了门派之争，学科间有自己的派系。本以为理科生的团结坚如磐石，哪承想似乎又是误会——我脑子里漫不经心地转着这些念头，虽说有些不适合现场气氛。

话说回来，春日井小姐，虽然昨晚也是，面上摆酷，可亏她能若无其事地掷出暴言啊，没准是我喜欢的类型——想着更加漫不经心的事，我以此逃避现实。

"我倒没这个意思……"博士遭到两名女性学者联手声讨,露出苦笑,"那我收回,总之三好,你不觉得根尾说的'来救'本身就没有任何根据吗?"

"根据?"老师瞥了我们一眼,"根据嘛……这个,嗯,可是……"

"譬如玖渚大小姐,她的目的原本就是来'谋杀'兔吊木垓辅的,你看如何?"

"谋杀?"就连老师此时也皱起了眉头,"什么意思?这话咱没听明白。"

"也就是说,他们这次是为了杀兔吊木才来的!如果开始就有这个打算——"

"这叫歪理!"我不合身份地怒吼起来,甚至不惜强行打断博士说话,"要说没有根据,你那一套才是吧!为什么玖渚非得杀掉既是'朋友'又是昔日'伙伴'的兔吊木不可?我们没有任何理由,要去做这种事——"

"喂喂喂,小子,注意你的措辞。"

博士的肩膀轻颤,笑得不动声色。

"你们的命运如今掌握在我手里,我还想让你们感谢我呢,都大发慈悲帮你们赶走警察了,难道你没有从中感受到我的善意吗?"

"恶意我倒感受到了,疯狂恶魔博士。"

我虽出言反驳，博士听了却只是愉快地笑笑。

"不过博士，这位青年说的也有一定道理啊！"根尾先生道，"再怎么说，您这个思路也有些牵强附会了吧？我倒不是不能理解博士想表达什么——"

"理由吗？"博士不再笑了，"玖渚大小姐没有理由杀兔吊木，根尾，你也要这么说吗？"

"啊……"根尾先生一瞬语塞，"是的，就算玖渚大小姐可以突破门禁，甚至可以删掉记录，假设是可以的吧？可要说是玖渚机关的内部人员，而且还很接近中枢，不加考虑杀了兔吊木先生还是有点——"

"这我就不懂了，根尾。"博士看了一眼玖渚，"着实不懂，为何玖渚大小姐非得杀了兔吊木垓辅，其中的动机我不明白，就算是我，也想不到哪怕一个缘由。但理由是什么无关紧要吧？没必要啊，毕竟在那儿就座的玖渚友小姐……"

博士说了和方才相同的台词，只是，紧接着还有一句——

"她……"

我的身体在博士说完那句话前便动了，并非下意识，基于确信的、统觉的和一切正常的意志，我的肉体先行动起来，但思考是停滞的。我握紧拳头大步一迈跳上桌子，然后就在向着博士直冲过去的瞬间右侧头部受到一阵冲击——那是个可乐罐，视野一角能看到心视老师向我奔来，我就说她怎么会突然喝起可乐，心视老师，原来是预先为此做准备啊！我察觉到这一点已是很久以后的事，此时进入我视野的心视老师不过是个毫无意义的映象。我什么都看不到了，也什么都听不见、看不见、听不到。红，一切都是赤色，血的颜色，充血的双眼，光和声音全是一片猩红。但心视老师的行为在瞬间阻止我的行动这点上大获成功。我正打算再次冲上前去时，从身后追来的铃无小姐扫了我的腿，刹那间我的身体在宽阔的桌面上浮空，在这极短时间内铃无小姐张开五指扣住我的头，压上全身的体重将我砸向桌面。结实的木制圆桌被压得吱呀作响，或者是我的骨头在吱呀作响。我根本无法采取守势，因此全身上下都受到冲击，可即便如此我还是想冲到博士——冲到卿壹郎博士面前。于是我拼命伸出手但连手也被心视老师按住，被可乐罐砸到的那边脸颊被人死命抽打，整个人沐浴在心视老师不绝骂声之中，紧接着扣住我左手的铃无小姐也开了腔，似乎说了什么但我听不见。冷静点！我在干什么啊！我……不是的，我做了正确的事。

大概……

我想此时的我是发狂了。

在被铃无小姐掌击后颈因而失去意识的刹那前，我似乎在左眼血红一片的角落里捕捉到一抹玖渚头发的蓝色，但也许只是我的错觉。

2

待我意识恢复时——至少恢复到称得上正常的程度时，我发现自己身处狱中。光秃秃的水泥地、墙、天花板，然后是铁栅栏，光线昏暗，莫名沉滞的空气，忧郁的心情，倦怠，还想小睡片刻的疲倦，就像做了噩梦一样。可梦境再怎么糟，终归比面对糟糕的现实好些……现实糟得甚至让我思考起这无谓的一切。

啊啊，我受够了，随便吧！后脑传来阵阵刺痛，全身也是，下手真不留情……铃无小姐也好，心视老师也罢，可谈不上什么客不客气。说起来在那边也常挨老师打，多半——不，近乎九成以上都是老师发泄个人情绪所为，但剩下的一成，现在想来理由或许还挺正当。说是这么说，我目前丝毫没有兴致回首往事。不挨揍不明白，不撞墙不会停，我这人，打那时起就没有一点长进——

"啊，阿伊，你醒啦？"

让我的意识完全回归清醒的是玖渚的声音。

"好……哦。"

"好……哦。"我微微抬手做了个姿势回应玖渚，撑起身体。

"呃……"

再次环顾四周，与朦胧间隐约观察到的景象并无不同，此间正是一座牢狱。牢狱之中，我、玖渚和铃无小姐坐在光秃秃的地面上。

"哎呀，伊字诀，你醒啦？那就好那就好，本小姐还担心自己下手太重，你再也醒不过来了。"

"那还得多谢您……"虽然略有尴尬，我还是对铃无小姐低头致礼，"呃……请问这里是？"

"四栋，春日井小姐大楼的地下。"

"这样吗？可是，简直就像监狱……"

"好像是收容实验动物用的笼子哦。"玖渚不知为何笑得挺开心，"呜呼呼[1]……人家还是第一次进到笼子里呢，第一次，好开心呀。"

"我这是第五次了……"我说着摸了摸铁栅，当然，它纹丝不动，"呃……我不是很明白现在什么状况……为什么我们几个会被关进动物笼子？除非告诉我，其实我们是类人猿什么的，否则着实无法接受啊。"

"什么为什么，都是博士指示啊！话说伊字诀，之前的事你记得多少？"

"说实话……不太记得。虽然记得自己被铃无小姐和心视老师揍了一顿……"我老老实实地回答她的问题，"呃，早上起来去屋顶透气，结果您过来搭话……"

"不是吧？要追溯到那时候吗？解释起来很麻烦呢。"

"啊，稍等一下……我冷静想想。"我靠在水泥墙上，摆正坐

---

[1] 玖渚久的特殊笑声，音译。——译者注

姿,"之后帮玖渚扎头发……咦?啊,对对对……好的,我都想起来了。"

"是吗?"铃无小姐点头,"这样就省我的事了。"

"呜呼呼,阿伊的记性还是那么差呀,虽说被打成那样忘记了也没什么好奇怪的啦。"

"……"

咦?说起来玖渚恢复了,我寻思着问铃无小姐:"所以在我睡着期间发生过什么吗?"根据以往经验,既然玖渚恢复了原状,那么问她也多半不会有答案。

"简单地说,因为咱们是犯罪嫌疑人。"铃无小姐答,"然后就被关起来了,完毕。"

"非常简明的解释……多谢。"

目前我们所在的是春日井小姐负责的研究大楼第四栋,而且是在地下……突然有种被当作实验动物的感觉,但跟囚犯比起来哪种待遇更好,也许是个不错的敏感议题。况且偏偏被关在这种地方,那位博士比我想象中还要恶趣味。

嗯……这么说来,曾经有桩杀人案的嫌疑人,曾接受过我的提议被隔离监禁……原来如此,没想到自己也有落到同样境地的一天,我的心情可想而知。虽说马后炮了,但以后还是不要再提那种建议为妙。

"所以……所以现在是什么状况?"

"甚至可以用'可悲'来形容。对了,博士原话好像是'我们要考虑今后的对策，在此期间只能先限制一下各位的自由了。别担心，我不会亏待你们'之类的。"

"这样啊……"

所谓"不会亏待我们"就是关进地牢，那亏待起来得吃多大的苦头？实在不愿去想。

"啊啊……我完全想起来了……哇！"

事到如今才惊呼的我，想必看上去很蠢。铃无小姐眯起一只眼瞄着这样的我："总之，就是这么回事。本小姐自己瞎闹也没啥意义，才老老实实听话……哎呀，真是的，虽然早就知道陪伊字诀出来旅行准没好事，可也没想到会糟糕至此。你那事故频发的体质简直发挥到极致啦！虽说这种情况说是诱发比频发更准确吧。"

"我也没想到会这样啊……"而且，这次事件，无论怎么思考，其中哪怕任何一个因子，都不是我的责任，只要杀害兔吊木的凶手不是我，铃无小姐的嗟叹便与我无关，"只能说是意料之外……我一直觉得这次肯定不会出事……"

"呜呼呼，就是因为这样，和阿伊在一起才不会无聊呀。"玖渚快活地笑着，"真的都不会无聊，人生好有趣哦。"

"虽说死的是你的伙伴……"

"嗯？"玖渚歪头，"嗯，不过嘛，对过去的事情说三道四也没用呀，人活着得向前看。"

"你是这种人来着吗？"

想了一下，她似乎就是这种风格，那么刚才的玖渚就只是有点不正常而已。眼下，就这么下结论好了。

"总而言之，现在的问题是……怎么打破现状吧？"

"打破……目标倒还不错。"铃无小姐抓住铁栅栏，只听得吱嘎一响，"但即便有本小姐在也搞不定这个，浅野在的话倒还能想点办法……"

"美衣子小姐连铁都能斩断啊？"

"至少能斩断魔芋？以前的确听过居合拔刀术修炼到一定程度就能斩铁。不过嘛，谈论不在场的人没什么意义。"

"是呢。"

我抬头望向天花板，如果是电影场景，通常都会有非常方便的通风口，然后我们就可以从里面爬出去，但现实却是残酷的，根本没有这种东西。人生不如意十有八九啊！唉，难怪空气这么沉滞，真是的，起码讲点人道主义啊！总而言之，明眼人都看得出想要逃离牢笼的手段基本不存在，且不提门上那道结实的锁，我们三人之中也并无一人习得开锁的技巧。

"话说回来……那个死老头竟敢大放厥词。"

"哇，阿伊说粗话了呢，当着别人的面，好少见哦。"

"少见也会见啊，想见多少见多少。可恶！不会还要严刑拷打我们吧？"

考虑到心视老师也在，这个可能也并非没有。会不会有暂且不论，如果要找人干讨人厌的勾当，那位老师绝对首屈一指。"青苗刽子手"的名头可不是白叫的。

"不会吧？她都帮忙阻止阿伊了呀，要是真揍了博士可不得了的。这样一想，其实心视人还蛮好的耶。"

"人好……唉，可能吧。"

不知者有福。呃，在我失去意识这段时间，看来铃无小姐已经跟玖渚讲过心视老师的事。而毕竟讲课的人是她，想来必定毫无保留。

"而且啊，阿伊，博士不全是大放厥词哦，总体还算合理。"

"啊？哪里合理了？骂他荒唐无稽都算轻的，连牵强附会都算不上，找个没学过九九乘法表的小学生都能比他推理得好。"

"本小姐不会背九九乘法表呢，"铃无小姐插嘴，"学之前就退学啦。"

"……"

"……"

"干吗？你接着说啊？"

"唉……呃，我们在说什么来着？"冲击力太大吓得我忘了，"对了，说博士大放厥词，牵强附会……嗯，谁都没离开过研究楼，谁都没有出入七栋，因此凶手就是玖渚友一伙……什么鬼逻辑啊！哥德巴赫猜想都比他合理好吗？"

"一伙，呜呼呼。"

玖渚诡异地笑起来，看来她相当中意"一伙"这个词。

"嗯，很棒哦，'一伙'总有'异获'。开玩笑啦，呜呼呼。"

33

"算了,起码比那个'一贼'要好……你别转移话题啊,本来就很麻烦……博士的推理哪部分合理啊?因为玖渚大小姐以前是'集团'的领袖,所以开几把破锁很简单……简直是信口开河——"

"能开啊。"玖渚很平常地回答。

"什么?!"

"能开啊,那个。"玖渚重复了一遍,"而且很简单的。"

"很简单?"

"超简单的。"

玖渚的回答快得中间容不下一个换行,我听完后抱头苦闷起来。

"请问这到底是怎么回事,玖渚大小姐?"

"博士不是说过吗?基本上就是人家把那个系统搭建出来的。唔,准确来说小直和小道也帮忙了,所以在读懂运作原理之前,人家早就知道它的物理结构了呀。"

小道——霞丘道儿先生,他是直先生的挚友,借用根尾先生的说法,就是曾经位居"玖渚机关中枢"的人物。而现在——不,先放一边。总之,从前,在玖渚与我相遇之前,她通常都会跟着他们,三个人一起行动。然而即便如此,直先生和霞丘先生在机械工程学方面都是一窍不通。那么归根结底,可以说还是玖渚独自构建了那个系统。

"但是就算能开,没工具你也没办法吧?要是理解了原理就能开锁，那人人都能当小偷了。我也知道自己公寓的门锁是什么原理，但没有钥匙还是打不开啊！"

"嗯，是吧。"玖渚点点头，"说得也是，除非是小润，否则确实没办法。可是啊——对了，你看嘛，阿伊，比如咱们进来的时候不是在来访者登记册上写了名字吗？"

"是啊。怎么，原来你看见了？我以为你在拼命打游戏呢。"

"那不是打游戏啦……当时保安先生不是说过吗？譬如'比起数字化还是这种古老的做法更不容易被蒙骗'之类的话。"

"说过吗？"那是很久以前的事了，因此我已经记不得，"哦，所以呢？"

"所以呢，高端技术总有高端的空子钻。具体说吧，比如人家去找小细的时候跟他借了一台电脑，用它连上设在卿壹郎博士那栋楼的中枢，然后以这家研究所新员工的名义，把人家的名字录进系统，当然是加密形式，杀掉小细以后把它删了，再用上删记录的工具，就能让包括开门关门的一切事情都'没发生过'喽。"

光听她嘴上说说流程倒是很简单，但这只是玖渚将个中环节大幅度简化过后的解释，事实上必须破解的各层防护、障壁、防御系统、警报装置恐怕多如牛毛。

但如果是玖渚——

也许有可能办到，原本玖渚友就以身怀绝技为傲，在此之上，若她还"知晓"那安保系统所有基础构架的话……

万万没想到，一切正如博士所言。

"因为电脑的安保系统有一个叫管理者权限的东西,至少人家和其他人比起来占绝对优势,这个是真的。虽然小日更擅长破解安保系统……不过人家也还好啦。"

"'小日'是'双重世界'吧?"

"哦?哇哇,吓一跳,阿伊的记忆力竟然在正常运转!不对,异常状态才正常,正常的时候反而该叫异常运作才对。"

"不要若无其事说失礼的话。兔吊木常常提及这个名字而已,频率大概仅次于你和小豹吧。"

"哦,小细还真是难以捉摸的人啊!"

能得到玖渚如此评价基本就已告别正常……不过说已故之人的坏话似乎不好。即便当事人是个怪人,被人钉在墙上杀害——好像反了,兔吊木垓辅是被杀害后钉在墙上。若听到这个消息,不知小日、小豹、小恶这几个曾经的"Team"成员会不会悲伤。我与其中任何一名成员都未曾谋面,只是间接听过逸事,因此没有可供判断的材料。

"不过……那个声明一样的东西又是什么啊?写的'You just watch, DEAD BLUE!'来着。翻译过来就是'闭嘴看着吧,死线之蓝'……"

"谁知道呢!简言之就是警告人家'别做多余的事'吧?这就叫'钉嘱'吗?嗯,呼呼呼。"

可能觉得自己"钉嘱"这个词说得很妙,玖渚咯咯笑起来。即便是我,见到能被这个双关语逗笑的大条神经,也是要退避三舍的。

"多余的事……是指你打算救兔吊木吗？可是，如果那算'多余'的话，兔吊木一死，意义就完全倒转了吧？"

"这种疑问现阶段只能暂且保留……再讨论下去，就要说到为什么凶手要那么残忍地把小细杀害，以及为什么砍掉他的手臂之类的问题了哦。"

"说到为何执着于破坏尸体，第一个想到的就是积怨已久之类……"

但是很难认为，缩在那栋建筑物里足不出户超过一年的兔吊木会招致怨恨，以至于让他受到那样悲惨的虐待。但也仅就在这家研究所的时期而言，若是把他"Team"时代的所作所为也算上，眼下的惨剧就变得有因可循，因此这个原因也要参考在内。

"不过，就算你能打开那道门好了，那你也没有杀害兔吊木的动机，或者说必然性。话说你之前去七栋的时候，不是一直有我或者志人君陪同吗？虽然和兔吊木单独交谈时例外，可是那房里哪来的电脑？连接中央电脑根本不可能吧？"

"哈哈，伊字诀，你还是很天真嘛。"铃无小姐笑道，"博士哪用得着在意这种鸡毛蒜皮？"

"您这话是什么意思？"

"说白了哪怕有一丁点合理就足够了！就算是博士也不会真以为是蓝蓝杀的人。像你说的一样，问题在于能不能往这上面靠近。如今就是他们得出结论之前的'时滞'。"

"时滞——"

"对。现在博士……八成不光他自己，大概发动了所有员工搜集证据证明'玖渚友一伙人就是凶手'。春日井小姐吗？那个人过来说'再过五个小时就能决定对你们的处置'，嗯，正好在你醒之前走的。"

"意思是？"

"也就是说，阿伊，"玖渚毫无心理负担地开口，"博士可能在盘算让人家变成小细的继任者。"

我霎时哑然。让玖渚——成为兔吊木的替代品？即是说，这也就意味着……

"八成，不把咱们交给警察，但得协助他的研究——不，实验吧。"

"怎么会……这才真是胡闹啊！"

"对，眼下现实就是胡闹啊！"铃无小姐说话的语气像是看破红尘，"不过不知道本小姐和你会被怎么对待……是了，大概就是用来要挟蓝蓝的人质吧。换我也这么干。"

"这种事……"

不过，用玖渚友替代兔吊木垓辅确实十分合适，不，比起兔吊木更加合适。博士正在做的东西，若正如昨夜玖渚所料的话，她才是最适合的实验材料，兔吊木的品质本已上佳，但若换作玖渚，便称得上绝佳。

特异性人体构造研究。

"这种……这种事……怎么可能被允许!"

"哎哟,伊字诀,别急着发火,本小姐一个人可保证不了你的安全,方才幸亏有三好小姐相助才没出事,这回你可要做好半边骨头被拆的准备——"

"没事,我现在很冷静。"嘴上这么说,我还是一拳砸在水泥墙上,很痛,"极度冷静,真的。"

"嘻嘻。"当事人玖渚笑得却很悠闲,"好怀念哦,这样的……算是危急关头?还是爱上危机状况呢?"

爱上危机是什么啊……

"……你倒是开心得很嘛,玖渚友。"

"算是吧。不过嘛,这次跟人家和阿伊初次见面的时候比起来不算什么啦,又不会死或者比死还可怕。"

"总之,这趟旅程完全没意义了。"我说,"所以,接下来怎么办?铃无小姐您觉得呢?"

"看形势是没办法喽。"铃无小姐道,"虽说要是浅野发现本小姐没回去八成会做点什么……但也是以后的事了。"

"总之现在被关在地下三十米,就算是人家也没有办法啦,手机被拿走了,也没有PDA……无力无力无重力[1]啦。"

"无重力错了。"

我长叹一口气。

---

1 "无力"音译,在日语中和表达"没有办法"的词同音。此处"无力无力无重力"为玖渚友的无厘头式表达。

"确实……好像没什么突破死局的方法……"

"方法的话——有哇。"

那个声音极为自然地、理所当然地横插进我的丧气话,简直像一直在静待自己出场一样,时机掌控得恰到好处。这个既不属于铃无小姐,也不属于玖渚,更不属于我的嗓音,源于铁栅栏彼端。

只见那里站着双手抱臂的石丸小呗。

既无一声足音,也无一点动静,更无一丝前兆,她就站在那里。

猎人帽檐低到遮眼,丹宁布大衣,马丁靴,透过镜片可以窥见她的目光正尖锐地、高高在上地注视着我们,笑意盈盈,仿佛在享受当下的状况——就像玖渚打心底里对眼前局势感到愉悦一般,小呗小姐在笑。

"初次见面的二位,幸会。再次相逢的吾友,安好?在下名唤石丸小呗。"尽管地牢光线昏暗,却也能模糊地辨识出她一勾唇角,轻轻抬起下颚,"往后,还请多多关照。"

铃无小姐皱眉,谨慎地绷紧身体;玖渚瞪圆眼睛,疑惑而又惊奇;我则背对水泥制的墙壁,站了起来。

"哎呀,小呗小姐,昨天多谢了。"我慎重地、慎重地、极度慎重地开口,"即便在这里也能碰见您,乃是奇遇。"

"倒不如称作'遇奇一桩'更为十全,吾友。"小呗小姐以目中无人的态度配上过于殷勤的措辞揶揄道,"是啊,实乃陈腐之陈腐,老套至极。"

"您这是怎么了?跑到这种地方来,难不成迷路了?"

"非也,并不是这样的,吾友,完全不是这样。"小呗小姐憋着笑意回答,"在下听闻笼里新进了珍禽异兽,特来参观。还是那斜道卿壹郎博士亲手抓到的珍禽异兽呢。"

"……"

"你这个人都不笑的啊。"小呗小姐无话可说地舒了口气,"笑容是对话的基本吧?亏你能维持十全的人际关系,或者其实没维持住?"

"得此忠告愧不敢当,石丸小呗小姐。可要是非得毫无意义地笑,还不如叫我去死好些。"我含混地点点头,"那么,您有何事?话说您怎么进来的?"

"好问题。不过这个就留待稍后分解吧……"她的目光从我身上移开,看向玖渚和铃无小姐两人,"呵呵,笼子里关着两名女性,实乃一幅好画。"

简直就是暗指剩下那个附加项太过碍事。

听了毫无征兆突然出现在我们眼前的小呗小姐这句话,铃无小姐"呵"地轻笑一声。

"伊字诀,你的人脉很广嘛?这么封闭的地界都能碰到两个熟人,"她这话不是对小呗小姐,而是对我说的,"还都是女的,简直就是在原业平[1]。"

"呃……"听不太懂她的比喻。

"然后呢,你和这位妙人是什么关系?"

"在下昨日想对这位阁下求爱,却被彻底拒绝了呢。"

小呗小姐抢在我之前回答了铃无小姐的问题。这女人竟然给我回答了……

"是吧,吾友?"

"是的……呃,大概有十分之一的真话吧。"

"真话有一分就十全啦。不过,"小呗小姐换了一种语气,"看来情况有变,所以想着,现在也许他会改变主意……"

"女人太缠人会被讨厌哦。"铃无小姐终于转头看她,"不是吗?'吾友'女士。"

而小呗小姐毫无惧色,只道一句"也许",轻描淡写地把铃无小姐的敌意当了耳旁风。表面看着虽轻松,我却很清楚能做到的人有多厉害。

"可是在下这个人,说来倒是有些死缠烂打,希望你多少收起一些敌意。在下可不是敌人,甚至自认为能与各位搞好关系……特别是你。"她用下巴指了指我,"你不觉得吗?吾友。"

"你刚才说自己是听说的吧?"铃无小姐非但没有回答小呗小姐的问题,反而主动发问,"听闻是什么意思?我可以理解成,是

---

[1] 日本平安时代初期贵族、歌人,《伊势物语》主人公原型,据称一生与其发生过关系的女性逾3000名。——译者注

有人告知你我们被关在这里吗？"

"哎哟，说漏嘴了……不过问题不大。呵呵，真是人如其表，毫无破绽呢，铃无音音小姐。"小呗小姐笑得更加愉快，"不过在下以为这种密不透风发挥在其他场合更好。在下最开始便说了，'方法的话有哇'，这岂非对如今的诸位更重要？"

方法！突破眼前困境的方法！

听了这话就连铃无小姐也陷入沉默。我瞟了一眼玖渚，她维持着最初见到小呗小姐现身时的姿势僵住不动。也就是说，还是瞪大了眼睛歪着脑袋，偶尔会像这样停止思考，这就是玖渚友。

小呗小姐"啪"地一击掌。

"所以在下的意思是，要不要救你们出去呀？"

我的表情自然僵住。

回想起昨天晚上发生的事。

"……"

"你不信？不相信吧？在下非常理解。突然有人这么好心，怎么可能信任对方呢？正常人都会怀疑的。但是……"

说着，小呗小姐的手伸进大衣口袋，取出一把刀。但它更接近锥子或铲勺，拥有尖锐的外观，刃部较短，设计上看起来也不太趁手。是的，它并不是为了捅人或破坏物件而生，主要用途更接近所谓的开锁专用工具（Anti-locked Blade）——

"哎呀，看来你认识它？十全。那便省了解释的工夫。"小呗小姐一挥刀，咻——发出切割空气的声音，"这是朋友的礼物，原本不能太粗暴对待，总而言之——"

她把刀子捅进栅栏上的铁锁。咔嚓、咔嚓，晃动两三次刀柄后，便听得清脆的簧片弹响，紧接着笼门便脱离了拘束，发出尖锐的轧音缓缓开启。

"这样便不必谈及相不相信，而是客观事实了。"

"您有什么目的？"

我的问题引得小呗小姐有些不悦。

"你很没礼貌哦！受人帮助要先说谢谢，令堂小时候没教过你吗？"

"很遗憾我从小娇生惯养……因此有点不信任他人的倾向。"

"那可真是十全十美，吾友。"这次她笑得优雅，"在下所求很是无趣，无趣至极。在下的要求当然同昨夜完全一样啊，没有改变，吾友。"

"这样……"

我姑且点点头。

和昨晚同样的要求，也就是说——

"如果我，再次，拒绝了呢？"

"无妨，这也不失十全，随你心意，左右不过是分道扬镳。"小呗小姐很快退让，轻轻举起双手作势"投降"，"在下曾受过严格的教导，虽然不是父母之言……总而言之，'若想被人亲切对待，首先必须无条件奉上自己的亲切'。到此为止都还在免费体验范畴。"

"这样啊……"

她的话究竟有几分真实性呢?

我的字典里对初次见面的人首先就不存在"信任",更遑论"信赖"了。况且石丸小呗,甭说信任,甚至是需要提防的人物。昨晚且不提,更别说如今。

重点在于她化名"零崎",才是最危险的!

红色的承包人曾告诉我"没有人会用零崎做化名",而如今我面前正站着一个堂而皇之自称零崎,光明正大潜入此地的家伙。这意味着什么?

然而,但是——果真还会有比现在更糟糕的情况吗?

"岸丸小姐,是吗?"就在我犹豫如何答复的时候,铃无小姐抢先发问,"岸丸小姐,对了,你的——"

"是石丸……"小呗小姐有点不高兴地回答,"石丸小呗!请不要弄错。"

"抱歉了。"铃无小姐耸耸肩,"难得您主动提议,但我们回应不了您的好心。虽说不知道您跟伊字诀要求了什么,总之就是不能答应。"

"哎呀,这又是为何?"小呗小姐夸张地表达疑惑,"说不定在下想要的东西其实很无聊哦?比如两千日元钞票,或者地域振兴券[1]之类的。"

---

[1] 地域振兴券是1999年4月,日本政府为刺激低迷不振的民间消费发放的消费专用券,每张面值为1000日元,总额约发放6194亿日元,同年9月30日过期。——译者注

"因为交易本身就不成立啊。"铃无小姐说,"我们不能离开这里,或者说,就算离开了也没意义。就算出了这个笼子,也没任何意义吧?不是吗?伊字诀。"

"是啊……"

确实,铃无小姐所言不虚。我们即便逃离这个牢笼,也跨不出春日井小姐四栋的大门。这栋建筑没有窗户,唯一的出入口又——没错,有那麻烦的"安保系统"坐镇。

假设——虽然是非常无可奈何的假设,假设刚才玖渚说的都能实现好了,在这栋楼里找到一台电脑,利用它连上中央主机,用她所谓的管理员权限可以开锁,也许可以逃离大楼。若是这么做了,没准连这家研究所都能逃出去。但菲亚特被扣在他们手上,况且出口绝对设有哨卡,再加上,我们之中能用双腿坚持到下山的人只有铃无小姐一人。

即便无视眼下诸多障碍,在极端乐观情况下我们成功逃离,卿壹郎博士只需给警察打个电话,我们到头来还是得被请来,而且这种情节才是博士喜闻乐见的。

"因此出不出这个笼子不是我们能决定的啊,小呗小姐。"

铃无小姐有些自嘲地笑了。

"眼下就叫山穷水尽、四面楚歌吧。"

"非也非也。眼下顶多山重水复、两面楚歌,根本不必这么悲观。"小呗小姐说着抛了个媚眼,"正因如此,才要交易呀,在下是不会让合作伙伴吃亏的。所谓交易,若不能让在下的好处也变成诸位的甜头，又怎么能得到真诚的合作态度？"

这思路实在很妙。不，关于这点我也有同感，小呗小姐说的话非常正确。然而……不仅仅是正确这么简单。

"所以，怎么回事？接下来话题要回到'方法'上吧？"

"正是如此，吾友，不愧是在下看上的男人……着实聪明，着实高明呀。"

"……"

我一言不发，等待她的下文。铃无小姐也采取相同方针。玖渚则根本不知道在没在听，不过她也沉默不语。

"只需检举'真凶'，证明自身清白便可。"

最终，小呗小姐这样说。

"只要这么做了，卿壹郎博士就没有理由拘禁各位，不是吗？"

"'真凶'？"

杀害兔吊木垓辅，把他钉在墙上的真凶，创造条件让我们被塞进这里的罪魁祸首……

"这……"

我手抚着嘴思考起来，在脑海里反复思考小呗小姐的话。对啊，我都忘了，那件事无疑是某人犯下的罪行，不会有错。既然我主张卿壹郎博士胡搅蛮缠，也早该想到还存在着另一个最佳解答。对啊，这样一来，只要求出这个解，博士的逻辑就能被推翻了。

此地与世隔绝，又是封闭空间，条件相当有限……那么真凶便是……真凶就在这些人之中。这样一来，这倒确实——

"这倒确实……"

"不错啊！"铃无小姐接上我的话，"这主意确实不错，问题在于现实办不到吧？志向高远固然很棒，但留给我们的时间太少。春日井小姐说过'再有五个小时就会得出结论'，到那时候我们就完蛋啦。而且已经过去一个小时，就剩下四小时了吧，仅仅四小时，想找出谁是真凶——"

"四小时！"小呗小姐如歌如咏地打断她的话，"四小时？意思是无限吗？倒不如说时间过于充分呢！"然后挑衅地看了看我，"对吧？是不是？吾友？"

"如果您能协助，想来确是如此，小呗小姐。"

我不情愿地点点头。

正如铃无小姐所说，形势严峻，又如老师所述，这桩杀人案件不仅残忍，还凭着一间非常物理意义上的密室——绝对密室（Hard Locked），构造出"不可能"的犯罪。过于严格的守门机器，外加兔吊木的尸体受到如此残忍对待的谜题，再说墙上那血字的意义，本来就已经非常棘手，如今竟还要加上时间限制……

但是——

确如小呗小姐所言，这是我们目前可以着手尝试的唯一答案，即便它同时意味着最糟糕的选择。

"那么？如何？在下不会强迫各位的。"

小呗小姐把她的右手伸进栅栏，铃无小姐已经不再发言，玖渚也什么都没说。

我下定决心，握住她的手。

就像牵起人类的手一样。

3

铃无小姐和玖渚留在笼子里，我则跟着小呗小姐展开行动。刻意分出"待命组"和"机动组"似乎没有必要，但又不能全员出击，大家一致同意要有人留守，那么，只留一个人在笼子里又不合适（春日井小姐在四小时内随时都有可能回来，如果被发现"脱逃"，独自留守的人可能无法应对，关键还很危险），也不能将身为局外人的小呗小姐留在笼子里（我虽希望如此，却理所当然地马上遭到否决）。在我们三人——我、玖渚、铃无小姐之中，就只有一个人能参加行动。铃无小姐率先谢绝了这项差事，她给出的理由是"本小姐太笨了"，那么只能是我或玖渚去了。客观来说玖渚当然远比我聪明，然而把她交给小呗小姐这种可疑人物实在不太好，再说我也不认为玖渚擅长隐藏自己的行踪，大概刚出笼门两秒就会被发现。既然卿壹郎博士的目标只有玖渚，那么只要玖渚还留在笼子里，即便有什么意外也不至于被乱来——没错，至少不至于乱来，那么只剩下我亲自出马的选项。

在这一番"传教士与食人族过河[1]"式思考之末,我离开了牢笼。

"真是戏言!"

我念叨着平常的台词,站立在小呗小姐面前与她对视。而她再次把帽檐压到视平线的极限说句"请多指教"。

"那么赶紧动身吧,别在这里磨磨蹭蹭的。"

"是啊,没错。"我点点头,转身面对牢笼,"那么,铃无小姐,这里就……玖渚就拜托您了。"

"虽说现今的形势下本小姐也不敢打包票啦,那就试着交给我吧。"铃无小姐说,"伊字诀,我们的命运都寄托在你身上了啊!"

被寄托了不得了的东西。

拜托、交托、寄托!

喂喂喂,这简直像是……

简直就像我们相互信赖一样啊!

"阿伊。"

玖渚开口的时机十分唐突。

"最坏的情况……要是阿伊真的走投无路的时候,可以联系小直哦。"

"……"

---

1 让三名传教士和三名食人族平安渡河的问题,前提是船一次只能载两个人,以及传教士人数一旦少于食人族,将有生命危险。——译者注

联系直先生……我很清楚这意味着什么，玖渚友遭遇直接危机的时候，借助那个人的力量——究竟意味着什么。

"我知道了，就这么办吧，前提是万不得已的时候。"

"还有哦，阿伊，你还记得吗？"维持着坐姿，玖渚抬头看我，"以前，人家说过的事，这是'Team'内部的规矩，'谁都不可以泄露成员的情报'，以前约定好的。"

"啊啊……也许说过吧，好像说过，仔细想想的话。"

"人家现在要打破约定。"

玖渚这么说。

"昨天，小细说过这样的话——'也许如今正是挽回污名的好时机'。"

挽回污名。

说到兔吊木的污名——"害恶细菌"（Green Green Green）吗？曾经"Team"时代作为究极破坏家极尽暴虐之能事时得到的称呼，同时也是蔑称。兔吊木要挽回它？他想取回这样一个名号？到底……那个被处以十字架刑，现已不在人世的兔吊木垓辅，为何做出此等发言？不，然而，比起这个……

"为什么现在提及此事？而且还是对我说的？"

"因为不公平啊！现在没时间了，所以只能说这么多，但是，希望你能明白。"玖渚的语气罕见地平淡，"哎，阿伊，阿伊不会抛弃，也不会讨厌人家吧？"

"不会的。"

51

我没有经过任何思考就答道。

即刻回答。

安心的，不是玖渚，而是我自己吧。

"别每次都问那种不可能发生的事，我都回答烦了，对我们来说都根本不算什么啊，小友。"

"是吗？那就好啊。"

然后玖渚对我露出了像平时一样的天真笑容，这就够了。我下定决心："那咱们就出发吧，小呗小姐。"她也点点头，迈开步子："先来开个作战会议好了。"

"认识现状，确认外界状况，那么就必须离开原地。"

"就是这个问题，虽然刚才也请教过您了……小呗小姐，您到底是怎么进来的啊？"

"接下来会解释的，总之，请跟过来吧。"

小呗小姐大步前行，鞋跟撞在地上发出清脆的声响，我紧随其后。很快走过拐角，回头望去，铁笼已消失在视野中，玖渚和铃无小姐的身影自然也看不到了。

此时小呗小姐窃笑起来。

"您在笑什么？"

"没有哇，很棒，该说是友情、爱情，或是其他？你们都很有魅力，可是吾友，谁才是你的本命？"

"不是那种关系啊！铃无小姐不是，玖渚也不是，我的本命是住在隔壁的邻居，像武士一样的女孩。"我没好气地随便回答，

"再说，这跟您没关系吧？"

"呵呵，当然与在下无关，你的私事与在下全无关联，确为十全。可是想要了解之后同生共死、休戚与共的同伴，不是很正常吗？吾友。"

"我可没打算陪您一起赴死，小呗小姐。"我尽可能装作敷衍了事，"而且要这么说，您似乎已经相当了解我们，我却完全不了解您，这叫我怎么能不紧张？"

"紧张……不错，尽情紧张吧，肯定会更顺利。"她这么回答着，步调丝毫不乱，"只要你遵守约定，在下就没有怨言。因为在下要的不是信赖，而是诚意。"

"唯物主义呢。"

"这叫现实主义哦。"

一段毫无意义的交涉……可以了吗？这样就行了吗？现在的我只能抓住她这根救命稻草。

"是这儿。"

小呗小姐指着一扇绿色的铁门。她用那把锥状小刀撬开了锁，一推门就开了。前方是一段上行台阶，仅从外观判断，像是紧急逃生梯。

"您是从这里进来的吗？"

"是的。电梯的噪音很大，容易暴露行踪，快走吧，时间不是有限吗？速战速决更为十全。"

不同于犹豫不决的我，小呗小姐抢先登上楼梯，举手投足间全无迷惘。这意味着所有的发展，包括我会听从她的指示在内，一切都在她计划之中。我轻轻甩头踩上台阶，绿门自行闭合后发出上锁的声音，门上装着简易的自动锁。

"在下要澄清一个误会。"小呗小姐说，"你想得没错，大部分事情都在计划之中，但对在下而言，唯独有一件事出乎意料。"

"我还什么都没说吧？"

"在下本来以为，拉拢你需要花费更多时间。"她没有回答我的问题，"鉴于昨夜你的态度，如今这般当然更为十全，不过我看你完全不像识时务的人，即便当下万不得已，你也断不会如此爽快地接受在下的条件？"

"我的熟人里有一位……"我叹息一声继续说，"和您很像的人。不，倒也不能说是像，而且，我既不理解您，也不算理解她，但是怎么说呢，类型上……您与她在分类学上属于可以归为同样位置的人。"

"哦？好像挺有趣的。"

"不过那人属于所谓的万能吧，嗯，虽说她是承包人，"我又补充说，"不是您这样的小偷。"

"呵呵，原来如此，倒也十全……用黑衣人小姐的话说，你的人脉很广啊！总之，你接受得很快，这是好事。"

黑衣人？谁啊？啊，铃无小姐吗？

我们途经通往一楼的门，小呗小姐径直走向二楼。

"您还要上楼？只有一楼有出入口哦？"

"就是因为那个出入口不能用,诸位才困扰吧?正常路子走不通,那么走不正常的路子更十全。比起这个……唔,话虽如此,却也不知是否更重要呢。"

"什么啊?您别卖关子啦。"

"没有哇,你对这个案件……嗯,是案件吧,你有多少自信可以顺利解决呢?我想先确认下这一点。"

"现在已经很不顺利啦,被关在那种地方……而且您这么一说,自信……我只能说……"尽管不是模仿她,我也卖起关子来,"这种剧本我已经体验过好几次了。而其中,没有一件事是我不能解决的。"

"看不出来你很自信嘛,在下有些吃惊。"

"经验啦,经验而已。倒不如说,这种程度哪里够得上?"我淡然着叙述,"想让我和玖渚破灭,光凭这点小风波根本不够。不过就是玖渚以前的伙伴被关在密室里,整个人被毁得面目全非,挂在墙上外加血字装饰嘛,也就打个六十分吧。"

"足够拿学分了呀。"

"也许吧……但有时间限制是第一次碰到。四小时……或者更少……时限到来之前必须回到地牢去!"

"要是四个小时之内没能解决,你打算怎么办?"小呗小姐问,"方才虽然当着黑衣人小姐的面那样说过,可是也不希望被全权信赖,在下另有目的,你我不过是同盟关系,比起同生共死,不如叫吴越同舟呢。"

"我都明白,确实是吴越同舟。我想想……如果没能解决……"

"就联系'小直'……是吗?"

小呗小姐稍稍压低了声音。

"那是最终手段。不对,若把和您结盟比作最坏的选择,这应该称作最低级的手段才是。"

假设选了那个选项——假设玖渚直得知玖渚友——自己的妹妹受到此等虐待,这件事别说四小时,恐怕四秒就能见分晓。直先生绝对会动用手上所有的力量将此事解决——不,该叫驱逐。但是,这么做,唯独这么做……

"条件允许的话,我不想这么做。"

"嗯?虽然不懂……不过看来你真的不想选。那么,你会如何?要拜托先前提及的那位'承包人'继承你的意志吗?"

"这也有点……说实话,也不想选。"我老实回答,"这种情况与最优、最劣无关,理由是……我想和那个人做朋友,希望和她之间只是朋友就好,人情、恩义这些东西,我不希望欠太多,变成买卖双方那更敬谢不敏。"

说是这么说,其实已经受过她很多照顾了。

"如果只是营救兔吊木还能请她帮忙,可事情闹得这么夸张,反而不好找她。"

"正因为是朋友,才不能给对方添麻烦,这个意思?这和在下的想法相反,如果眼下这种危急关头都帮不上忙,还算什么朋友呢?"

"我也有很多苦衷的。"

给这种概念下定义很难，它总是模糊，不清不楚，若想准确定义，通常总得刨根究底一番，而为此事费心费力追问自己，似乎又没什么必要，尤其是在当前的局势之下。

"因为对我来说，活着就等于矛盾。"想了想，我只把自己心中临时的结论告诉小呗小姐，"我很庆幸能和那个人做朋友，能和那么优秀的人关系亲密，一起嬉笑闲谈，一起吃饭，睡同一间屋子，被她宠爱，被她调笑，被她欺负……总之我就是觉得能和她当朋友真的很好。所以希望有一天，也能让她觉得有我这个朋友真好。也许您听着很无聊，但真的仅此而已。"

"这样啊……嗯，倒也十全。"不知我长篇大论里的哪个部分让她中意，小呗小姐稍稍回过头来，似乎非常开心，那是一个相当魅力四射的笑容，让我措手不及，"那么，若四小时内无法解决，你究竟打算怎么办？话说在前头，在下认为'说服博士'不可行哦？眼下那博士十有八九正拼命做手脚，想拉拢是不可能的。"

"您听到我们讨论了吗？"

"只听到一半，顶多听到他们盯上玖渚小姐，打算拿来代替兔吊木先生之类的。"

"这样啊……您真是毫无破绽……是哦……真到那个时候，就没办法了，我会放弃。"

"撒谎。"小呗小姐立刻断言，"你不像是轻言放弃的人。"

"是吗？也许吧。"

然而我对她说的话没有掺假，完全坦诚，百分百真心话。没错，到那个时候就放弃吧，真到那个时候，我不会再想着高高在上地解决事件，不会再想着不弄脏自己的手，至今为止的十九年零几天内勉强保全着自我，若那个时刻果真到来，我不认为自己还能留在普通人的领域里。我不动声色地摸了摸上衣口袋，确保藏在其中的刀子没被没收。

"算啦，总是考虑无解难题不太十全，多想想光明的未来好了。"

然后，小呗小姐便走到了楼梯的尽头。尽头？也就是说，这里是四楼——不，不对！

"屋顶吗？"

"是。"她点点头，用那把小刀捅开门锁，"就是屋顶。"

我跟着小呗小姐走上屋顶。地面铺满瓷砖，前方能看到晾衣竿，它的用处本该是晾晒清洗过的衣物，却完全没有被使用过的痕迹。且不说晾衣竿，此地人迹罕至，甚至让人怀疑这栋大楼建成以后，就从未有人踏足过屋顶。

瓷砖上留着几摊积水，看来是昨夜的余韵。

我又抬起目光展望风景，果然很美。城墙彼端，杉树林一望无际，目力所及之处几乎见不到人造物体，真乃绝景。眼前这片自然风光美得反而有些不自然。

然而现在没有闲心沉醉于美景了。

"不要太靠近边上。虽说每栋楼都没有窗户，被看到的可能性很小，但也难保不会被外面的人发现。"

说着，小呗小姐自己走向边沿。我不太明白她的用意，只好跟在后面。

"那个，小呗小姐，您不会是打算从这里用绳索悬垂下降吧？"

"这个想法倒也不赖，但这样就无法解释在下是怎么进来的了。"鞋跟一响，小呗小姐在距离五栋极近的边沿停下脚步，然后杵在那里一动不动，"那么请跟上来吧。"

话音刚落，只见她退后一步，接着助跑、起跳、跳跃，也就是说，她踩着无限接近边缘——如果要更准确地描述，她是踩着与边缘的凸部及排水沟一毫米之隔的地点，猛然起跳，而她面前只有一片虚空，以及——

对面的五栋。

哗——仿佛有效果音写在背景板上，小呗小姐优美动人地着地，又回过身面对我，左右两根麻花辫随着动作飘起，数秒后轻轻落在她的肩上。

"来，请吧。"

"请？"见了这副光景，我心里直打退堂鼓，"这……要怎么请？"

"没什么的，不过两米而已，成年男性怎么可能跳不过来呢？"

两米！现实地说，四栋与五栋之间的距离，差不多就是这个数据。与我昨天的感受相同，研究所的楼栋几乎都挤在一起。所以像小呗小姐方才做的一样，从一栋楼顶跳到另一栋并非不可能。可是，就算再怎么强调只有两米——

我站在屋顶边缘，低头往下张望。这栋楼只是四层建筑，但每层的天花板似乎都比寻常建筑高一些，无论再怎么目测，离地少说也有十米……即便双脚朝下也足够摔死人了……

跳两米远当然不难，但若失败就意味着死，紧张感自然要升级。

"哟，也许是在下想错了，难道你害怕了？在下的友人竟是此等孬种，着实意想不到呢。"

"我才十九岁，不够成熟，这个借口您看如何？"

"若你不想打破僵局，并且不愿证明你不是孬种的话，请随意。"

被她这么一说，我只得做好觉悟。小呗小姐跳之前只助跑了不到一米——目测这个距离对我而言也是够的，但我还是后退了足有三四步，然后又恰好退了一步，做一次深呼吸，接着又退了一步。

"简直是……彻头彻尾的戏言啊！"

言罢，我冲了出去。当然可以跨越，从四栋跳到五栋，光是跨越的话很简单。但问题不在于此，起跳之前能否踩准发力点才是关键，如果被楼沿绊倒就万事休矣。也许因为有这一层担心，我最终在距离楼沿数十厘米处便飞身起跳。

自己正在从重力之中解放。

然后全身受到回弹的冲击。

"呼——"

我双脚着地。此时的我伫立于五栋屋顶，以几近下蹲的姿势。至少，似乎不用担心化作血红的番茄或悲惨的石榴，来给故事画上拙劣的句点了。

啪啪，小呗小姐鼓起了装模作样的掌声："做得很棒，吾友。"

"大约有三米吧。嗯，以助跑距离来看，你的体力尚且十全嘛。"

"我可是文武双全的。"我一边慢慢抚平剧烈跳动的心脏，一边故作从容，虽说感觉没必要这么做。不过，与充门面、虚荣心都无关，本来我就不能在小呗小姐面前展现出过度脆弱的一面。

"然后呢？到五栋来以后要做什么？"

"什么做什么？"

"就是接下来怎么办啊？这栋楼的入口也有安保系统，跟四栋没什么区别。如您开始说的，我们脱离了四栋……可是稍不留意，就会被人发现——"

就在我转向小呗小姐的瞬间。

通往室内的门就在我的正对面，现在这扇门向着我们缓缓开启。说曹操，曹操到，门后闪出了根尾古新的身影，他肥硕的身体裹着白大褂，嘴里叼着烟，正理所当然地由远及近。

我慌忙想找个地方隐藏，却惊觉屋顶根本没有藏身条件，更在下一瞬间理解到躲藏毫无必要。

根尾先生戏谑地一笑——

"哎呀，石丸小姐。"

61

而对我，本该被囚禁在地下的我，他仅仅瞥了一眼，就又向着小呗小姐，向着本该是局外人又兼闯入者的小呗小姐，深深地鞠了一躬。

"本打算在此等候您的大驾，看来进展比计划更为顺利，鄙人迎驾来迟，还请原谅。"

"无妨。"小呗小姐泰然作答，"比起这个，可以帮在下的友人准备饮品吗？"

第二天（3）——伪善者日记

三好心视
MIYOSHI KOKOROMI
研究所员工

0

我相信神存在
因为亲眼见过

1

我姑且想到过。

追根溯源，小呗小姐究竟何以不费吹灰之力，潜入这家固若金汤的研究所呢？按保安的说法，本该"已经脱逃"的她，现在却为何仍留在设施之中？她身上的谜团众多，为了解答这一系列疑问，我心中早有一个不成形的猜想——恐怕有某个安保人员做了内奸。

但我没有想到，那位内奸先生竟是研究所的员工。

我一边啜饮被根尾先生加了很多糖的咖啡，一边悄悄观察他的神情。本来不想被他发现，但根尾先生敏感地察觉到我的目光，对我呵呵一笑。

"怎么啦?"他挂着平时那种轻浮的微笑,话里有几分揶揄,"喝不惯咖啡吗?还有红茶,本想劝你喝酒,唔,不过想想之后的行程,还是不喝麻痹思考的东西为妙。"

"我不会喝酒……"

"啊,这么一说,好像三好女士提过,你一口气干掉一瓶威士忌,结果急性酒精中毒住院来着?后来就发誓再也不喝酒啦。"

恩师总是到处瞎传。

"没有……我挺喜欢咖啡的,其实黑咖啡更好,但像罐装咖啡一样甜的也很喜欢,虽说咖啡并不想讨我的喜欢。"

"哈哈!是啊,自己喜欢却得不到对方回应,很痛苦呢。"根尾先生坏笑,"我呢,喝不了黑咖啡,根本喝不了,哪天世上再也没有苦的和辣的东西该多好啊!我要是开创宗教,铁定写一条戒律,就叫'咖啡豆与尔等不洁,不可吃'。"

"……"

五栋,四层,根尾古新的私室,看起来不像学者的房间。没错,倒不如说,就像是中世纪贵族的卧房,与他本人的气质相符。酒柜、豪华沙发、气派的原木桌,天花板上垂着一架枝形吊灯,四面墙上挂满了画,且不是普通的画,全是美术馆宣传册上必定刊登的名作,当然十有八九都是赝品,不过,看得出他品位上佳。

"嗯?你对这些画感兴趣?"根尾先生道,"收藏风格不太统一,惭愧惭愧。"

这些装饰画的风格五花八门,风景、人像、抽象画、印象派、立体派、超现实主义,甚至连潜意识绘图作品也在其列,只要他自己愿意,开个小规模赝品展都绰绰有余。

"您喜欢画吗?"

"是的,不过画不喜欢我。"根尾先生微笑道,看起来有点开心,"虽说不知该算'业余爱折腾'还是'庙童会念经',学生时代……要追溯到中学时代了,嗯,那时自己还涂过呢。"

"这样啊,"虽然我想吐槽"业余爱折腾"和"庙童会念经"完全是两个意思,但转念一想吹毛求疵也没什么意义,于是权作应声,"那么您画得如何?"

"完全不行……旁观易,实操难啊!我画的本是自画像,可美术老师却说'嚯,这家伙……怎么说呢,对了,嗯,就叫抽象风景吧,颇有个性之光呢'。"

"……"只因有过类似经验,完全笑不出来,"所以您就转行做学者了?"

"哈哈,你可别这么看我,方才你也是这么瞪博士的吧?吓人,吓人,我是友军,友军啊!你明白吧?这不还请你喝咖啡呢。"

"友军,是吗?"

眼下重点在于,根尾先生究竟是谁的"友军"?至少不是博士那边的人,这点确凿无疑,直接把他视作我方友军又有盲目乐观之嫌,说是小呗小姐的人也不对劲。据我观察,两人实在不像互相信赖。我啜了一口咖啡,在口中稍作品味,之后一气吞下,腹中从里到外热辣辣的。

"您到底是什么人？"

"问得够直接……哼哼，这么跟你说吧，"根尾先生拿腔拿调地答道，摊开双手，"举报行家（Expert）！倒戈大师（Professional）！金牌谍报员（Specialist）！悖德效仿者（Copycat）！正是吾辈，根尾古新是也！"

"……"

"你别后退啊。"

"当然要后退了。"我退了快有五公里，"简而言之，您和小呗小姐同谋，那么是竞争对手派来研究所刺探的间谍吗？"

"有点差别。鄙人和石丸小姐不是同谋，唔，我大概算她的事后从犯吧……有点难定义。"根尾先生似乎找不到合适的形容词，"关于我嘛，你最好不要问太细，知道越多命越短。总之我不是斜道卿壹郎的人，而是对你有用的人，这就够了吧？"

"我想应该够了。"

恐怕根尾先生的目的和小呗小姐差不离。但小呗小姐只凭自己的意愿行动，他则像是听命于某个对立组织……简言之，就是与这家研究所或它的上级——玖渚机关的目的相左。这样看来，根尾先生的准备比较充分——他可是以员工身份进来的，计划中有相当长的潜伏期——而小呗小姐虽不及他，却善于随机应变。大概就是这种意义上的共犯吧。

但正如根尾先生所说，我最好装作不知道，时间本来就不够，我可没有闲心牵扯什么组织、研究成果或者利益关系。

67

"不过……你被麻烦人物盯上啦。"

"麻烦人物？您是说小呗小姐吗？"

"不然还能有谁？你很容易招麻烦人物喜欢嘛。"根尾先生不动声色，"这次虽然事出有因，不过你以后别再和她扯上关系比较好。虽说以我的头脑实在想不到石丸小姐为何会协助你……这算年长者的忠告吧。呵呵，你是不是觉得没那么严重？确实，和以前比起来……和我第一次接触她那会儿比起来，石丸小姐已经温和多了，但我认识曾经被称作'七本枪'的她……"

听他的语气，他们已不是第一次共事。这样一来，就如根尾先生不是寻常间谍一般，小呗小姐也不是普通的产业间谍，我还是想避免深入进去。然而，我现在已经不确定自己是否能够避免，毕竟内幕也许与兔吊木的案子有关。

"话又说回来啊，今后你打算怎么办？"根尾先生话锋一转，恢复了之前的语调，"说真的，这实在是不可能的任务啊！博士虽然是在胡说八道，可他的理论是目前唯一合理的解答了。虽然称不上最优解，面上总过得去。再说安保系统有多难破，根本不用我多说，磁卡、密码、虹膜、声纹、ID，以及留在中央电脑上的记录……你可能在怀疑我们几个，但这也蛮不讲理哦。我还说是外人作案，他八成早就下山了，而且这样一来，你想四小时内破案根本不可能。"

"不要吓唬年轻人。"

这个突然插进来的声音属于谁不言自明，小呗小姐不知何时出现在根尾先生身后，手上抱着一堆纸卷，她的动作悄无声息。根尾先生也许已经习惯了，并不怎么惊讶，只是说道："哟，石丸小姐，您什么时候在那儿的？"没有回头。

"从'年长者的忠告'开始，在下之后要花点时间和你好好讨论一番意见相左之处，根尾先生。比起这个，吾友，你看。"

她在我对面挨着根尾先生坐下，然后把手上抱的纸卷递过来。只见上面罗列着一大堆不知所云的英文和数字，让人头晕目眩。不，这不是英语吧？这是程序代码，广义上叫作机械语言。

"这是……"

"姑且打印完拿过来了，这是中央电脑上残留的记录。"小呗小姐瞥了一眼根尾先生，"根尾先生的电脑实在太破，多花了点时间。啊，就是那一段，昨晚的记录，那个四位数表示时间，旁边的记号代表大楼的编号。"

我听着小呗小姐的说明，仔细端详那堆数据，但最终只看出博士没有说谎，昨晚离开自己大楼的人的确只有春日井小姐，而她也只在外面停留了5—10分钟。光从这份记录看，以卿壹郎博士为首，所有员工的不在场证明都能成立。即便用排除法，可疑的也确实只有玖渚一伙人。

战况不妙。

嗯……

排除法……

"有没有可能被动过手脚？"

"动不了手脚的。"根尾先生代替小呗小姐回答,"我们没那种特技,包括博士也没有,兔吊木先生倒有可能,但他也不是做硬件的,他比较偏软件嘛,再说死的就是他。三好、春日井两位女士甚至连大分类都不一样。神足兄这个人呢,偏重理论研究,不擅实战。至于大垣君和宇濑小姐的能力,甚至不是种类的问题,高度本身就不在讨论范围内。"

"就算其他人不行,博士应该办得到吧?他可是'堕落三昧'啊!只要这外号不是徒有其名,这点事他还是能办到的吧?"

"有一件事要和你说清楚。玖渚友是天才,而斜道卿壹郎不是!个中差别比你想象得要大得多哦,小男朋友。"

"……"

"没错,博士不是天才,自然以你……当然包括我在内,以我们的级别看不出玖渚大小姐和博士之间有多大差距,尽管他们放在一起好像都是天才,但是世上能看出个中差异的人屈指可数,博士自己就属于其中一员。而正因如此,就是因为博士领会到自己不是天才,他才会把研究方向从他做了一辈子的人工智能,换成如今这种荒唐可笑的研究吧?"

荒唐可笑的研究!想来他没说错。但若如此,别说不在场证明,博士就连杀害兔吊木的动机都没有了,毕竟他不可能亲手断送自己毕生的心血。

"因为人类就是这样,最喜欢蔑视他人。当然啦,你也明白,这世道不公平,对吧?问谁都会这么回答。虽说这比喻有点老套,随便抓个人问'你觉得自己是世上最差劲的人吗？'你说谁会点头？不可能的。"

根尾先生看起来很开心。

他说得没错，顶点仅一个，底层茫茫多，世界的构造就是如此，听着实在不太悦耳。

"有点跑题？不过这里的系统黑盒子太多了！岂止安保系统，中央电脑也是一样，整个就是黑箱，了解内部结构的，只有这位造物主——玖渚大小姐。"

"也就是说，战况岂止不妙，简直糟糕透了！"我把纸卷扔到桌上，"而且，要是牵扯到电脑之类，我就要举手投降了，那不是我的专业。"

"哦？"根尾先生感兴趣地问，"那，你的专业是什么？既然是三好小姐的徒弟，果然还是解剖学吗？"

"我不太喜欢解剖学……对了，根尾先生，"正好说到解剖学，"兔吊木先生被钉在墙上的遗体后来怎么样了？"

"嗯？啊，跟你想的一样，大垣君和宇濑小姐把他搬到三栋……三好小姐那里去了，现在她正跟春日井小姐一起验尸呢，调查死因、死亡时间之类的。"

"这样啊……"

我开始思考。当然最好能拿到与兔吊木尸体相关的情报，早上走进那间屋子时过度惊愕，很难保证是否接收到尸体传达出的正确信息，而且站得也远……所以，我必须再看一次被残忍杀害的兔吊

71

木的遗体。

此外，现场调查也是绝不能省的步骤，必须再去一次兔吊木被施刑的那间屋子，那间饰以血字、空无一物的屋子，对状况做出判断。

两件事都非办不可！但是，该怎么做呢……

"对了，首先吾友，还有一件事要决定吧？"小呗小姐与陷入沉思的我搭话，"在下与你的合作关系之中，还有一件最开始必须说好的事情。"

"什么？"

"简言之就是你优先，还是在下优先。"小呗小姐竖着一根手指讲授起来，"也就是说，究竟是你先提供线索给在下？还是在下先帮你查明真相，然后再接受你的诚意？这个先后顺序，可是迫在眉睫的问题哦。"

"啊啊……"对，还有这个，"的确是个问题……"

以我的立场，自然希望能把提供线索云云放在一边，无关时限，只因这是我捏在手上对付小呗小姐的底牌。但对小呗小姐而言也一样，即便她为我鞠躬尽瘁，我却不一定会回应她的期待，况且昨晚我已经拒绝过她一次，要求她无条件全面信任我纯粹是无理取闹。

想必她也在思考相同的问题，我们一时无话。

"要不抛个硬币？"根尾先生向她提议，"再这么僵持下去，每时每刻都是浪费时间哦，石丸小姐。当然啦，也许二位都不满意，可就因为没有完美解答，用硬币之类的轻松决定才公平嘛。"

"原来如此，十全。"说着，小呗小姐在口袋里摸了一阵，掏出个金币似的东西，肯定不是日元，却也不知是哪国的硬币，没准是街机代币也有可能，"那就，吾友，正面还是背面，选一边吧。"

"这样不公平吧？"我慎重地选词，"硬币的反正面，丢的人不是可以控制吗？小呗小姐，我倒不是怀疑您——不，虽然就是怀疑您，可是靠着动态视力就能调整结果，以这个为基准是不是有点……"

"确实！"她退让得很干脆，"那你来扔，在下指定，这样对你也公平吧？"

"可以吗？刚才说的，对我自己也适用啊！"

"在下还有一枚。"小呗小姐说着从口袋里掏出第二枚硬币，"握在右手代表在下猜正面，握在左手则代表反面。这样能接受吗？"

说着她弹起硬币，双手快速交换着，最后把硬币握在其中一只手里。至于具体哪只手，至少我是看不出来。

"好吧……"

我轻轻弹起硬币，到这一步已经没有策略可言，只能听天由命。我没有用手背接住，任凭硬币掉到桌上，它转了几圈，最终背面朝上，停了下来。

概率是二分之一。

如果说得更准确些，硬币竖立不倒也该包括在内，所以并不是二分之一，可这件事发生的概率本来就低得想想都可笑，再说现在已经与它无缘。我静候着小呗小姐，她有些讽刺地笑了笑，慢慢松开左手，里面什么都没有。

"很好……这也有其十全之处，那就你优先吧。"小呗小姐从沙发上站起来，高高在上地看着我，"那么，这类案件照本宣科（Step by step），接下来该是检验解剖结果，还是去现场搜查？遗体优先还是现场优先？你来决定。"

我回望她，开口。

"是啊，总之还是遗体要紧吧，时间越久，能得到的线索就越少。"我转向根尾先生，"根尾先生，您知道兔吊木先生的尸体被收容在三栋的哪个房间吗？"

"大概是三楼的第七解剖室吧，她们这么说的。不过，你打算怎么做？"根尾先生有些疑惑地问，"你……或者说，你和石丸小姐都进不去三栋啊！跟进不去七栋是一个道理。鄙人可以像现在这样藏匿二位，提供思考场地，提供线索，端几杯咖啡也不在话下，但帮再多就很难了。我现在也自身难保，你明白吧？"

"嗯……明白是明白。"

怎么做……我首先想到的是寻求老师协助，但这条路风险太大不说，成功率也不会高，属于最恶劣的赌博。我的老师——那位三好·天上天下唯我独尊·心视老师，我虽不觉得她是卿壹郎博士的信徒，但她也不会主动背叛博士，她那么圆滑的人，和这家研究所之间肯定不仅仅是纯粹的雇佣关系，绝对有私人企图。再说，对老师而言，符合自己目的之外的一切都不能定义为人生，优先于个人目的的事物在宇宙中都不存在，仅凭"曾经的学生"这种老掉牙的名号，也许在老师面前能有几分薄面……不过是个人理想主义罢了。

"如此一来……就只有一个方法。"

小呗小姐对陷入沉思的我说，然后不等我回答便转向根尾先生："总之你嘛——"

"请你尽可能地妨碍博士，拿杂事去烦他，或者散播假情报，有多少用多少，这不就是你的专业吗？"

"哈哈哈哈……"根尾先生干巴巴地笑了几声回应，"了解了解了解啦，石丸小呗小姐，虽说我不知道，看来小姐你有关照这个少年的理由啊，不惜做到这一步都想获得的'线索'究竟是什么？好吧，我不会问的，感兴趣但我不会问。好，尽管交给我吧，石丸小姐，不才根尾古新，必定尽微薄之力，全心全意协助您。"

"十全！那么出发吧，吾友，"听了他的话，小呗小姐不合时宜地粲然一笑，然后牵着我的手，把我从沙发上拉起来，"咱们要踏上冒险之旅啦。"

"您好轻松啊……"

"因为与在下无关，虽说只是到目前为止。"

"少年，"根尾先生略带几分认真地叫住被强行拖走的我，"你要注意，千万别让任何人发现你，被谁发现就完蛋了！什么三好小姐是老相识，面对大垣君能糊弄过去，千万不要有这些天真的念头哦！"

"这个我明白的。"

"不仅博士，这里所有人都堕落到底了，当然其中也包括我。对了，尤其要注意春日井小姐。"

"春日井小姐……吗？"这让我有点意外，"为什么？我倒觉得志人君和美幸小姐更……"

被那样蛮不讲理地迎头痛殴却仍然对博士献上信仰，这两个人才是危险人物。

"越没有信念的人，现在问题才越大。再说，你好好想想吧，为什么博士要把你们——或者说，为什么他不把玖渚大小姐关在自己那里，而是交给春日井？当然，其中肯定有以防万一，方便日后推卸责任的考虑。但在这之前更重要的是——春日井小姐绝对不会背叛博士！这是客观事实。我能理解，正因为我是背叛专家，正因为本人以背叛为前提，才能确信春日井小姐不会背叛，因为她根本没和博士联手。大垣君和宇濑小姐有理由对博士阿谀奉承，比如他们敬畏博士，博士有恩于他们，等等。但是正因如此，只要给他们更好的东西即可。比如现在被博士揍了心里产生过节，你就可以乘虚而入，让他们倒戈的方法要多少有多少。但春日井小姐不一样……她会待在这里只是'不知不觉'而已。"

"'不知不觉'……是吗？"

我复述他的话，根尾先生此时露出一个坏笑。

"是啊！喂，世上还有比这更可怕的吗？还有比这更恐怖的吗？不基于任何理由、任何信念行动的人类！她根本没理由听命于卿壹郎博士，一个都没，只是不知不觉就在这里了。所以，我们就连推翻这些思路都做不到，因为她本来就没理由帮博士，所以我们无法颠覆。零乘什么都是零，又怎么用除法分割零？这不叫狂热的信仰还能叫什么？"

"……"

春日井春日。

我想起昨晚与她的谈话。

她说自己选择了"不选"。

不喜欢、不讨厌、不普通、非愉快，也没有不愉快，更不无动于衷，她什么都不是。

什么都不是，"不知不觉"的她。

但此时的我其实听不太懂根尾先生想表达什么。这是因为，我虽然能理解春日井小姐是个某些方面不太对劲的人，但实在不认为她是根尾先生口中那般危险的人物。"狂热的信仰"这一形容，还是给志人君或美幸小姐更合适，而且从根尾先生随口说出的"不知不觉"中，我也没能感到半点恐怖。

"不知不觉"的她——春日井春日。

没什么问题吧？

但数小时后的我会明白，在这世上，全无信念的人，有时连其存在本身都是一种恐怖。没有问题的人也不存在答案，不久之后的我将亲身体会到这一事实。

2

随后，我和小呗小姐又回到四栋的屋顶。

"您打算怎么做？"

"很明显啊，你想去三栋对吧？那边不是有路嘛，独一无二的路。"

小呗小姐指着四栋与三栋之间的空隙说着，目测大约4米的距离……至少也有3.5米，比四栋和五栋之间的距离还远了将近1米……不对，至少1米有余。

"你是要我跳过去？又来？"

"不想跳也十全啊，你尽管在此Game Over好了。"

"……"

我从屋顶探出头，向脚下望去。嗯，不管看多少次都有十多米高。我的双眼视力都有2.0，因此不会有错。仅限此时，我痛恨起了自己健康的肉体。

"这有3.5米呢？"

"这点距离，现在的中学女生都跳得过去啊！"小呗小姐轻巧地说，"营养好的小学生能跳4米左右吧？顺便一提，目前助跑跳远世界纪录是男子8.95米，女子7.50米哦。就算只论女子跳远纪录，这还没它一半长，你怎么会跳不过去呢？"

别跟世界纪录比啊……而且尽管那些人将自己的人生赌在了跳远事业上，但也没听说有谁赌上命的。此时失败就只有死的等式断不会错，即便错了也要落个身负重伤的下场。风险如此之大，心理压力远比预想的要重很多。

"在下认为老是停留在原地不妥哦，而且兔吊木先生的遗体也不一定一直都放在三栋，收集到足够的证据——是指对博士而言足以支持他理论的证据之后被丢进焚烧炉也不奇怪，那你就完了。啊，完的不是你，是玖渚小姐来着。这就是死亡结局了呢。"

只要她提到玖渚的名字，我就别无选择了，我刻意嘴里嘀嘀咕咕"没办法"，从楼沿处后退。这次我的助跑距离比上次多了近一倍。然而，跑这么远也有可能在起跳之前就用尽体力，可说是进退两难。

"不说我，您能跳过去吗？"

"很轻松哇。"

小呗小姐自信地一笑，推了一下眼镜。鉴于她的态度，大概真的很轻松吧，那我就只担心自己好了。没事的，只要势头造足，哪会跳不过3.5米呢？只要注意别被边沿凸起部分或是排水沟绊倒——

调整好呼吸后，我踏出第一步，大约七步抵达楼沿边缘，第八步起跳发力，身体绷得犹如弯弓，眼中倒映着天空——那一秒不到的时间里，我在空中飞翔，然后着陆，再次成功着陆。

"呼——"

长出了一口气，我回身看向四栋屋顶，前一个瞬间我还在那里。就在我回头的时候，小呗小姐已经飘在空中，很快她便着陆，比我转换视角的速度还快，冲力有些过剩，她提起马丁靴的后跟猛烈摩擦地板，抵消了多余的惯性。

　　"呵呵，"小呗小姐维持她稍稍后仰的姿势对我一笑，"在下和你也许是很般配的一对，男女之间一同享受如此杂技体验，找遍世界怕也只有一对。"

　　"我倒没觉得享受……"

　　说着，我蓦然发现自己的着陆点比她更靠近屋沿，虽然没有铃无小姐那么夸张，但她也算是身材高挑的女性，腿比我长，因而跳远也更有利，不过比起体格，纯粹是运动能力的差距吧。

　　"怎么啦？要抓紧呀，时间不多了吧？"

　　"啊，是……"此时我发觉到另一件事，忽地停下正要迈开的脚步，"小呗小姐，我只是假设一下……呃，这个能叫诡计吗？……如果像这样从一栋楼跳到另一栋楼屋顶，不是可以直接进入七栋吗？"

　　我的假设让小呗小姐瞬间露出惊讶的表情，但很快她就说"办不到吧"。虽说她不是秒答，可是小呗小姐这样干脆地否认让我大惑不解，于是不由自主脱口问出："怎么就不行呢？"

　　"你不要这么激动，很逊哦，揪着卿壹郎博士不放的时候也是这样吗？"

　　"这……不，对不起，语气确实太粗鲁，我道歉。"

我老老实实低下头。

就是啊，激动又能怎样？玖渚和铃无小姐的安全再怎么时时刻刻受到威胁，也不是我热血上头就能解决的问题，甚至完全相反。越到紧急时候，越是这种场合，我更该强迫自己冷静下来才是，像平时一样，抹杀情感，做一台思考机器，做一台没有心的铁皮人。

"可是，您为什么这么轻易就否认……"

"你觉得在下就没有想过这种可能吗？你觉得在下的职业生涯中，就从未想到过这样像鲁邦三世一般，在屋顶之间穿梭的主意？"小呗小姐背对着我，一边走向门一边说，"总而言之，那种方法至少你是办不到的，原因之后再详细解释，首先要调查兔吊木先生的尸体状况吧？"

"我知道了……"不情不愿地点点头，我跟在她身后，"可是，既然这个方法不行……"

还以为终于找到这宗疑难案件的突破口，谁知又是错觉吗？我本以为通往七栋那完美密室的路终于被我瞥见一丝端倪了呢。

小呗小姐一边开锁一边说："问题不仅在于密室吧？"

"兔吊木先生为何会被残忍杀害？墙上写的血字也很令人在意。你总盯着密室那一点不放，总有一天栽跟头。"

"这样……您说的也是。"

我看了眼时间。正好还剩三小时三十分钟，时间方面没有富余，需要思考的问题仍然堆积如山。说实在的，希望比较渺茫，但只要不是零，便只能追查下去。目前只能做出这种毫无技巧的思考方式。

跟着小呗小姐一起下楼时，我又想起另一件事，与案件无关，而是方才同她打的赌，硬币的正反面。虽然最后以我的胜利收场，但我真的赢了吗？小呗小姐的左手的确是空的，但我也没能确认另一只手是否握有硬币……也许双手都是空的，完全有可能成立！也许她顾虑到我没有多少时间，自愿做了让步。现下思考这些相当不合时宜，而且显得有点多愁善感，我实在问不出口，所以作为代替，我选了一个完全无关的话题，向着小呗小姐的背影发问："根尾先生是做什么的啊？"

"他没告诉你吗？"

"我问过，但好像是被糊弄了……不对，是被转移话题了吧……什么'举报行家''倒戈大师''金牌谍报员''悖德效仿者'之类，列举了一大堆听起来假得要死的头衔。"

"然后，你是怎么看他的呢？"

"呃……大概是哪个竞争企业派来的间谍？"

"这个回答不太十全哦，就像说'在海里游泳的都是鱼'一样，嗯，大概就三全四全的程度。"

"这样啊……"不太懂她的评分标准，"那根尾先生是什么人啊？"

"这是在下和你两个人的秘密！"小呗小姐停下脚步，竖起一根手指，眨了眨眼，"他的身份可没有'间谍'那么柔和，与此同时他所有自称的头衔无一例外全都正中靶心。是呢，某个大集团……不,某个大组织派来的全权大使。这样一说,比间谍要高上好几个阶层。"

"'某个大组织'让人很在意啊……"

"就是如此受人注目呀!卿壹郎博士现在的研究……既然兔吊木先生去世,也许该说是曾经的研究吧……不过既然他打算用玖渚小姐做下一任标本重新启动,倒没必要订正,但这就要看你的努力了。比如你以前所在的ER3系统,可能也很期待卿壹郎博士研究的成果啊。嗯,大概如此吧,他们肯定会的。"

"然后……您也一样,没错吧?"

她回答着"正是",露出温和的笑容,再次迈开脚步。我不再继续追问,只跟在她的后面。我们穿过四层的门,抵达三层。小呗小姐在门口等我,然后一边注意不发出太大动静,一边用小刀捅开门。

"之前说过是几号房间吗?"

"在第七解剖室。"

小呗小姐说着,掰下铁制门把手,轻手轻脚地把门推开一条缝,观察里面的情况。但她马上飞速关门,虽然是近乎反射神经操控的下意识动作,但除了门自动上锁的声音以外别无声息,只能说她的手段果然高明。

"怎么了?"

"事不十全,有两位女性恐怕正巧是从第七解剖室里走出来了。"

"两位吗？穿什么衣服？"

"都穿白大褂，一位戴着圆框眼镜，另一位看起来很冷淡。"

大概是老师和春日井小姐。虽说女性阵容中还有一位美幸小姐，但对照方才根尾先生的证词，再加上两人都穿着白大褂，那么美幸小姐基本可以排除。

小呗小姐直接蹲下身，然后把耳朵贴在门上。我也有样学样地凑上去一起听。

"……呀……"

"……太差劲了……"

"……是……辛苦……啦！"

"常有的……麻烦……"

听不太清，这里离她们所处的位置大概比较远，但渐渐能听清两人的声音了，估计她们正在往这里走吧。

"哎呀，不过话说回来，博士到底打算怎么处理那三个人呀？"

心视老师的声音。

"还能怎么办，我认为结果已经相当明朗。"

春日井小姐的声音。

那么，小呗小姐看到的果然是她们二人。我向坐在对面的小呗小姐使了一个眼色，她轻轻点头，然后侧耳倾听两位女士的对话。

"手段还是那么强硬，我是这么觉得，实在不像成年的有识之士，把十几岁的孩子关在地下就够邪门了，竟然还要把他们包装成杀人凶手，实在不像理性的正常人。"

"好有常识性的意见呀，不然怎么叫'堕落三昧'呢？咱也不是不能理解博士的心情，他们来了以后才出事的吧？就算不讲道理，也确实可疑。"

"这么欠妥的发言可不像你的风格，我那边地牢里关的三个人之中不是还掺着一个你的徒弟吗？"

这位小姐怎么把人说得像米里掺的沙子？

"你应该想着包庇他才是啊，这么说来他热血上头的时候也是你第一个冲上去阻止他呢。"

"啊……那会儿啊，经验使然吧，在那边他也常常发火，明明平时那么老实，被人戳到痛处却马上会跳起来呢。虽说为了学业献上整个人生的人呀，脑瓜子好使的人嘛，差不多都这样，可是他跟那些人有点儿区别吧。总而言之，不管咋说，他太容易冲动了，特别是第一年，回回都得咱去拉缰绳。咳，真是个不省心的徒弟。"

想说的话堆积成山，总之暂且保持沉默。

"唉，从这点上说可爱倒也算可爱。"

"是吗？我倒有点失望。"

"嗯？咋啦，春日井儿，你不喜欢热血男儿吗？"

"热血男儿我觉得完全不行。"

"你的价值观真的很严格呢，不过说他不行咱举双手赞成。"老师满不在乎地做出即便是在背后议论他人，也非常过分的发言，然后继续说，"不过嘛，那家伙可不仅仅是不行，不，基本就是个废柴，哪止基础啊，他连应用都不行，进一步发散就更不行了。而且他这个人还不是普通的废，废得那叫空前绝后，闻所未闻，识一不知二，指右却往左，废得史无前例，废出新花样！哎呀，虽说咱可没打算夸他。"

不用担心，你一句都没夸。

"你好像根本不担心嘛，三好。"

"是，咱根本不担心，别说担心，咱可期待了呢，咱俩只要坐着发呆就成。博士、志人君还有宇濑小姐他们会妥善收尾的……虽然只是'善后'吧。哎，在他们想破头的这几个小时里，那家伙肯定能破案的，就这点事嘛。"

"破案？他吗？"

"没错！那家伙对这种状况……不如说，他是最适合应付眼下局势的人才。不，准确地说，是这样的局势最适合他。再说得直白点，这种局面是那家伙的天敌，他肯定会拼命解决的吧。"

"毕竟是你的徒弟啊！"

"徒弟吗？这词儿听着很有魅力，不过无所谓呐。"

说到这里老师笑了笑，后面的内容敷衍了过去。

话说，声音从刚才开始就不远也不近，听着像是停在某个地方，她们二位在干吗？虽说没有理由停在紧急出口附近聊天，但这么一想，不就相当于我们藏在门后被她们发现了吗？不，如果发现了，应该不会聊这些废话，直接拉开门就是了。既然没这么做，说明还是没发现我们。

此时我想起一件事。昨天我们走进兔吊木还活着的七栋时，志人君说兔吊木拆散架了的电梯隔壁也有楼梯，如果那里与三栋的构造一样，那么这扇门的旁边就该有个电梯。也就是说，老师和春日井小姐并不是站在门口，而只是在附近等电梯而已。

那么，现在是个好机会，她们接下来就会离开这一层。也就是说，潜入存放兔吊木尸体的第七解剖室的难度，将会直线下降。

嗯，形势一片光明，今年的我也许运气不错，虽说已经七月初了，而且前面六个月还好几次差点被弄死。

"话虽如此，他还被关在我那儿的铁牢里呢。'最适合'也好，'天敌'也罢，都束手无策吧。难道他是安乐椅侦探那一型的？"

"唔，算是奇想逆转型吧，到中途还是'搞不懂，搞不懂，完全搞不懂！太难懂了，太难懂了，再有一次搞不懂我就要死啦！可还是搞不懂！所以我死啦！'这种白痴角色，可是只要有那么一个小小的契机，就会变成'对啦！是这个！这么简单的事我怎么一直没注意到呢！我怎么能这么蠢呢！蠢啊，蠢到家啦！所以我去死了！'这样。"

"无论如何都是死呢。"

无论如何都是死。

"所以他不是安乐摇椅型，也不是远程操控型，话虽如此更不是近战猛攻型。确实，嗯，想来想去，都被关进监狱了，估计之后他也没办法喽。"

"所以到头来是'电气椅子型'吗？那期待他就没意义了。"冷酷无情大冰山春日井小姐漠然道，"不过这些都不用我们操心，全权交给博士就好了。"

"又是你的经典台词,'交给博士就好了'……虽说咱是不讨厌你这种个性啦。"

"这种个性是指哪种个性?三好。"

"自己嫌思考问题麻烦,就全部丢给别人,什么都不选的个性。"

接着只听到老师在笑,春日井小姐什么都没说。

想起方才根尾先生说过的话,我更加聚精会神地去听两人谈话,但直到最后她们都没再聊什么重要内容,只是漫无目的东拉西扯,至于具体说了什么,比如——

"咱知道'狐狸大仙'[1]其实是'狐狸'和'狸猫'大仙,可是听说应该叫狐苟狸大仙,这个'苟'是啥东西?"

"我记得是指犬神。"

"为啥是犬神啊?"

"狗和犬叫法的区别,就像干支中把蛇写作巳一样。"

"原来如此……不过你不觉得狐狸、狸猫和狗拼在一起很不自然吗?"

"这三者都会出现在野外,所以有共同点。"

"那野猪不也行吗……"

以及——

"咱们老用'又踢又踩'形容'厄运连连',可是仔细想想不

---

1 狐狸大仙原文为"こっくりさん",也作"狐狗狸",一种占卜法。——译者注

该是'又被人踢,又被人踩'吗?"

"确实'又踢又踩'的话自己就变成加害者了,也许是和'快刀乱麻'中间省略了'斩'一样的道理,因此正确的说法该是'又挨踢又被踩'才对吧。"

还有——

"唔,所以和《麦田里抓到你》[1]差不多吗?"

"你这么一说我想起来实习期有个留过学的朋友说'这个翻译有问题!完全没翻出味道!塞林格想表达的根本不是这样!我太理解塞林格的心情了,所以为了他我要施以绝对正确的翻译!'然后他开始执笔写作名为《麦田里的捕获者》的小说。"

"好看吗?"

"很烂。"

大致就是这类……话说二位,是我的错觉吗?我怎么觉得你们东拉西扯比聊案件的兴致高得多呢?

隔着门能听到微弱的电梯门开启的声音,电梯来了。

"那么我先告辞了,三好。"

"哦,不过这会儿根尾先生找你有什么事啊?"

"他说现在正在做的模型骨架有要事与我相商,但听起来很明显是谎话,话虽如此也不能置年长者的传话于不顾,我个人很想早点回自己那栋楼去。"

---

1 即美国作家杰罗姆·大卫·塞林格著长篇小说《麦田里的守望者》。原名 *The Catcher in the Rye*,日版标题直译为《在麦田里抓到你》。——译者注

"是吗？根尾先生啊……唉，无所谓啦，拜喽。"

然后听到电梯门关闭，电机开始运行。

我当即站起来，小呗小姐却没有起身，她的耳朵还是贴在门上，一脸严肃，维持着先前的倾听姿势，简直就像老师还在和春日井小姐聊天一样。

"小呗小姐？您在做什么？"我压低声音问她，"难得根尾先生的掩护好像挺顺利的……您能听到什么吗？"

"什么都没听见哦。"

"那您在做什么呢？"

"什么都听不见，吾友。"小呗小姐以耳语般的音量又说一遍，"怎么回事？从刚才的对话中推断，乘上电梯离开的只有春日井小姐一人，三好小姐还留在这层楼，可是却没有一点声音……不奇怪吗？"

解释到这个份上，我也终于听懂了，什么都听不见！不是说听不见对话，而是指没有一点声息！就连脚步声也没有！也就是说，春日井小姐都走了，老师还是站在原地一动不动。明明没事做，为何老师要一直待在同一个地方呢？

为什么？

"你是时候出来了吧？"

连既没有把脸贴在门上，也没有侧耳倾听的我都听得一清二楚，老师几乎是扯着嗓子喊出这句话的，就连小呗小姐似乎也被她的音量吓到，不再贴在门上。

90　第二天（3）伪善者日记

"这么东逃西藏的可不像个男人啊，徒儿。"

"这话好像在哪儿听过呢。"

小呗小姐讽刺地眯起眼看了过来，梗被识破了蛮尴尬的，我只好轻描淡写地糊弄过去。

这是……被发现了？老师早已察觉到我们躲在这里，她早知道我和小呗小姐与她一门之隔，才与春日井小姐聊了那些内容……不，这不可能！中间隔着一扇铁制的防火门，还能使出这种绝技，再怎么说老师也没有魔化到那种程度……吧？至少，三年前的她还没有。

"不出来吗？咱倒是无所谓，就是接下来去跟博士打个报告而已，他一个电话就会到哦，速度超快，比摩托快递还快哦，要是这样，徒儿，你处境会很糟糕吧？"

小呗小姐正用眼神询问我"打算怎么办"，我也不能一直别开目光，只好不情愿地说句"没办法了"。该死！尽管只有一瞬间，竟痴心妄想自己的人生里还有好运二字，我果然蠢得不行。

"小呗小姐请回去吧，回根尾先生那边也行。"

"你要单刀赴会吗？"她轻轻皱起眉头，"在下可不认为能顺利解决。"

"早就不会顺利啦。"

这是我第二次对她说这句话。事态发展仿佛挂上油门，甚至有如几何级数般疯蹿不停，此时我早已与顺利二字无缘。

"十——九——八——七——"

老师开始大声倒计时，发奋得仿佛正要迎接下一个千禧年。我在那边也常会有这种想法——这位老师，到底长了什么样的声带？很想问她怎么不解剖自己的喉咙去看看。

"六——五——四——三——"

"小呗小姐，如果三十分钟内我没回来——"

"了解！"她点点头，没有听到最后，"但是，那种情况下视为在下与你的合同关系自动失效，因此无法做任何保证，毕竟在下的签约对象即便是玖渚小姐也无妨。但总而言之，跟你做个约定好了。"

"是啊，约定的好处就在于撕毁也无妨。"

"很会说话嘛。"

接着，小呗小姐递给我那把开锁刀嘱咐道："知道怎么用吗？"

"嗯，我用过一次。"

"那便十全，那么告辞。"

我接过刀，小呗小姐快步上楼离去。等她的身影消失后，我把刀捅进锁孔，摇晃两三下，很快锁就开了。

我拧下把手，进入走廊。

"二！一！零！负一！"

"为什么零后面还要数？"

"哎哟。"

心视老师辨认出来是我，收起了她的大嗓门。

"啥呀，你真在啊，吓死心视老师了。"

"……"

果然是虚张声势吗？浑蛋！

"老师好啊！"

"好。哦，说起来上次单独见面，还是在病房里的那次啦，徒儿。"

老师单手往上推了一下眼镜，然后淘气地一笑。"淘气"其实不太准确，该说是坏心眼吗？假如一只猫在把玩刚抓到的老鼠，脸上就是她现在这种笑容。

这恐怕是只有进入青春期之前的少女才被允许做的表情。

比如像玖渚友那样的。

"哈哈哈哈，"看来终于忍不住了，老师开始放声大笑，"哈哈哈！哈哈哈哈……哈哈哈！不赖嘛，你呀，当真不赖！你的体质为师可太感兴趣了，如果脑瓜再聪明点该多好……或者再笨一点吧。"

"老师，我有事想拜托您。"

"嗯？"她装模作样地歪起脑袋，"很老实嘛，心视老师吓死了·第二集。"

"您可以不要告诉任何人见过我吗？"

"嗯，可以啊，"老师很爽快地点头，"别这么见外，咱和你什么关系呀？"

"……"

老师的话让我不得不提高警惕，正常情况下本该安心的，基本

93

可以一边抚着胸口一边道谢了，这点程度的礼法我还是懂的，也许还不得不感动于她的情深义重。然而，对面站的不是别人，那可是大名鼎鼎的三好心视老师，不可能适用于正常的思维定式。

"一个人——"

而老师浑然不觉我的内心斗争，自言自语似的嘟囔起来。她抱起手臂若有所思，时不时还瞄我一眼。

"不……两个人吧，嗯，骨架两个人。"

"……"

"三个人倒完美了……不可能的，有那么多人手就不会到这里瞎晃悠，人太多也成问题……"

"您在说什么呢？老师。"

"嗯，呃……怎么说呢，分析这家研究所里到底有几个人在协助阿伊呀。"老师细腕一翻，做了个狐狸的手影，"至少得有一个帮你打开牢门的，春日井不可能了……那是谁呢？不过这样还不够……果然怎么也得有两个吧。"

"本想夸您料事如神，可是您大错特错。"我坦然地虚张声势，"这全都是我一个人的力量，其实我有超能力哦。"

"那为师还头一回听说。"

"这是我第一次告诉别人，您可别说出去啊！"

"算啦，你不想说，为师就不问了，至少目前不问。"

说着老师一挥白大褂，转过身去走了，看来没能骗过她。她走出大约五步，说道："跟上呀。"

"你不是来参拜兔吊木先生遗体的嘛？徒儿。"

"……"

"别那么警惕，咱又不是第一天认识你。"

"要是我不认识您，说不定还没那么警惕……"

"你还是老样子很会说话嘛，哈哈！"

就像完全听不出我的讽刺，老师悠悠踱步前行。老师个子不高，因此步幅也窄，即便我走得小心翼翼，也没有被拉开很远。心视老师的身高，和玖渚相比毫不逊色，而和铃无小姐并排的话，不要说大人带小孩，说得夸张点就是巨人与侏儒。不，眼下这无关紧要。

老师在某扇门前停下脚步。门上的名牌不知为何用拼音写着"第七解剖室"的字样，而且字迹潦草到无法辨识。倘若这不是小学低年级生在手工课上做出来的东西，就绝对是老师的手笔。然后她转身面向我开口。

"归根结底……归根结底什么是天才，徒儿？"

"这问题好难啊！是哦，要回答您这个问题，得从'天才'这个词本身的意义考虑才行。"

"你是笛卡尔吗？"老师用哲学的梗吐槽道，"再说这问题哪里难了？只不过解答有点难吧？"

"这句台词常听到呢。"

"没错，虽说这也只是最大多数人可以获得的最大幸福。才能并非通过培育，而是诞生而出——不过这是佛洛伊兰・拉夫[1]的

1　斩首循环中提到过的"七愚人"之一。——译者注

95

话，说得很妙吧？你是玖渚友的男朋友，应该能有体会。"然后老师眯起眼睛，"哈哈，在那边学校里你一直说个不停的，就是那孩子吧？哎，虽说自己的事怎样都好……所以回答呢？"

"我怎么知道啊！"读不懂她的意图，只好给个称不上答案的答案糊弄过去，"简单来说就是脑袋聪明的人，或者技术好的人吧？一般来说这么描述就足够了。"

"一般来说？"

"您如果不满意，那我换成'按常识来说'如何？归根结底我又不是天才，所以想怎么定义都无所谓吧？"

"虽然你这么说，可是天才们——随便玖渚、博士、兔吊木先生谁都行，在他们眼里自己那般才是'常识'，哪有什么天才的概念呢？"

"老师，您在说什么啊？"

"戏言啊！你最喜欢的那种。"拧下把手，老师推开门，"好了，欢迎来到我的城堡。"

昏暗的，几乎是一片漆黑的室内环境，大楼无窗，所以没有任何光源，老师也不开灯就往里走，不知道电灯开关在哪里，我只得一边注意脚下，一边跟在她身后，从走廊透进来的微弱光源是当下唯一的仰赖，可不知是什么构造，也有可能只是铰链坏了。门自行关上之后，室内便被真正的黑暗吞没，周围的一切，包括我自己，都融入黑暗之中。

"等等，老师？老师？您在哪儿？"

没有回答，但感觉得到她在，老师就潜伏在离我不远的某处。虽然她有什么企图不得而知——如果她还是我了解的那个老师，那这百分百是性质恶劣的玩笑——但老师似乎毫无出声回应我的意思。

我试图依靠直觉前进，但是我的直觉，除了不祥的预感以外都很迟钝，走了还没有三步便撞上某物。从高度上推测是张桌子，但它不是寻常的四腿支撑结构，似乎是个桌台，那么大约就是手术台一类的东西，或者——我在桌上摸索了一会儿，只碰到一些似软非硬的玩意儿。他虽毫无弹性，手感却好像果冻……到底是什么啊？还微微带点余温的……啊，想象到了！

虽说不是恰好呼应我脑中蹦出的想象，与此同时，天花板上的荧光灯也亮了，看来老师按了开关。而事实也大致符合我的预想，我面前是一张大号解剖台，在我双手前方的台上，兔吊木全裸的遗体坐镇于此。不对，他仰面朝天躺着，用"坐镇"好像有点奇怪，该如何遣词造句并不重要。

"……"

兔吊木的身体经由老师之手，在一定程度上被修缮过了，门户洞开的胸腔和腹部都被缝合起来，张大的嘴则被强行合上，看不到口腔内的伤痕，而眼球和眼睑似乎没法修复，那画面令人毛骨悚然。相比没有表情的面部，他双臂断面透出的诡异仿佛都不算什么了。

唉，很难想象这东西就是那个豁达的兔吊木，一点旧时面貌都看不出来。

"叫都不叫一声，不愧是你。"老师不知何时已经绕到我的背后，一边接近我一边说，"一点都没变，该说你是可爱，却又不太可爱呢，还是啥呢？"

"您也没变，还是那么恶趣味嘛，老师。"我抽回碰到兔吊木身体的手，回身面对老师，"您这种行为有什么意义啊？"

"哪有什么意义呀，行而为之罢了，万事都是如此。"

"您别糊弄我，根本听不懂您在说什么。"

"这叫'发条橙[1]'疗法。"

"越来越听不懂您在说什么了。"

"就是人们常说的隐喻啊，徒儿。"老师绕着手术台转了半圈，绕到跟我面对面的位置停下，中间隔着兔吊木，"或者叫metaphor吧。"

"这不是一个意思吗？"

"哼，其中的信念完全不同！"老师满口胡言乱语，我实在不明所以，"重点在于先入为主。比起这个，现在是课外学习时间，心视老师的解剖学讲堂开课啦！那么徒儿，说说你看到兔吊木垓辅尸体后的感想吧。"

"唔，我想想啊，这么一看，嗯，他真的死了啊……"

"不及格。"不愧是解剖学大博士，打分真严格，"为了让笨学生也能听懂，为师换个问法好了。你认为他的死因是什么？"

1　《发条橙》改编自同名小说的犯罪电影。剧中主角入狱后曾接受"厌恶疗法"，通过大量接触色情、暴力内容以达到远离这些恶行的效果。——译者注

"失血过多而死。不是吗？老师，这不是您自己说的吗？"

"然而那是错的。"老师戳了戳兔吊木的脸颊，"死因是大脑损伤。"

"大脑损伤？什么意思？脑挫伤吗？"

"错。脑挫伤是指头部受到外伤并波及大脑组织的状态。看眼睛这里。"

说着老师比了一个"V"字之后，竟然直接把两个手指捅进兔吊木的眼窝。这人就没有一点对死者的敬意或者说哀悼之类的情感吗？估计没有……

"捅得真深，还记得吗？"

"这个嘛，当时也猜到刀尖大概捅进脑子了，可是老师，这样的话……不就变成兔吊木不一定是死后被捅，而是有可能还活着的时候就遭到伤害了吗？"

"岂止有可能啊！他最先受到的伤，就是这个剪刀造成的眼球以及脑髓损坏。"

听着都疼。

"其余的伤都是死后的事了，因为有活体反应的问题，这个懂吧？"

"您知道我不擅长人体解剖学？"我既没看老师，也没看兔吊木，"再说，就算看着破坏成这样，还不完整的尸体……认真地说，没什么意义啊！"

"那你来做什么的？"

99

"寻找'一个小小的契机',因为我是奇想逆转型。啊,不对,叫'电气椅子型'来着?"

　　"好像是吧……那为师就大发慈悲给你解说好了。咱就先不问你了,只给你答疑吧。"

　　听到她这么说,我还是不由自主地想要退缩。她究竟有何企图?到底在谋划什么?我唯一能确定的就是她有某种企图和谋划,却又不能一直缩手缩脚下去。这间有人工照明的屋子里,似乎有一种时间停止的错觉,但就在我转着这些念头期间,时针也在一刻不停地奔走着。

　　还有三小时十分钟。

　　"兔吊木先生被杀害的时间是?"

　　"今天子夜一点整。"老师即刻回答。

　　"这个判断确凿无误吗?"

　　"咱的直觉不会出错。"

　　是直觉吗?!

　　"开玩笑的,不过误差大约一小时之内吧,大概就是春日井儿见到你的时候。"

　　也就是说,春日井小姐不可能作案,证人不是别人,竟然就是我自己。她是唯一离开过自己大楼的人,不过时间很短,因此春日井小姐的不在场证明得以成立,取得这项进展对我来说可算不上愉快。

　　"是真的吧?您没消遣我吧?"

"咱看起来像是会那么做的人吗?"

"这个问题我非得回答吗?而且老师,就算您不消遣我——这也有可能是博士命令您,只告诉我一些他决定好的事项啊!"

"博士的命令啊……你疑心可够重的。不过无所谓啦。"对我的怀疑,老师仅是如此作答,没有肯定也没有否认,"总而言之,死亡时间大概就那样了……但还有其他的怪事。"

"怪事……是吗?"

"胸腹部的裂伤发生在大脑破坏以后,所以才流那么多血……但是你看手的部分。"

老师"啪"地一拍兔吊木手臂的横切面……这人太过分了。

"手被砍下来的时间点是死亡数小时之后,至于被钉在墙上——也就是喉部和双腿的贯通伤,比这个还要晚。"

"这又怎么了吗?"

"你不觉得奇怪吗?有必要非得等上几个小时再造成二次伤害的吗?杀完之后这么干不就好了?可是死亡时间和敲钉时间有间隔。那这样的话——这样凶手不就是毫无意义地在现场待了很久吗?为什么啊?"

"为什么……"

我怎么可能知道答案……甚至,我连这是否构成问题都不知晓。也就是说,被杀害的时间和手被砍掉的时间有冲突,可区区几个小时的冲突,有必要去重视吗?

"只不过是因为破坏其他部位花了很多时间吧?您要这么说的

话，我还更想知道凶手对他做那些过分的事情的理由。比起时间这种小问题，那个理由才更重要吧？"

"哪有什么理由，行而为之罢了。"老师重复了一遍刚才说过的话，"而且有理由就正当吗？又不是说只要有理由做什么都没罪，只是没有理由却还犯下罪过的惩罚更重而已。而且非要这么讲，最大的问题不该是'为什么杀人'吗？"

"人杀人的理由吗……确实，我不觉得兔吊木有什么被杀的理由……"

"咱上课讲过吧？人杀人，若非为了单纯的利害关系，就是出于心底最深层的欲求。这就叫——"

"啊啊，就是塔托那斯吧。"

"是'塔纳托斯[1]'好吧？白痴！'塔托那斯'是谁啊？"

"音译外来词的排列顺序真的好难记……"

粗略解释一下老师提到的"塔纳托斯"一词，在这种情况下指的是"虽然想死死看，但又不想自己死，所以让别人替我死好了"。虽然真的很粗略，却是名为人类的生物之间共通的本能。但我不认为它符合这次的情况。

比如像杀人分尸，凶手会破坏尸体主要是出于对杀害对象的支配欲。上个月那件事就是很好的例子，随心所欲伤害动弹不得的对

---

[1] 塔纳托斯意为死亡本能，Thanatos/Death-drive，由奥地利心理学家弗洛伊德提出。其主张每个人的身上都有一种趋向毁灭和侵略的本能冲动。也称为攻击本能、侵犯本能等。——译者注

象，破坏人体的形状，能如此彻底支配他人的情境少之又少。像这次兔吊木被施以十字架刑，如果凶手是个自我展示欲很强的人，那么也许，这就是尸体被糟蹋的理由。

"就算是这样也有点奇怪啊，老师。"

"嗯？咋啦？"

"切割、划伤尸体暂且不论，砍手臂也先不提，前后有一段延迟时间也可以放一边，这些理由我都搞不懂，但是还有更不懂的，凶手到底把砍下来的手臂带到哪里去了？"

"就是这点！"

老师诡异地一笑，就像在说"亏你能注意到"。

"没错，现场——整个七栋，哪都没能找到兔吊木先生的手臂，左右手都没有，不同于眼睛、肚子，不只是受伤那么简单。它们是被拿走的啊，这实在不能叫'全无缘由，行而为之'啦。"

"……"

我一边听老师说，一边观察起兔吊木手臂的断面。露出来的红肉已经发黑，伤口的血倒被洗得很干净，不知是不是老师的手笔，然而视觉效果依旧血腥。

"手臂那么重，有必要拿走吗？"

"要不咱们想得浪漫一点？"老师竖起一根食指，"兔吊木先生在电脑系统架构领域拥有一流的手艺，凶手呢，嫉妒他的才华，所以把他给杀了。嫉妒可是最火爆的犯罪动机！简言之，人会伤害他人就是源于对他人优于自己感到的不安……或者确信之中，诞生出来的劣等意识。但是嫉妒翻个面就成了羡慕,凶手憧憬兔吊木,也很尊敬他的'手'艺,所以——"

"所以拿走他的手臂做纪念?又不是米洛斯的维纳斯雕像。"我打断了老师的假设,"您能不能严肃点,老师?"

"需要认真思考的不是咱,而是你吧?又不关咱的事,哼。"

语调虽然很孩子气,但说得一点不错。

没办法,我只好乖乖思考起来……理由……非得砍掉手臂,还得把它带走的理由……

"首先能想到的……恋物癖吧。"

"和咱说的有区别吗?"

也是。

我才该再认真想想。

"手臂被拿走了"的事实,将会延伸出无限的解释,就算不是无限,也与无限差不多。玖渚也许可以考虑到所有可能性,然而我办不到,再加上已经强调过很多遍的时间不足。这样一来,此时便只能在某种程度上恣意放飞了。总之,像那些充斥着个人英雄主义和逻辑主义的推理小说一样,试着把它和凶手联系起来。断手被人拿走,或者说,断手没被丢弃在杀人现场,假如有必须这么做的理由,那会是——

"从这个死状考虑……也许是由于尸体痉挛?"

所谓尸体痉挛,即尸僵的一种,多见于暴力致死的尸体。比如有句话叫"溺水者抓住救命稻草",尸体痉挛就是这句话在地面上的表现。死前由于遭受极端暴力或感受到破坏性的、激烈的疼痛，死者会以难以想象的怪力紧紧握住手上抓到的东西。由于这种情况下人体的限制已经被解除，强大的握力甚至能轻松把较软的金属制硬币捏到变形。

至于与死状有何关联——被害者虽然断了气，但想掰开他的手会非常困难。即便借助老虎钳、撬棍等工具，没什么腕力的人想掰开紧握的拳头或交缠的手指，难度也非常高。

例如绞杀。

假设被害者的脖子被掐住，也就是因暴力而濒死时，他握住了加害者的上衣纽扣……假设纽扣被扯下来，紧紧握在被害者的掌心……这会成为任何人都无法撼动的铁证。因为与普通尸僵相比，尸体痉挛是不可能伪造的。如果发现被害者手里紧紧握着什么，那么哪止百分百，百分之两百可以断定，它一定与凶手有关。

也就是说，对搜查方会成为最有力的物理证据，但反过来对凶手就是最有害的物理妨碍，非得排除，以求万全不可。

需要砍下死者的手臂也是同理。

"以前有过这种例子……是叫拉·本辛事件来着？不怎么了解。"

"我也只知道固有名词……如果发生这样的情况，直接把整个拳头剁下来比掰开死者的手指要轻松得多吧？"

"但是这样的话，只切到手腕不就成了？为什么连胳膊带膀子整个砍下来啊？"

"不是为了伪装吗？只砍掉手掌就太明显。再说死因不是眼部被刃物刺入造成的大脑损伤吗？没有比这更暴力、更破坏性的死法了，满足尸体痉挛发生的条件啊！虽然只是假设，如果白大褂上的纽扣被扯掉……"

那就足以成为砍掉手臂的动机！或者就算没有什么尸体痉挛，只要兔吊木的手上留有某种重要线索，凶手就必须把它带离现场。

那近乎十字架刑，近乎开膛手杰克般的自我展示，没准也只是想通过它们尽可能地掩盖"切掉手臂"的异常行为。藏木于林，藏林于森，不就是这么一回事吗？

"是哦，那行很像仪式咒语的血字，这样一想也说得通了，没啥实际意义，就是虚张声势而已吧，确实不懂是啥意思呢，好像是'You just watch, DEAD BLUE!'来着？"

"……"

唔，难道老师不知道"死线之蓝"指的就是玖渚友？对啊，这么一说，兔吊木也提到过他每次用这个词组称呼玖渚的时候，多半是直接向她本人搭话，那不知道也没什么奇怪的。虽说"集团"这个隐语似乎已经根深蒂固。

"对了，你，"心视老师换了个话题，"刚才提到'白大褂'了吧？既然这么举例，你的意思是杀害兔吊木先生的凶手就在员工之中吗？"

"是啊……"

"你还是老样子啊！喂，你不会从来没考虑过玖渚或者铃无小

106　第二天（3）伪善者日记

姐是凶手的可能性吧？欸，眼神不要这么凶嘛，好可怕啊，小心心吓死了啦。"

小心心是谁啊？不认识。

"您是想说，我对自己人太放心了？"

"不然你想否认吗？你在那边不是为这吃过不少苦头了嘛，都不知道学习一下？都不会吸取教训吗？"

"倒不如说，只是为了自己方便而已。我现在之所以会行动，就是为了帮玖渚，要是怀疑她，还怎么开始啊？"

"不是没法开始，是直接结束了吧？要是平安收场倒还好说。"老师语带讽刺，"你看，假设一下，如果玖渚是凶手——如果那博士的推理说中了，你打算咋办？"

"根本不想考虑这种可能性呢。"

"你总得考虑的。"老师没完没了，"你要是以为现在这种模棱两可的关系能永远继续下去，那就大错特错，到头来赔个干净啦。"

"多谢心视老师辛劳关照，学生感激涕零。话说您在这方面也是老样子。"

"嗯？什么意思？"

"还是那样，别人的事却说得好像很了解似的。"

"比起明明是自己的事却装不知道的某人，咱这样好上几百几千倍喽。"

自然而然地，我和老师互相怒目而视，中间隔着兔吊木垓辅被解剖的尸体，目光在空中撞出火花。而这场眼神之战中率先认输的一方，理所当然是我。我主动移开目光："对不起，是我说得太过火了"小声道歉，"您的忠告我就乖乖收下了。是啊，我自己也不觉得能和玖渚一直这样下去。"

"是嘛，就是了吧。你就是这种家伙，该叫'明知山有虎，偏往虎山行'吗？"

"没那么帅气啦，简而言之就是我的脑瓜——不，我的心不好使。"

"心啊……嘻嘻，是说真心吗？"

"……"

"是嘛，就是了吧。虽说总感觉有什么是多余的，大概就这里了吧。行呗……那咱该走了，博士叫咱了，你想待多久都可以，放心吧，咱不会耍诈的。拜拜……啦。"

老师绕过解剖台，然后满不在乎地从我身旁经过。而我揪住她那件大号白大褂的袖子，阻止了老师前进的步伐。

"干吗？还有事吗？"

"……"

"没事的话就赶紧放手，咱想帅气离场。"

"老师……您的目的是什么？"我和她背对着背，没有回头，压低声音说道，"您为什么帮我？不对……说到底，为什么老师您不惜脱离ER3系统也要进这家研究所工作？"

"信不过为师吗？"

"说实话,是的,我完全无法信任您。"我让自己平稳地回答,"老师为何不惜自己冒着风险也要帮我?为了进这家研究所连ER3系统都退出了,现在却不惜冒着没法再待下去的风险都要来帮我,我认为在这个世界上根本不存在您会这么做的缘由。"

"还给咱点评了,多谢。"听起来老师好像笑了,"别把人说得像冷血动物一样啊!"

"至少我认为您是眼中只有目的的人。"

"是吗?"老师再次轻笑一声,"有点可惜,虽然辜负了你的期待,其实道理很简单,咱留在这家研究所的理由已经没有了,因为兔吊木垓辅死了啊!"

"什么意思?"

"就是字面意思。博士不是说过,兔吊木先生一死,一切就都结束了。事实就是如此。然后,三好心视还没有这么闲,闲到去拘泥于一件已经结束的事情。"

"可是博士看起来不想放弃,他还会开始——不如说,他还打算继续。"

"没错,通过使用玖渚友。"老师道,"但你也想过吧?这简直是一派胡言,不是吗?这个方案,只让人觉得是垂死挣扎,只不过是得过且过的代替方案而已。当然了,玖渚友做实验样本,确实比兔吊木垓辅更合适。"

"……"

"但搞不好就会和自己的后盾——整个玖渚机关为敌,是下下之策啊！搞不懂他脑子里在想什么。博士估计想和玖渚机关做个交易，可对面又不是那种乖乖听你摆布的组织，是吧？和那种组织打交道，本来就该让人家做你的后盾，而不是拿盾对着他们。这道理博士明明也懂，明明应该博士最懂，或者，斜道卿壹郎已经堕落到连这个道理都忘了吗？咱可没那么老好人，去陪着别人沉下去。这点你倒说得没错。"

"所以您这次卖人情给我，以此和玖渚友建立间接的联系？"

老师没有接话。我接受了这个无声的回答，松开她的袖子，但她仍然一声不吭，我也一言不发，最终谁都没有说话。

只有铰链的吱呀声，以及数秒后关门的声音。

然后一片静寂。

解剖室里，只留下我和兔吊木的遗体。

"这……真是戏言啊，兔吊木先生！"

我向兔吊木搭话。

没想到他没有回答。

宇濑美幸 秘书
UZE MISACHI

大垣志人 助手
OGAKI SHITO

第二天（4）——死愿症

0

没有弱点的人比强大的人更危险

1

小呗小姐正在楼梯上坐着。

这让刚用开锁刀捅开三好心视管理的三栋三层紧急逃生梯门锁,并拧下把手推开门的我,保持着那个姿势当场石化,过了约有十秒才终于开口问:"您在干什么呢?"

"如今正在'静待人不来'呢。"小呗小姐满不在乎地回答,"并不十全。"

"现在倒是来了,可是您不是回根尾先生那里去了吗?"

"在下想了想啊,现在春日井小姐应该正在根尾先生那里做客,回去也欠十全。"

小呗小姐站起来,拍了拍腰下成了坐垫的大衣下摆,拂去上面的尘土，然后伸了个懒腰，摆动脑袋，煞有介事地弄响全身关节。

也许她是担心我才守在这里，但事实如何我不得而知，既有可能就是这样，也有同样的概率并非如此，结论不确定。但无论是与否，发生的概率都不过相当于丢出的硬币最终竖立在地上。我于是一言不发，只把借来的开锁刀还给了她。

"那么，成果如何，吾友？"

"马马虎虎……吧。"我反手关上门，然后才回答她的问题，"稍微有点进展了，但也仅此而已，只是增加了几条线索，还没能抵达结论。"

"线索太杂也只是妨害……算了，若你不介意，希望能说与在下听听。"

我也不觉得有什么好隐瞒的，就把从兔吊木尸体上新判明的事实和老师告诉我的几项情报，以及老师和我之间对话的内容，一股脑全告诉了小呗小姐。因为我的记性不好，叙述之中有些磕绊，但小呗小姐似乎只听了一次就全部理解了。

"手臂被砍掉的理由吗……"

"我觉得分解尸体大多是为了搬运、隐藏方便，要不就是怨恨，再不就是性欲了吧。但只砍掉手臂的话，恐怕其中就有什么隐情，这样推测应该没错。"

"你听了三好小姐的话以后，好像说过'又不是米洛斯的维纳斯'，这是什么意思呢？"

小呗小姐问了一个乍听之下莫名其妙的问题。我不懂她提问的意图，只好回答："没什么特殊意义……"

"就是维纳斯手臂去向的其中一种说法啊，心视老师的假说让我想起它了，所以才提一下，没别的什么用意。"

"在下对维纳斯的手臂最中意的一种解释是'从开始就没有'，虽然是了无新意的主张。"

"这样……所以有什么问题吗？"

"不，闲聊罢了，只是想用它举例说明无论原本如何，最终结果才是完成态。而结果也是——无论是何种结果，道理都一样的。那么——"小呗小姐眯着眼看了看我，"接下来你打算怎么办？"

"接下来……"我稍作考虑，"先回屋顶吧，没理由继续待在这里。"

"悉听尊便。"

说着，小呗小姐便往楼上走，丹宁布大衣的下摆随风起舞，我也跟在她身后。大约走了十级台阶，她突然抛出一段开场白："趁着闲聊一提——"

"你们的师徒关系并不明了。"

"'不明了'是什么意思？"

"看不出你们是否相互信任，虽然只是在下个人观点——也即私见。你方才虽然说了很多，却好像坚信自己很安全，因此在下才这么说。你似乎笃定'老师'不会跟博士告密，甚至还会协助你。"

"这您就误会了，小呗小姐，我也是迫不得已。当然，安全收场的把握我有，但这个赌局仍然很危险啊！"

"事实确实如此，幻想却也难以舍弃。"

"幻想……'互相信任'和'知根知底'可不一样。"我粗鲁地说，"反正在那边没有比她更和我合不来的人了。"

"'那边'？这说法似乎颇有深意。"

"因为这边还有个我更看不顺眼的占卜师……和那人比起来老师还算可爱的了。总而言之，就是这样，我和老师之间所谓的牵绊，还不及月球上的重力。"

"也许如此吧。"小呗小姐极其干脆地结束了这个话题，似乎真的只有闲聊几句的兴趣，"好了，恰好还剩三小时，依你看，如今胜算如何？"

"不太乐观。怎么说呢，就像是'请期待作者下一部新作'的感觉。"

"那是什么呀？"

"是戏言。"

这么一提，以前好像读过前言写着"请期待作者下一步新作"的小说。我一边逃避着现实，跟随小呗小姐一同抵达三栋的屋顶。她走到屋顶正中间附近，举起双手摆出山呼万岁的姿势。除非她要召唤UFO，否则应该只是在伸懒腰而已。

"话说回来，这里的风景可真是绝美。"我不由自主地向小呗小姐搭话，"这个该叫'杉海茫茫'吗？眼望风景，一瞬间都会忘记自己还有不得不做的事……大概这就叫摄人心魄吧。"

"难得你诗兴大发，不好意思泼一盆冷水。"小呗小姐淡淡地说，"这不是杉树林，其中主要是楢树。"

"欸？这样吗？"

"其次是栗树，还有松树，以及其他很多树种，但是杉树一棵都没有。"

"这样啊。嘿……我还以为只要是山上的树就都是杉树呢。"

"这误会真是猛烈！贵脑可还安康？总之，树的话题无关紧要。"小呗小姐回身看我。"在下如今在想什么，你知道吗，吾友？"

"不……我不知道。"比如我在树木品种方面的无知，不，不是吧，"您在想什么？"

"在下有些佩服，佩服三好小姐断念之快。"

"啊啊……"我点点头，"确实。但她这个决定，说对也算对吧？老师是很精明的人，不会毫无理由在这种地方消磨人生。"

"你想说'和卿壹郎博士不同'是吗？"小呗小姐道，"看来在你心里，卿壹郎博士已经是十足的大反派了。受过那种对待也情有可原吧，但是没办法啊，品格这种东西，就好像是上天白送给神之宠儿的赠品。"

"这是什么意思？"

"心灵鸡汤而已。'有余力的人才会做好事'，大家都被逼上绝路了吧。"小呗小姐冷嘲，"若是像玖渚小姐或兔吊木先生这种货真价实的天才，自然做得到温和待人。有一句格言叫'若我是爱迪生，我也能当大发明家'，很相似吧？手上握有百亿的人，当然给别人一亿也不心疼。因为即便给了，自己的财产也比对方多出98亿。"

"您很维护他们嘛，明明昨晚还说'墓园'啊'墓场'的，说得那么难听。"

"哎呀，盗墓贼可是所谓最挣钱的行当哦……"小呗小姐悠然放出豪言壮语，"总之无论如何，'余力'比什么都重要！"

"玖渚就不提了，兔吊木虽然很有余力，他倒不是温和待人的那种类型。他这个人越游刃有余，反而还越讨厌。"

"能温和待人者，自然也能不温和。有选择可做的人很幸福。无论怎样，没有选择余地而做出的决定总是很悲剧的。你不觉得吗？"

"才不悲剧呢，只是悲哀而已。"我随口回应，然后变更路线，"老师似乎已经下定决心离开这家研究所了，那根尾先生又怎么样呢？如果一切都如心视老师所说，再继续间谍活动也没有意义了吧？而且，您又打算怎么办？石丸小呗小姐。"

"这才叫多余的担心。三好小姐和根尾先生，以及在下，三个人的目的都不尽相同，所以没有必要采取同样的行动。而且，虽然三好小姐似乎早早放弃——对此在下也不得不称赞她的眼光过人，但依在下看，博士的提案并不算很坏，成功率虽称不上高，却也绝不算低，而一旦成功，得到的好处即玖渚友本身，也庞大至极。十全，值得一试。"

"拜他所赐，倒是给我添了好大的麻烦。"自然，我的语气开始不耐烦起来，"一个两个……都是秃鹰。简直就像把别人当成标本、试验品、小白鼠一样……真的，这还是人吗？"

"曾经是吧，在成为所谓学者之前。"

小呗小姐话中讽刺意味之浓，让我浑身上下一阵恶寒。我心想，现在待在这家研究所里的人中，论谁最脱离常人，恐怕要数眼前这个存在最为特别。

"你所说的'一个两个'之中恐怕也包括在下，但也不失为一项十全。好了，要不要回去找根尾先生重新商讨对策？再说根尾先生可能已经得到新线索，探查下博士他们的动向也不失为上策。"

"……"

听着小呗小姐的话，我看向与根尾先生所在的五栋完全相反的方向，也就是二栋，说得更准确些，我是在看三栋与二栋之间的空隙，以目测估算间距。而她似乎发现了我的意图，绕到面前问我："你在想什么呢？"

"在想能不能就这样直接跳到七栋去。"

"在下应该说过不行吧。"

"理由我还没问您呢，而且，这么一看，距离二栋大约2米，同五栋与四栋之间的距离差不多……不，甚至这边看起来还近一些。然后，二栋和一栋之间……也就是博士所在的中枢大楼，它们之间隔得也没有多远啊。"

"真是固执……你这才叫拘泥于此吧？"小呗小姐对我有点受

不了,"此非十全。"

"那您倒是告诉我啊,为什么不能过去?"

从角度上,在这里看不到一栋和六栋之间,以及最重要的六栋和七栋之间相隔多远,小呗小姐所谓的"问题所在"难道是指它们的距离吗?不知道,但她远比我更熟悉这里。按道理来说,在"潜伏"和"闯入"方面,她的意见比我更值得尊重,我明白的。明白是明白的……

"但是,我已经想不到还有什么方法,可以避开安保系统潜入七栋了。"

"那么,还是想不到更好些。"小呗小姐毫不留情,"在下嘴上跟你解释也说不清,既然如此,那就实地体验一番吧,想来对奇想逆转型的你而言,无论做出什么举动都不算浪费时间,如今把时间花在争论上反而可惜。"

小呗小姐说完,走向二栋,然后非常轻松地跳了过去,好像只不过是回避地上的水洼一样,中间就算只隔了两米,也是哪怕一步落空就会没命,她的胆量令我深感佩服。

我跟着小呗小姐来到了二栋顶端。她的步子很快,一转眼就移动到另一侧楼沿,站在那里等我。我追上去一看,二栋和一栋之间隔了大约三米……不,三米不到,考虑到四栋和三栋之间的距离,眼前这似乎也没什么大不了。

只见她助跑几步,便跳往一栋,明显游刃有余、身轻如燕的跳跃之后,小呗小姐便在一栋屋顶着陆。她原地回过头,一言不发地等着我。毕竟是第五次跳跃，我也差不多习惯了，但听说这种空中杂技就是在开始习惯的瞬间最危险，于是我打起十二分精神，纵身一跃。

"这里变成起降场了啊？"我踩着一栋屋顶上喷涂的圆形印记，正中央画了个大大的"H"，"还有这么大的天线……说是与世隔绝，和外界也没有完全绝缘嘛……"

"想去找玖渚家的小哥，或者你熟识的承包人求救了？"小呗小姐挖苦道，"请便，想必救援立刻就会赶到。"

她自己可能没发觉，但那语气听起来就像她和直先生或哀川小姐都很熟似的。事后想想，也许我此时就该紧咬这点不放，但我既没有后悔药可吃，也没有预知能力。我随口道"还不到时候"，转身面向东方。五栋到一栋之间所有的建筑虽排成一条直线，但六栋和七栋，不知是否因为建造日程被延后，排列向一侧偏去。据我观察，这两栋楼自己又是一条直线。

"卿壹郎博士他们……"小呗小姐仿佛有透视能力一般凝视着屋顶的地板道，"如今不知正定下怎样的方案，为了立证你们……不，立证玖渚小姐就是真凶，拼命收集证据呢。呵呵，即便成功闯入七栋，如果与正在秘密工作的某人撞个满怀，那可就惨不忍睹了。"

"您这么消极也不是办法啊。"

"是呢，这就交给根尾先生吧，虽说，你似乎不太习惯拜托别人。"

小呗小姐不合时宜地粲然一笑，然后走向六栋。

"是啊……呃，咦？"

六栋的屋顶上找不到任何类似入口的地方。我记得按志人君的说法，六栋是发电厂……什么发电来着？碳能还是硅能来着？氮能发电？反正是这三者之一，我没认真听，记不清楚。总之就是发电厂，不会有人出入，更不会有人在屋顶晒衣服，因此没有出入口也很正常。可是再看过去一栋，七栋的屋顶上也找不到任何疑似出入口的门扉，只在东面一角装有一个巨大的蓄水槽，周边配着几根较粗的水管，其余都是工整的平面。

"您是这个意思吗？小呗小姐，"我茫然地问她，"也就是说，七栋本来就不存在屋顶的出入口——"

"存在啊！"小呗小姐马上回答，"看不见吗？你的视力多少？"

"虽然最近没测过，但也没感觉下降，大概2.0吧……"

"那应该能看得到。从水槽往这里大约3米处，有个类似井盖的圆形铁板吧？与其叫出入口，倒更接近紧急逃生口，不过从那里出入屋顶是办得到的。"

确实如小呗小姐所说……不，实际上被她这么一说，我才发现那扇门的存在。但从中间还隔着一个六栋的距离来说，几乎完全看不见。竟连这种地方都能发现，小呗小姐的视力到底多好？那副眼镜果然只是装饰吗？

"进不去另有缘由，总之先移动到六栋吧，想来越接近越容易理解。"

说着小呗小姐从一栋跳到六栋,间隔约1.5米,让玖渚躺下伸出手,搞不好可以够到对面做成独木桥,我的想象够过分的,大概就这么短。

我一步便跨了过去,连助跑都不用。虽然很轻松,但看看脚下还是有些战栗。也许有人要说,那不往下看不就行了?然而这就是人类心理的不可思议之处。

"好了,这样你就懂了吧?"还没等我追上去,已经站在六栋边缘的小呗小姐便说,"走这条路线到不了七栋的理由。"

"……"

我走近小呗小姐,渐渐明白了她的意思。待我走到六栋屋顶中心点附近,我终于不得不确信,即便不愿意也不得不确信。

"怎么会这样……"

这确实办不到。

六栋与七栋之间的距离……比起至今为止已经跨越过的"同胞"们——五栋到四栋的2米,四栋到三栋的3.5米,三栋到二栋的不足2米,二栋到一栋的不足3米,以及一栋到六栋的约1.5米——完全不是一个数量级。不,倒都是个位数,但那距离之远,即便我以绝望来形容,也会有人跳出来指摘我。

5米。

5米……

"不行吧?"小呗小姐再次开口,"现在你终于明白为何在下会说不能经由这条路线进入七栋了吧？吾友。"

"原来如此啊……"

5米！赌上性命去跳这样的距离实在太乱来了，何止不惜命，这种行为简直是不要命。我虽然不太了解体育类世界纪录，但按小呗小姐方才说的，男子跳远大约8.95米，算它9米好了，那么这六栋与七栋之间足足比它短上4米。但正如小呗小姐谈及此处之时，我的想法一样，跟世界纪录怎么比啊！我是个日本人，又不怎么锻炼身体，就算没有玖渚那么极端，我也是彻头彻尾的室内派啊。

5米。

这才叫世纪难题！

"所以一直傻站着也没有意义，还是先回根尾先生那里好了，又不一定没有别的路。"

小呗小姐的话听着既构不成安慰，也称不上别的——不，我听都没有去听，只是一个劲地沉思着，只是沉思着。没错，这就是世纪难题，稳如泰山，固若金汤，完美无缺的空中楼阁。

"……"

可是，正因如此。

正因如此啊！

被施以十字架刑的兔吊木·害恶细菌·垓辅，让那间真正意义上空空如也的，无机甚至于无物的房间，染成一片惨不忍睹的赤褐色，而且墙上还留有如其字面所示——不折不扣的以鲜血写就的信息。

滴水不漏的安保系统，过于庞大的密室，没留下任何闯入记录，除了某个例外，甚至谁都没有离开过自己的大楼。而在物理层面、逻辑层面上有可能作案的，只有安保系统曾经的管理员玖渚·死线之蓝·友，即曾经一手让日本的《网络空间安全法》体量扩充了足有五十五倍的"Team"，"集团"的统率者兼支配者，只有她一人！

"堕落三昧"斜道卿壹郎研究所。

一塌糊涂！这根本不是寻常案件！连讨论的余地也没有的"不可能"犯罪，连辩解的余力也没有的不正常凶杀，连反驳的考虑都做不到的不寻常现象。

正因如此，正因如此……

正因如此，要想求得解答才必须仰仗疯狂的推理（Psychological）。只有这个做法，不仅是这起案件的凶手，就连负责推理的我也不得不被逼疯，不得不发疯，这样才合逻辑。

深呼吸，一次、两次、三次。

"等等……你在想什么，吾友？"小呗小姐有些怀疑地问，"在下总有很不好的预感……"

"您猜对了。"

言罢，我从当前位置——面向七栋，距边沿约10米处——起跑，没有余力，没有任何余力，这个长度就连一厘米都不能浪费，不去思考任何东西，不去感受任何东西，连自己是活物都全数忘记，我命令浑身上下的肌肉全速运转起来，大脑已经不再发挥作用，就像一台没有心的机器，只听从命令。

还不行，还不能起跳，还差一步！

"你这——蠢货！"

就在小呗小姐一改至今为止那种优雅的音色，首次发出充满感情的怒吼，或者说怒骂的一刹那，我左腿踏地，猛力起跳，像是有某种微量分子通过身体，或是像血液全部从某处宣泄而出，又好似被人从头到脚泼了一盆液氮的感觉。当然我既没有经历过分子通过身体，也没有经历过浑身血液流空，更没有经历过被泼液氮。然而，也许，当时的我就是这种感觉。

简而言之——

我从一切之中解放了。

我的一切都开放了。

没有阻碍。

这就是"死"。

这就是死。

就是亡故。

就是消失。

就是结束。

死——

这样，我终能一死，我得以一死，与我而死，向我而死，赐我一死，成全我死，我亦能死，终成我死，我之能死，从我而死，由我而死。

"所以说你——"

不知是不是死前的走马灯，我突然想起曾几何时某人对我说过的话。

"死了更好。"

是啊。

2

"九厨？煮酒？什么啊！"

"是玖渚啦，玖渚，J·I·U·Z·H·U，玖渚，然后是朋友的友，玖渚友哦。"

"哦，这样，玖渚君啊，哼，你的脑袋很帅气嘛。"

"你叫我'友'就可以啦。"

"这样啊。那你也可以叫我'友'哦。"

"会搞混的啦，偶决定就叫你阿伊好啦。"

"那我也叫你阿伊好了。"

"会搞混的啦！"

……

"那个就跟雏鸟没什么区别。"

"雏鸟？您在说什么啊？"

"你知道铭印现象吧？刚出生的小鸟会把第一个看到的移动物

体当作自己的父母，无论它是什么……唉，迷信罢了。"

"您的意思是对您妹妹而言我就是这种对象？"

"是啊。现在你就是友唯一的路标，没有其他替代品，虽然我对此非常不爽。"

"我也不怎么愉快啊！"

"就是说，你得到权利了，以父母的立场，得到让友绝对服从你的权利，得到玖渚友的自由所有权，就是这样。"

"这世上也有因孩子而死的父母啊，直先生！"

"你不是想死吗？不是想以死谢罪吗？不是想求得原谅吗？"

"……"

"那就给我祈祷。祈祷啊！一边哭，一边乞求原谅，一边祈祷就是了！"

"……"

"就像我以前对玖渚直那样，随便你求神求魔都无所谓。"

"……"

"求啊，求求老天让你下次投胎做个阿猫阿狗啊！"

"……"

"猪啊牛啊，野猪也行，随便做个蝼蚁都无所谓。总而言之，求神让你下辈子唯独不要再遇上玖渚友……"

……

失去意识大概只有那一瞬间——真正意义上的瞬间，弹指一挥间。我察觉到自己躺在七栋屋顶那光秃秃的水泥地上，准确地说是倒在地上。着陆失败了吗？脚有点疼，但这绝对来源于落地时的反作用力。那么，怕是落地的瞬间，由于安心或是虚脱，我失去了注意力。然而似乎又在无意识中采取了减震措施，因此没有显眼的外伤。想起今早被铃无小姐和心视老师痛揍的经历，如今的钝痛好像根本不算什么。

"唉……罪孽深重啊……"

活下来了。

跳过来了。

我一边细细咀嚼着成果，一边慢慢支起身体，本来是这么打算的。

"在下打从心底无话可说。"

这个声音打断我支起身体的尝试。只见侧面站着任凭丹宁布大衣随风飘摇的石丸小呗小姐，正居高临下瞪着我。

"欸？等等……咦？"

我扭过脖子，看向自己跳来的方向，也就是六栋的屋顶，那里没有小呗小姐的身影。也就是说，只要眼前的景象不是因跳跃失败而丧命之前的梦境，那就说明小呗小姐也成功跳到了这里。虽然前者的可能性似乎也挺高，起码比硬币扔出正面的概率要高，但我浑身上下各个关节游走的疼痛绝非虚假。然而世上又有一种现象叫幻痛。我搞不明白了，只好试着询问小呗小姐。

"我还活着吧？"

"没死罢了。"小呗小姐冷冷地答,"没人催没人赶却急着送死的物体,实在不能称作还活着。"

"这样啊……"

我这次才得以支起身,站了起来,肌肉、骨头、血管,一切没有异常,做了几下伸展运动后,我问小呗小姐:"您也从那边跳过来了吗?"她没有回答,只是深深地叹息。

"找你做搭档也许是个糟糕的选择。"小呗小姐道,"在下万万没有想到还得陪着你胡闹,太不十全,一点都不十全啊!"

"可是,这样一来不就证明了从六栋可以跳到七栋——也就是可以移动嘛,结果是好的啦,小呗小姐,这样连接七栋的路线就打通了,也意味着本案中的密室性质已经被消除——"

也就是说,无须排除研究所员工的作案嫌疑了,不必非得使用本以为是唯一出入口的玄关大门,只要不断地在屋顶之间跳跃便可进入七栋,刚才我可是亲身证明了这点。用这个方法,既不会在自己大楼的安保系统上留下记录,也不会留下出入过七栋的痕迹。

当然,这只是证明了所有人都有可能作案,还远没到知晓凶手是谁的地步,但至少……只怀疑玖渚友一个人的理由,或者该说是名正言顺的借口……就没有了,直接消失。

"你的思考方式,毫无瞻前顾后可言。"然而,小呗小姐的声音还是非常冷淡,我这次独断专行让她相当恼火,"有结果就算好?不要笑死人了,在下都捧腹大笑了,是不是让你的心视老师给你的大脑做个解剖比较好?思维方式一定和常人完全不同!"

"您说得好过分啊……抢跑的事我的确要道歉。可是，因此得出了看上去不可能跨过的距离其实是可以的结论，不是挺好的吗？"

"你上小学时没人教过你'听别人把话说完'吗？在下几时，在何处，什么情况下说过'六栋和七栋之间的距离不可能跨越'了？"

"……"

此时，就连我也终于发现小呗小姐神色有异，该说是某种类似焦躁的情绪。对了，原本谈及乱来，眼前的石丸小呗小姐才是最乱来的那个。比如自称"零崎"堂堂正正闯入研究所，与背叛者——根尾先生互相串通，虽说隐瞒着什么，却仍然愿意帮助我和玖渚以及铃无小姐。她冒的风险之高，毋庸置疑。而我不过只有这点程度而已——虽说有可能死，最终还是没死，她本不至于满腹牢骚啊。

也就是说……还有其他什么原因。

思考至此，我发现了问题所在，身不由己地发现了。是啊，平日里分明疏于锻炼，我是怎么跳过五米的？我为何会去挑战那一点点的胜算，这究竟是为什么？理由……无意识之中已经察觉到的理由……

我再次回头看向六栋。

然后——

"哎呀……"

原来如此。

是这样啊。

原来是这么一回事吗？小呗小姐。

我理解了，彻底理解了，然后无话可说，彻底哑口无言，对自己的愚蠢，以及对小呗小姐所称"这条路线走不通的理由"。

"对过去之事说三道四，既非在下的兴趣，也非态度，更非作风。"小呗小姐在我背后冷冷地说，"但现在请你对我们两人被逼入更深层的困境一事有所自觉！吾友，下次再如此独断专行，在下就不得不重新考虑与你结盟的决定。"

"说的也是……"

我一边点头，一边再次观察"那项事实"，希望只是自己的误会，然后证实不是。

六栋的构造，比起脚下的七栋稍稍高出一些。反过来说，七栋比其他的建筑稍微矮一点，就是这么回事。从六栋往别处看不太容易发现，但从这边较低的楼顶去观察，落差相当明显。六栋屋顶的高度大概比七栋更加接近天空，尽管只高数十厘米。那么，这意味着什么呢？

也就是说，从那边往这边跳容易得多。直线距离虽然有五米，但考虑到重力作用和跳跃角度，实际上会有数十厘米的误差。我之所以能成功跳过来大概也是因为落差的加成，被逼上绝路，精神凌驾于肉体能力之上的说法虽然既热血又梦幻，但还是眼前的证据更让人信服。

那么，跳过来比较容易意味什么？只有这七栋与其他的建筑存在高度差又意味着什么？

"回不去了……"

我喃喃自语。

虽然不想,但还是说了出来。

"就是这样,吾友,"小呗小姐落井下石,"这条路线走不通的理由就在于此。换言之,在这家研究所中,唯独最后建造的七栋与其他楼栋标高不一,六栋更高,在下算了一下,要想回到六栋,若跳不到七米远,恐怕不能实现。"

"……"

"若即使如此你也想试,那么请便。"

"不必了……"我倒退了一步,仅仅后退还不够,甚至一屁股坐到地上,"搞砸了……毫无疑问我才是傻瓜,小呗小姐。"

"你明白便十全,世间诸事,大多道歉就好。"小呗小姐耸耸肩,终于不再用冷淡的语气说话,回归原本的开朗,"而且,在下也有些卖关子,最终变成招致当前事态的主因之一,对此在下还是有自觉的。"

这倒也是,若她不模棱两可地说"看了就会明白",而是直接告诉我"七栋的高度不一样,所以即便跳得过去也回不来"的话,绝对不至于落得如此下场。但即便如此,本该"看过就明白"的事,看过却没能明白,到头来大体上还是我的责任。除了"被热血冲昏头脑",找不出其他什么像样的理由。

"结果,密室还是老样子吗……"我绝望地嘟囔起来,"不过,没准哪个员工体力超群?"

"即便有也并非十全，吾友，在下会说这条路线走不通还有另一个理由。你不记得了吗？"小呗小姐说道，"昨夜我们相遇之时，不是刚好下雨了吗？"

"下雨？"

我看向屋顶的地板，虽然已经干透，但上面还残留着雨后水洼的痕迹。

对了，雨，昨天半夜下雨了。

"啊……"我为什么此刻才发现，"啊啊……"

"按三好小姐的说法，推测死亡时间在子夜一点前后……嗯，那就假设此人成功从六栋跳到七栋好了。但是，三好小姐也说过吧？手臂被砍断的时间不知为何延迟了数小时。也就是说，回程……杀害兔吊木先生之后，结束那套装饰工作，回到屋顶准备回去的时候，外面不是还在下雨吗？"

这样的话，事态会怎样呢？很简单的。首先在雨中就不可能跳出平时的成绩，妄图超越自然更不可能。

真是糊涂！糊涂到家！我只要想起昨夜下过雨的事实，那么进一步推导出这条路线走不通，明明不算多难……我简直就是无可救药的呆瓜，一个劲地心急、心急、心急，到最后付诸行动，竟会如此事与愿违？这糊涂劲真是根深蒂固到死也治不好。

"怎么办呢……"

别提解决密室，现在简直是为它添砖加瓦，甚至还把自己关在了里面。尽管理所当然，然而既没有磁卡，也没有登记身份ID，不知道密码，更没有记录过声纹、虹膜资料，当然也没有玖渚那样的管理员权限，这样的我和小呗小姐，想从玄关口出入是不可能的！话虽如此，这栋楼再怎么比别栋矮，我也不可能像飞鼠一样从楼上跳下去，小呗小姐的情况虽不清楚，至少从外表上来看她没有长翅膀，而且这栋楼没有窗户……现在就是字面意义上，彻彻底底的走投无路了。

"余下还有两小时四十五分钟，思考的时间也没有多少了。"小呗小姐终于开口，"总之先行动起来如何？车到山前必有路嘛！不知该说是遗憾还是幸运——难得成功进入七栋，不去现场取证一番吗，吾友？"

"您真乐观……"

"反正与在下无关。"

小呗小姐说着，尝试掀开水槽旁边那个类似窨井盖的东西。不知是因为生了锈，还是它原本的构造就卡得很紧，怎么也打不开。我也上去帮忙，最后合二人之力才掀开它。

"不必消沉，吾友，这七栋里也许有结实的绳索呢，说不定有刚好可以支撑成人体重的结实绳索哦，那就可以逃出去了。"

"您觉得会有吗？"

"完全、一点都不觉得。"她的半桶水式安慰就这样宣告结束，"那么走吧，吾友。"

无论如何，似乎只能这样做。我们爬下内部的铁制楼梯，进入七栋。

3

三十分钟后。

在飘散凄惨异味的兔吊木垓辅凶杀现场,我和小呗小姐两人一言不发,好像肩负某种非这么做不可的重大义务似的站着,纯粹只是站着。

小呗小姐高挑的身体靠在入口附近的墙壁上,抱起手臂合着眼,若有所思。现在的她无疑像个哲学家,其神态就是那样沉静,那样超然。而相对的,我则一直像胡子被剪掉的猫一样,在室内——这间没有任何家具的,被以赤褐色胡乱喷涂的屋子里,漫无目的地踱步,烦躁不安,又伴随着某种焦虑,简直就像忘记了怎么走路。

可恶!没想到答题有时限竟然如此痛苦。余下还有——大约两小时十五分钟,这还是万事往好了想,在极端乐观、偏向自己的前提下得出的数据。

自兔吊木的尸体被运离七栋四层——他的个人房间后,整个空间就像变质了,只留下空虚的印象。昨日、今晨、此时,我已三度到访这里,可每次获取的印象都有区别。虽然我没有,也绝对不会对那个叫兔吊木的人产生好感。不过,第一次进入这间屋子与他唇枪舌剑之时,大概是我感觉最好的时候,而感觉最烂就是现在。

"什么发现都没有吗？"时隔二十五分钟，小呗小姐终于又睁开眼，也开了腔，"剩余时间已难称十全了，吾友。"

"什么都没有啊……"我回应道，这是时隔二十八分钟后再次开口，"与其问我用了何种诡计，我甚至都看不清整体轮廓……真正意义上的意义不明。"

"这是丧气话吗？"

"是真心话啊！都这么认真思考了，就算换了别人，也总能得出点结论吧？可就是一点灵感都没有，我完全搞不懂凶手到底是经过什么样的思考过程才到达这一步的。"

"'思考过程'……搞不好他什么都没想呢。"

"是啊……也有可能。"

那便真的无计可施！旁观的第三者即便可以追踪某人的思考路线，却探索不了其人的思想内核。做不到就是做不到。

"仪式感……或者说邪教感吧，虽然对他们不太好意思，不过凶手杀害兔吊木的方式总有一种邪教风格。因此，本案件在不可思议之前更叫人不愉快。不可思议的话，只要探究出谜底就好，可是不愉快的事情能有什么办法呢？我再没见过比那个更凄惨的了。"

"是吗？"小呗小姐有点意外地提出看法，"在下至今见过许多更为凄惨的尸体，就连更加凄惨的活体也见过不少。虽然想避免给它们排序，不过硬要论其中之最的话，该是两年前见到的头颅吧。"

"是说无头尸体吗？"没什么思路，我便陪小呗小姐聊起天，

"那我也见过啊。"

"不，是说活体，只靠头颅存活的人类。"

"办不到的吧？人只剩下头会死的啊！"

"配合医学措施可以实现的。心脏只是个压力泵嘛，肺不过是个供应氧气的机关，其他内脏则说成营养制造机也无甚大碍。只要持续给大脑供应血液、氧气和营养，仅剩一颗头颅也是可以活下去的。不过既没有内脏也没有喉咙，自然无法说话，但还是可以交流。"

"为什么要这样啊？"

"没有为什么吧？只是兴趣而已。你不是也有些兴趣吗？只剩下头颅的人究竟能否存活？这种思想在下可以理解。相比之下……"说着她看了一眼对面的墙，那里还留着兔吊木被穿刺的痕迹，"从兔吊木垓辅的死状之中，在下甚至感受不到一切不合逻辑的思想，有的只是合乎逻辑的思考罢了。"

小呗小姐从墙上撑起身子，打开门。

"您要去哪里？"

"这是在下的善意。你一个人思考比较方便，不是吗？"

"呃，这个倒是……不过，小呗小姐您要去哪里啊？"

"你忘记在下的本职吗？"她无所畏惧地一笑，"好不容易闯入七栋这座难以攻陷的城池，在下自然要多方探索一番。也许已经被整理过了……总之，马上就会回来。"

说着小呗小姐便离开了房间。

"本职吗……我的本职只是个大学生啊……"自言自语过后，我走到刚才她站的地方，效仿她的样子靠在墙上，"为什么会变成这样呢……为什么总是搞成这样呢？每次每次每次都是。"

我向着虚空发起牢骚。

"我已经受不了了！讨厌死了！讨厌死了！讨厌死了！讨厌死了！受够了啊！"

可恶！你们这帮没人性的，干脆当场死给你们看好了，把我的血混进兔吊木的血里如何？拔出左胸的刀，先刺进腹肌来个纵切，然后像兔吊木那样，从身体到眼睛，直到大脑。这样我的脑子就能正常了吧？然后再从头骨开始向下直到大动脉，若那时还有意识便直指心脏……问题只在于以这把刀的强度能否坚持到底？不过即便坚持不了，反正会死也是板上钉钉，然后等转世投胎。这次一定要拼命学习，做个学者，然后找片山头建个研究所，绝不变坏也不疯癫，日日夜夜窝在里头研究为世人做贡献，然而从不被人感谢，默默为遇到困难的人和过得不好的人贡献自己的力量。绝不接受"学者疯了不是很正常吗"这种廉价的刻板设定，我要关心别人，成为一个优先为他人着想的人给你们看。

"真讨厌……我在想什么啊？"

连"转世投胎"都说得出口，基本可以宣判此人已经完蛋。我看起来相当疲劳，我贴着墙往下滑，沉向地板，极度沉重的没落感，整个人已经完全跌坐在地上，却仍有一种渐渐沉没的感觉，我抱头叹息。

"是不是坏掉了啊……"

脑中闪过玖渚对我说的话,在我自己认为真正走投无路的时候,可以联系直先生,或者联系那位人类最强的赤红色的承包人。如果去拜托她,就不用再这么痛苦了,跟根尾先生借个电话……或者通过网络,即便多少要费点劲,却也不算太难。而身怀此等秘诀却不能使用,实在是很矛盾。可我真是一个宽大到……正派到容忍得了如此矛盾存在的人吗?

差不多可以了吧?

"可以个什么啊!"

努力若坚持不到最后,便从开始就没有意义。

虽然这称不上努力。

"丑陋……"

珍贵和珍稀不一样,差点——不,我已将自己的无力归咎于世界,甚至不打算掩饰此举,更不打算掩饰自己借此逃避的事实,我自言自语地站起来。

又浪费时间做毫无意义的事。想着想着,我凝视着眼前的墙。

"You just watch, DEAD BLUE!"

"'给我闭嘴看着'吗……莫非这句话本身就是暗号?"

凶手主动留下证据也不是没可能。无视脑中冒头的几种反例,我尝试将墙上的25个字母顺序或打乱重排,或重新构筑,或翻译成别的语言,除此之外也尝试了很多方式,却没有得出一个决定性的结论。虽然半是强行拼出"Duo Luo San Mei"四个字,却也感觉不过是牵强附会罢了。这句话应该还是只有字面意思。

就在我埋头于这种行为的时候，时光飞逝，时间只剩下两小时。

"真的，到底是怎么回事，玖渚君？"

我像以前一样，以我还没有认识到那家伙是女生时的方式喊了她一声。当然，此地不仅没有六年前的玖渚友，连现在的玖渚友也不存在，她此刻正在四栋地下，当然没人回应。

但却有代替回应的东西，突然从某处，像是走廊，传来震耳欲聋的警笛声。不，根本不是"警笛"这种寻常声响，已经是冲击波了，是近乎撕裂鼓膜的大气压力。它的音调即便拥有绝对音感也无法用符号表达，这令人不快的警笛声正穿透房门响彻四周。

"什么啊！我做了什么吗！是我吗！"

我大声怒吼着走出房门。其实没必要大喊，可警笛声实在太吵，要是不放出这么大音量，就连自言自语都做不到。我一进走廊，警笛叫得更响了，就像头被人用铜钹之类的东西打了一样。

"！！"

就连自己的声音，就连怒吼都听不到了，巨大压力波之下细小的声纹毫无还手之力，扩音扬声器恐怕就在附近。想着，我死死捂住耳朵，抬头拼命扫视天花板。要是不找到扩音喇叭砸烂它，再这么下去我本就不正常的脑子要更加失常了。

可还没等我找到扩音喇叭，眨眼间警笛声便戛然而止。我差点要松开捂住耳朵的手，却又想到现在还不能大意。这也许是台风眼，只因一时风平浪静就安心下来太过天真，没准还会有第二波。

不对，等等，这是室内,怎么会有台风？不行了，已经混乱了，搞不懂自己在想什么……我是傻子吗？

"心情可还十全？"此时，楼梯的门被人打开，小呗小姐从楼下回来了，"许久不见。"

"呃，许久不见？也就过了十五分钟……"

"是吗？那真是十全。"

笑盈盈的小呗小姐重新压低了帽檐，像在逃避我的目光。嗯，正所谓"禁句不言可自明，哪壶不开偏要提"。她这个态度很是可疑。

"小呗小姐……您做了什么？"

"在下寻到这些物件。"她从大衣内兜取出四张MO盘[1]，像折扇一样展开它们，"虽然与在下的目的并不直接相关，不过兔吊木垓辅的研究数据——算是意外收获。"

"然后顺便把警报装置也一并收获了是吗……"我自己都听得出话音里的哑然，"虽然这话由我来说比较奇怪……您做事有没有考虑过后果啊？"

"真没礼貌，当然有啊，现在不正考虑着呢。"

那不就是什么都没想吗？

"咱们可真是黄金拍档……"我嘀嘀咕咕，开着一点都不好笑的玩笑，"您打算怎么办？刚才的警笛八成已经被一栋听到了，建

---

[1] MO盘是1989年开始投入使用的一种光盘存储技术。MO为Magneto-Optical的缩写，多译为磁光盘，价格较为昂贵，现几乎已淘汰。——译者注

筑本身这么封闭,声音倒是不太可能传过去,但安保系统应该报警了。"

"被当成是误报就好了,可人生总不会这样十全。"这件事毫无疑问与自身息息相关,小呗小姐却仍说得事不关己,"让人头疼啊!"

确实头疼。

虽然小呗小姐牵着我的手引我前进,我却万万没想到会被她拖后腿……这才是诚心诚意的戏言。

"往屋顶逃吧,躲在那里也许不会被发现。"

"是呢,至少比躲在里面好些。"小呗小姐答得很快,并马上走向楼梯门。取出开锁刀捅开门锁后,我们便顺着楼梯上去,攀爬梯子,顶开铁盖,来到屋顶。小呗小姐伸了个懒腰之后,走到西侧楼沿匍匐在地。虽然不明白她的意图,我也不禁有样学样。从这里可以看到杉树林,还是楢树林来着?虽然看不太清楚,那边有两个人影正跑向这边,从使用动词的频率和矛盾中可以看出我有多么混乱。原来如此,趴下是为了不让对方发现我们,我还以为她想实地演绎塞缪尔·贝克特[1]式戏剧内容呢,虽然我其实没这么想。

"呃……"我眯起眼睛,观察那两人的轮廓,"志人君和……美幸小姐……吗?"

"似乎是的。"小呗小姐维持着匍匐姿势向后移动,爬到地面

---

1 塞缪尔·贝克特(Samuel Beckett, 1906~1989),爱尔兰作家,荒诞派戏剧的代表人物,著有《等待戈多》等。——译者注

看不见的位置才双手一拍地面，跳了起来，"奉博士之命来查看情况……应该是这样。"

只见他们转过拐角，两人的身影就看不见了。那个方向是七栋的玄关，也就是那扇牢不可破的绝缘门。确认过后，我也学着小呗小姐的样子匍匐后退。但想来地面上根本没人向上看，也许此举没什么意义。

"虽不十全，至少还算幸运。"小呗小姐说，"在下原本担心博士会派整整一个师前来镇压……结果只派来了两个年轻人，那总有办法对付。看来博士以为是误报吧。"

"是这样就好了……但即便真是这样，被发现仍然不妙啊！"

"走这边。"小呗小姐硬是拉起我的手，还以为她要把我带去哪儿，谁知只是拉我走进水槽的阴影。那里有一片缠有几根水管，从井盖处看不清虚实的小空间。

"躲在这里的话，至少可以避开他们的目光。"

"虽说乍看之下很难看出来……可是……"

这个地方实在称不上宽敞，怎么看都只够一人藏身。因此身材高挑的小呗小姐，加上骨架虽不大，却也几近成年男性的我，应该是躲不下的。

"没这回事。"

小呗小姐恶作剧地一笑，此时我已经大致猜到她要干吗。我被她一把拉过塞进那个缝隙，然后，她摆出一个他人看来像是紧紧抱住我的姿势——不如说只能是这样。换言之，她的躯体紧贴着我，修长的双臂环绕在我背后，又把下巴靠上我的右肩。自然而然地，小呗小姐的呼吸、心跳、体温便陆续传了过来。当然，想来她也感受得到我的呼吸、心跳和体温。

"这样就只消耗一人的空间了。"

"这会酿成问题的……"由于我的双臂被小呗小姐锁住，毫无抵抗之力。不对！我不是想说这个！"问题还很严重。"

"你讨厌的问题吗？"

"我连大部分解答都讨厌……"

"你真是纯情啊。"小呗小姐"嗯哼"一笑，总感觉她的笑法非常讨厌，"对了，有件事要告诉你，在下找MO盘的时候顺便找了找绳子。"

"有吗？"我克制着胸中的鸣动问她，然而心肌属于自己无法控制的不随意肌，当然不可能克制得住，"绳子……"

"没有。虽说有电源线之类形似绳索之物，可把它们捆在一起也够不到六栋……再说如果电源线没了马上就会被发现吧？"

"这样啊……"

承受得住人类体重的绳子……说到底，期待研究设施里有这种方便道具的人才不正常。既然没有绳子，那么类似绳索的东西……我虽尝试整理脑中的碎片，却被小呗小姐长发的香味打乱了思路。不，此时被打乱的也许正是所谓的"思考内核"。冷静点，冷静点，快想想别的。

"头发……小呗小姐，用头发如何？"

"什么？头发怎么了？"说着小呗小姐抱得更紧了。而由于她比我高，我越来越有被当成小孩的感觉，虽然铃无小姐也把我当小孩，怎么说呢？跟现在完全是两个方向。"是指在下的头发吗？"

"不，是……如果用头发，能不能代替绳子呢？"

我曾听说头发其实是非常强韧的。当然单根的强度不值一提，可一千根、一万根束在一起，足以代替绳索。历史上用头发勒死人的实际案例本就不胜枚举，若只问可能性的话——

"啊，你是指神足先生吧？吾友。"

小呗小姐在我耳边悄声细语，引得我一阵哆嗦。

"只因你的一句话就剪去一头长发，其中的确没有必然性啊……"

就是这样。再怎么说，我的一句话也不可能有这么大的影响力。那么剪去那头长发的行为，也许是有其他含义的。我稍稍回想起那位寡言少语、态度不逊的研究员。

"比如——假设神足先生就是用我们刚才走过的路线闯入七栋好了，然后他杀了兔吊木，把他钉在墙上，接着要打道回府，才发现跳不回去，而且外面还在下雨，但是又要避免滞留在杀人现场，因此需要类似绳子的东西——"

"所以他用了自己的头发，是吗？"小呗小姐接着说道，"这推论尚且十全，却有问题。"

"问题？"

能比你那只正在来回摸我大腿的右手更有问题吗？

"您是指什么呢,小呗小姐?"

"首先第一点,这里所有建筑的屋顶都没有护栏。也就是说,即便丢出绳索也没地方挂。就算勾住边沿也要有钩子吧?其次,距离上还是有问题。"

"距离……不是5米吗?既然用了绳子,也没必要考虑角度了。"

"假设神足先生的头发长度有1米吧,那位阁下远看发量虽多,可即便全部用上,何况还要五等分,也是无法支撑人类体重的。无论怎样巧妙地捆扎在一起,至多也不过4米长而已。"

五等分……4米,是啊,想用头发当绳索,为了保证强度首先要拧成一束,还要考虑绳结……那确实达不到5米。正如小呗小姐所说,4米多恐怕就是极限。这样的话不仅够不到,而且退一两百步讲,假设头发突然暴长能够到了,还有刚才说的第一道障碍——没有钩子,固定不了。好不容易想到一个靠谱的假说,同时贞操还面临严重危机!看来神足先生只是换了个发型……你在搞什么啊?这要是推理小说,读者早就拍桌大喊不公平了!

"那段距离能不能想办法跳过去呢……"

"世界级选手并非不可能,但在下认为普通人类很难。"

"人类……"这个词引起我的注意,"那……不是人类的话,就有可能吗?"

"啥?"小呗小姐发出怪声,"你在说什么?打算引出'凶手是妖怪'的推理?哎……在下倒不介意,可别人会怎么想呢?大家能不能接受呢？"

"我没打算突然扯个妖怪出来顶罪啦，世上又不是只有人和妖怪，还有其他动物啊……比如狗之类的。"我催动大脑不停运转，要不然会越来越无法集中，"大型犬的话，区区7米左右的回程路，难说跳不过去吧？"

"你是指春日井小姐饲养的……不，拥有的那三只狗吗？"

"嗯，算是吧，也就是所谓的'动物行凶说'。"我点头同意她的话，于是下巴贴得更紧密，呜呜，"即便不是，好像听谁说过这山上有野猪……就算野猪不能跳远，我想想，比如鸟……"

"你还清醒吗？这么异想天开的主张，亏你能一个接一个，在下佩服。"语气一点都不佩服，"那么，狗又是怎样杀死兔吊木先生的呢？难道你要说是狗用刀子蹂躏了他的尸体？这推理尽管新颖奇特，可你不觉得过于牵强了吗？"

"看怎么训练吧……不，还是太牵强了。"由于这场争论实在没什么胜算，我于是退了一步，"可恶！那么凶手仍然未决……"

"未决和不定搞错了吧？"

"最终总得找个人背黑锅，所以用'未决'也可以啦……比起这个，咱们不用躲了吧？志人君和美幸小姐肯定已经回去了，肯定的。"

我缩起身子准备逃离小呗小姐，她却说"还不能放心"不让我走。什么放不放心……志人君他们进来都十多分钟了，也就是说我被小呗小姐抱了十多分钟。我盘算着他们差不多也该断定是误报，死心回去了吧?

"小呗小——"

"嘘……"

我的抗议硬是被小呗小姐压了回去，准确地说是被她抓住我后脑勺，整张脸摁在她肩上，不得已只好沉默。刚要抬眼看看怎么回事，就见到水槽对面铁制的屋顶出入口开始微微震动。当然，既是无机物又没有任何传动构造的铁盖大部分情况下不会擅自动的，那么——

"可恶！这什么破盖子！重得要死！当我是举重运动员吗？！"

是志人君的声音，从铁盖另一端传来他的声音，看来没能顺利抬起盖子让他很恼火。

"连屋顶都查，真够细致……"我绝望地叹道，"或者该说他谨慎吗……虽然这种状况也合情合理啦……"

"倒不如说丢了那么多MO盘，这也理所当然。"

小偷本人堂堂说道。对哦，本来警笛会响就是因为她偷了MO盘。那么志人君和美幸小姐首先就会搜索那间屋子吧？然后只要发现MO盘丢了，就不可能判断是误报，绝对会彻底搜查楼内。

"还回去不就好了嘛……"

"偷到手的东西还要奉还，可称不上一流的盗贼。过来，再进去些，不然会被发现的。"

她手上环绕的力道又强了几分，进一步把我挤向缝隙深处。当然我身后已经不存在什么深处了，因此只是与小呗小姐贴得更紧而已。要是现在被志人君抓到,就得在悬崖边上找借口,稍不留意就要摔下万丈深渊。大难临头,我也只得双手环上小呗小姐的背脊。既然已经喝了毒酒,要是这样还被找到,那不如一不做二不休,连酒杯也囫囵吞下。不要说吃酒杯了,连桌椅板凳我都敢啃给你看。

"哎呀,吾友,你可真色。"小呗小姐笑眯眯地说,"其实在下不讨厌这种哦。"

"可是我讨厌……所以求您了别说话好吗……"

志人君似乎终于找到窍门,顶开铁盖。他小小的身躯缓缓从孔洞中爬了出来。

"啊——可恶,烦死了……为什么我非得做这种事啊,明明现在忙得要死……真是胡来……哪有什么闯入者嘛……再说他怎么进来啊……再谨慎也得有个限度吧,美幸小姐……"

他一边爬,一边嘟嘟囔囔。志人君看来是喜欢自言自语的类型,让我不由得感到一丝亲近,包括他嘟囔的内容多半是在发牢骚这点也甚得我意。

志人君盖上盖子,四下张望起来。

"没个鬼影嘛……"他自言自语,"右方确认,左方确认……唉,蠢死了……"

看来他没有仔细调查的打算。在某种意义上,当前位置绝对是绝佳的隐蔽所,只不过隐蔽方式有些问题。不行,我感觉快到极限了,啊——意识好像开始模糊了。

"和玖渚机关也联系不上……真是的……"志人君还在嘀嘀咕

咕，手已经搭上铁盖，"接下来会怎样呢……再说，用那么可爱的小女生当标本，博士真是疯了……怕是还要做出像我这样的东西吧……还偏偏找上玖渚机关的人做基准体。"

玖渚机关……这个词让我差点归于天际的理性得以复活。卿壹郎博士似乎顺利地……好像称不上，但总之符合铃无小姐、根尾小姐和心视老师的预想，博士正稳步进行着他的计划。但我在意的不是他的计划，而是志人君那种，好像怎么都与博士的想法有点出入的语气……他本该是卿壹郎博士的绝对拥护者啊，这是怎么回事呢？

此时我想起根尾先生的话——"大垣君和宇濑小姐有理由对博士阿谀奉承。比如他们敬畏博士，博士有恩于他们，等等。但是正因如此，只要给他们更好的条件即可"。这大概只是单纯的四则混合运算，加加减减，乘除得解。志人君，如今正在摇摆不定吗？这样的话，这样的话——

此时，只见志人君停止了掀盖动作，不仅如此，还眯缝眼死死盯着这边，就好像怀疑什么似的直勾勾瞪着我和小呗小姐藏身的蓄水槽。我们被发现了吗？不，不可能的！刚才他不都打算回去了吗？绝对不可能看到我们了。虽然绝对不可能——

"喂，有谁在那里吗？"志人君终于发问，"有人躲在水槽后面吗？"

我差点要叫出声来，但也被小呗小姐捂住了。

"有人在的话就给我出来。"志人君放开铁盖，唰地一下站起来,"太明显了,好吗?啊?不打算乖乖出来,我可就过去了啊!"

"没办法了,"小呗小姐说着,依依不舍地解开了对我的束缚,"你就留在这里。"

"欸?等等,小呗小——"

"马上出来!"

她扯开嗓子大声喊给志人君听,转而又小声对我说"结束之前你绝对不要出去",话音未落她便把我按在墙上,然后在水槽旁绕了个弯子,自己走到志人君看得见的地方去了。

根本来不及阻止她。

何况我也根本说不出阻止她的话。即便陷入此等困境,她在我面前露出的表情却还是那样游刃有余,仿佛在说"此等小事无须焦急"——我又怎么可能说得出阻止她的话?

"啊?搞啥?"志人君的声音满是惊讶,"啊——啊?……什么?你是怎么回事?我可从没见过你这号人物。"

"先做自我介绍吧,"小呗小姐微笑以对,"在下名为石丸小呗。或者对你来说,'零崎爱识'这个名字更为熟悉。"

"三天前的闯入者吗?"志人君回应,"怎么……你这声音……女的?好大……虽然没那个阿姐大。"

"你对女人有兴趣吗,小少爷?"小呗小姐毫不在意地一步步靠近志人君,"那真是颇为十全呀。"

"不许动!否则有你苦头吃!"

"这是何意？"小呗小姐伴装糊涂，"不在近旁，如何谈话？你不正是想要谈话，才呼唤在下出来的吗？"

"可恶，我不是叫你……不许动吗！"

说着，志人君频频后退。虽然他没什么必要后退，大概是因为气势上被压了一头。他丝毫没有找出这莫名的压迫感的真身，类似小呗小姐个人的特质。我正在回想昨夜与她初遇时的情景——她是压倒性的，完全是压倒性的，正面与其对峙毫无疑问只会被压倒在地，因此如今的志人君才想方设法逃离她。这比起下意识，恐怕更接近本能。

"呵呵……"小呗小姐停下脚步，正好停在进入楼栋的出入口处，"若你没有什么想聊的，那先容在下失陪——"

"怎会让你得逞！"

志人君飞身扑向她，使命感最终战胜了恐惧。然而，尽管这也许是正确的做法，却称不上是聪明的选择。已经现身在志人君面前的"闯入者"石丸小呗怎么可能就这样逃走？方才她那番话正是为了挑衅，这也是不言自明的事实啊！

而咬钩的鱼自然与优势无缘。

小呗小姐轻巧地背过身去，躲开志人君的拳头，然后原地回旋，长腿使出一记漂亮的飞踢击中志人君的腹部。这项转体技更接近跆拳道而非空手道。格斗技招式千千万，但完全把后背露给敌人的架势，只存在于跆拳道之中。

志人君的身体虽已弯折，小呗小姐却丝毫不留情，她直接用另一条腿——这也属于跆拳道打法，这次是用脚跟与胸口来了一次亲密接触。志人君的上半身便强行后仰，然后小呗小姐又一个回旋，接下来这是柔道的招数，掌击他的右侧肺叶。

"呃……啊！"

志人君嘴里漏出的声音既构不成悲鸣也算不上呜咽，而既已听到这样的声音，就基本可以认为胜负已分。即便胜负已分，小呗小姐她仍然不肯轻饶，肘突脘腹，里拳掏心，又向着志人君心口窝补上一记膝顶，最后以一招扫堂腿作结，志人君趴倒在地。

一眨眼的工夫——甚至连眨眼都来不及，轻轻巧巧胜负已分。志人君似乎昏了，也许说是小呗小姐把志人君揍到失去意识更加准确。她对各个内脏进行了精确打击，除此以外想不到还能有什么目的。我们的目的是要逃离此地，因此这样的处理非常正确，但实在有点过火。

"小呗小姐——"

我正打算离开藏身处，然而——

"不许动！"

这声炸裂的怒吼，让我只得再度定在原地。抬眼望去，只见宇濑美幸小姐正架起手枪，瞄准小呗小姐。后者本来蹲在倒地的志人君旁边，此时见到美幸小姐突然出现，稍稍有些惊讶地"呀"了一声。

"好像是还有个人，没留意忘得一干二净了。"

"请你不要动，否则我马上开枪。"

153

美幸小姐手上那把枪……我记得型号是叫杰里科941，参考以色列的CZ-75手枪设计而成，支持装填9毫米×19毫米鲁格弹和点41AE等多种子弹，后来其研发公司用同样的设计制造出著名的"沙漠之鹰"——我记得是这样。由于记忆不清晰，所以不好下定论，不过这种场合，重点根本不在手枪的型号。

从这里机密的安全等级来说，作为安保措施的一环，让工作人员配备手枪，也没什么稀奇……可是，这也太脱离常规了吧？有点过分！小呗小姐虽然轻松压制了志人君，可即便是她，对上手枪也——

"哈哈，啊哈哈哈！"

然而，小呗小姐对着这样的美幸小姐仰天长笑，然后干脆利落地站了起来，简直丝毫不把枪口放在眼里，似嘲笑，似冷笑。

"啊哈哈……哈哈哈哈！"

"有什么好笑的！你笑什么！叫你不要动没听见吗！"

"就是因为你让在下别动，所以才笑啊，小丫头。"小呗小姐抬起下巴，居高临下地看着比她矮了三头的对手，"这种状况，友方倒在地上，敌人不动，你竟然就不开枪？而即便动了，你竟然也没有开枪……这也太温暾了吧？冰冷就算了，滚烫也作罢，可你们真是不温不火！虽然你们这些配角，只有在败北之时才有表现的机会，可再怎么说，仅凭这点手段就想蹂躏在下，实在太可笑了——"

"不准说话！闭嘴！"

美幸小姐举枪对天扣下扳机，这是为了威吓，以及证明枪中所装是实弹。枪声震耳欲聋，我猜测其中装的应该不是9毫米鲁格弹，而是点41AE，这意味着弹仓里最多还剩下九发。比起鲁格弹的最大装填数少了足足5发，但也不过是相对而言，要杀伤一名人类，即便对象是两人，九发子弹也足够了。

"下次再敢小看我就真的开枪了！闯入者！给我离志人君远点！"

"先叫人家别动，口水都没干又叫人家走开。小丫头，你到底要怎样？"小呗小姐坏笑着，以打从心底里愚弄人的表情调侃对手，"一点也不十全。雇你这样的小丫头做秘书，又让这么呆傻的小鬼做助手，斜道卿壹郎博士也没有传言中那么夸张嘛。早知如此，也许不必绕那么多弯路，正面进攻也无妨。"

"你敢叫我小丫头？你知道自己现在什么立场吗？以为我不敢开枪吗——"

"你以为手上有枪任何人都会屈服？你以为展示力量任何人都会追从？这就是叫你'小丫头'的原因。"小呗小姐与美幸小姐——不，与手枪近距离对峙，却仍侃侃而言，"你若以为凭那种玩具就能杀人就大错特错了。难道你认为靠着一把手枪可以打赢军舰吗？"

"开什么玩笑，这么近我会射偏？"美幸小姐举枪的手更加用力，"如果你老实一点，我不会太残忍——"

"然后在下是不是要被用作博士的人体实验材料呢？就像这个

傻小子一样。"

"闭嘴！"听了这话美幸小姐情绪激动起来，"你有什么目的？你来干什么的？你是哪家派来的探子！"

"打个比方，"小呗小姐稍微压低了声音，"假设子弹初速为每小时900千米，你与在下距离间隔约2米，那么子弹要花多久才能抵达？"

"你在说什么？"

"打个比方而已。答案是什么？小丫头？"

"0.08秒。"美幸小姐疑惑地答，"这怎么了？这不是意味着人类不可能避开子弹吗？"

"光听这个数字的话，也许会认为很难做反应。只是……"小呗小姐指向对手，不，不对，她指的是美幸小姐手里的手枪，"杰里科941，到扳机的长度约7.7厘米，因此它是双动操作的型号，对吧？"

"所以说……这又怎么了啊？"

"马上就热血上头这一点也相当'小丫头'。你呀，与街头巷尾的皮猴顽童没有丝毫差别。所谓的'双动操作'，也就是说，扳机引力——扣动扳机使之击发所需的力是5公斤，单动操作型只有一半就是了。以你女性的指力，扣下它大约需要0.5秒，而且这个数据已经是较短的估算值。"

"……"

"不仅如此，扣下扳机以后，击锤落下还需0.02秒，那么现在总耗时已经达到0.6秒。好了，方才的计算只包含了子弹发射到抵达之间的时间，我们继续给它加上瞄准时间，也就是对齐准星的耗时。比如朝着在下的额头、心脏……何处倒是都无所谓，你使用的点41AE子弹要想准确击中目标，即便是职业枪手也要在调整上花去0.1秒，而你这样的外行人最少也需要大约0.4秒吧……至此总计1秒。1秒哦？相当于永恒，至少用来越过大约2米的距离，已是过分十全了。"

"别开玩笑了！就算打偏了一发也还有第二第三发……"

"每次都需要花费超过1秒准备时间的攻击是没有意义的啊，小丫头，还不如直接用手打人更快。小丫头，今天机会难得，所以在下来为你启蒙吧，所谓的手枪是适合远距离作战的兵器，最少5米，至少也要和敌人拉开10米的距离才好。若相距有10米，则在下的速度无论如何快，你只需稍稍调整准星即可，那么开个五枪无论如何都会击中的吧。虽然，用'若非出其不意，就只能在远距离对战上使用的武器'来形容手枪更为十全，但越是外行，越容易被其外表蒙骗。所有的武器，无论如何强，如何一击必杀，只要那一击不中就没有任何意义，没有任何价值啊——"

"你——你好烦啊！"

美幸小姐扣下扳机，这次是真的对准了小呗小姐。

枪口发出巨大的爆裂声——只是空有响声，小呗小姐像应付志人君时一样，回旋着避开子弹弹道，且同时冲入美幸小姐怀中，掌底猛顶她的下颚。美幸小姐的身体被打上半空，而就在她的身体脱离重力束缚的那一刻，身材高挑的小呗小姐用上全身力气，又喂她吃了一记重重的肘击。

我该怎么评价这一连串动作呢？小呗小姐此时的动作类型与收拾志人君时完全不同。没错，她的动作全无徒劳，效率高得吓人，乃是一种美丽的——流动。

美幸小姐的身体在屋顶的地板上仿佛滑行一般翻滚了几圈，让我想到冰壶，并在只差一点就要滚下楼沿的地方停住，没有起身，甚至连呻吟也没有。小呗小姐走近美幸小姐，确定她已经昏迷后，才捡起手枪。

"你可以出来了，吾友。"

"……"我从蓄水槽的阴影中出现，"辛苦您了……"

"呵呵……"小呗小姐有些调皮地把杰里科的枪口对准了我，"砰——啊哈哈！"

"……"

"哎呀，你似乎心情不佳？"

"不，没有……只是，您有点过火吧……"我有意无意地看了一眼倒在地上的两个人，"而且，您也太冒险了，竟然挑衅持枪的敌人……"

"要是不挑衅，在下就吃到枪子了啊！"

"我想也是。那么您刚才说的果然都是假话吧？"

"你不如称之为'权宜'。"

说着小呗小姐灿烂一笑，然后把杰里科丢给我。这个人啊，保险也不扣上，怎么竟干这么危险的事啊！我想着接住了手枪。我的手瞬间就被沉甸甸的负荷占据，很正常的，杰里科的重量超过1公斤，要是一直伸着手举着这玩意儿，就连我这个男生都很辛苦，更不要说美幸小姐了。

所以真相其实是这样的，小呗小姐的长篇大论不过是用来争取时间，实际上她只是在等美幸小姐举枪的手疲劳，疲劳到不能精确瞄准，疲劳到大脑给肌肉下达命令时产生的微小动态就连旁观者也能一目了然。

"越是外行越容易被具体的数字和理论蒙骗，是这个意思吗？"

要是盲目相信数据会吃大亏——玖渚好像说过这样的话。

"就是这样，在下才不知道杰里科的弹速多少呢。"小呗小姐点头，"它就交给你管理了，用法你姑且还知道吧？在下虽然也可以用，但不是很喜欢，因为感觉不太公平。"

"这样……'不公平'啊……"我乖乖按她说的扣上保险，把杰里科插进裤腰带里。虽然有点松，总感觉心神不宁，但这种东西也没有更好的安放方法。

"不过，您打算怎么办？这样一来，您闯入的事就暴露了啊！"

"那也有其尚且十全之处。这样一来……只要他们知道'存在外来者'，不就可以多少淡化一些玖渚小姐的嫌疑了吗？"

"这个嘛，我们是觉得不坏，可是小呗小姐您……"

"在下不会为这区区小事而困扰的,没有任何值得困扰的事。况且……"小呗小姐走到志人君倒下的地方,"咱们似乎也有办法逃出生天了。"

石丸小呗 大盗
ISHIMARU KOUTA

"我"（旁白）

第二天（5）——项圈物语

0

骗天才是很简单的
骗傻瓜是很困难的
想骗猪是办不到的

1

时间大约还剩一个半小时,我再次回到根尾先生的个人房间。而房主似乎和小呗小姐在别处商讨今后的对策,恐怕是和我与玖渚完全没关系的"今后"吧。因此我现在独自一人,身处各式各样的画作之中不发一语,连自言自语也没有一句,只是坐在沙发上而已。

走动的秒针很吵,早知如此该带电子表的,然而它被玖渚改造得乱七八糟,而且我手上戴的这块是小姬送的礼物,还被她强加上佩戴的义务,因此我终究没得选择。

"选择——哪怕有一个选择也会好很多吧。"

选择……

名为选择的行为。

我从腰带上拔出美幸小姐那把杰里科，观摩一番。整体形状很粗犷，但是用起来——只要不像刚才美幸小姐那样被扰乱心绪——并不算太难用，不至于要接受多专业的训练，只需稍加练习，就能达到不错的命中率。

"这个国家果然很和平啊……"

小呗小姐所说的"逃脱手段"其实很简单。她首先把美幸小姐和志人君拖进室内，用电源线把仍处于昏迷之中的美幸小姐捆个结实。据本人说"即便不这样做，半天之内她八成也醒不过来，但还是小心为上"。而我正在旁边琢磨她打算怎么处置志人君的时候，小呗小姐就直接把他丢过来叫我背着。

"你的道德课老师教过你'笨重行李要叫女性搬'吗？"

"我是赞成女权扩张运动的人啊，我认为男女就该一视同仁。"

"那么让你背是对的，吾友。"小呗小姐嫣然一笑，"既然男女平等，在下和你之间就定好主从关系了。"

说得没错。

小呗小姐要我背他，当然不是出于对志人君的关怀。简单来说，大垣志人的作用是"钥匙"。扒开他的眼皮混过虹膜扫描，读卡器则用他自己的卡片，而ID编号由于我旁听过多次，已经背下来了，虽然有点犹豫是ikwe9f2ma444还是ikwe9mada423，但小呗小

163

姐催得紧，最后姑且回忆起来哪个是对的。密码也一样，虽然有几位实在不敢确定，迫切希望此时玖渚在场，不过似乎猜对了正确答案。然而，密码和ID编号对这个安保系统而言本来就是聊胜于无，关键在于职工卡、虹膜检测，以及声纹比对，也就是确认通行者是否是本人的系统检查。其中，卡片和虹膜都已经解决，再怎么神通广大，唯独声纹是个难题，又不可能让昏迷的志人君出声——

"大垣志人，ID是ikwe9f2ma444。"

此时小呗小姐的嗓音陡然一变。

"声纹、虹膜识别成功，请稍候。"

电子合成音如此回应，之后，门便开了。

"有什么好惊讶？模仿声纹又不是哀川润的专利。"小呗小姐放话，"起码区区机械，在下也能勉强骗过，因为这些家伙的构造单纯到十全啊！"

"您认识哀川小姐吗？"

听了我的疑问，小呗小姐的表情先是不太愉快，但马上又恢复原样："只是听过传闻。"

"你说出'承包人'三个字时，在下就已想到是那个恶名远扬的哀川润了。再说，若是她恐怕连神明也能骗过，更何况区区机器。好了，动作再不快点，门要关上啰？啊啊，志人君你就丢在旁边吧，反正手脚都被捆住，他也干不了什么。"

所以这次轮到志人君和美幸小姐惨遭囚禁了，若不这样做，他们会去向博士报告小呗小姐的事，就算事情迟早要曝光，目前也希望尽可能延迟一会儿。如果博士由于这两人迟迟不归而起疑,逼得他采取对策就更好了,能给我们多争取些时间。虽然事情不会称心如意到这个地步,总而言之,我和小呗小姐就此成功逃离了七栋。

"……"

那么问题来了——

准备得这样周到,成功闯入后装作"已经逃走"留在所内,诡计多端、精心谋划、老奸巨猾、足智多谋、身经百战的石丸小呗,这样的石丸小呗,有可能被眼前的MO盘(无论是多么重要的情报)蒙蔽双眼,从而误触警报吗?再多说几句,美幸小姐手上有枪也就算了,为什么在手无寸铁的(事实上也轻而易举地击败了他)志人君面前也要长篇大论啊?若那是为了引诱志人君开口,也即为之后模仿他声线埋下伏笔的话——

那就真的太可怕了!可怕的不是她的行为本身,如果哀川小姐在场,这点小事根本不在话下,而且就算与她搭档的是玖渚,小呗小姐肯定也早就备好了手段——最可怕的,正是她坦然干下这些事的豪迈胆量。这不是客套话,也不是逢迎献媚。成功率真的不高,要是当时美幸小姐转身逃跑就万事休矣,再者博士派来千军万马也并非不可能,其他还有诸多难点若隐若现,而最要命的一点就是她竟仰赖我的记忆力。如果这是我自己制订的计划,那毫无疑问是下下策。虽说类似个人英雄式的胡乱行为,最终多以"现在想想,当时那是唯一的办法"作结,但仅限这一次,我实在不这么认为。与之前不惜命——甚至不要命地从六栋跳到七栋的那个决断难分高下，完全是与其不相上下的馊主意。

"……"

然而小呗小姐的计策大获成功，如今我才得以站在这里。

逃脱之后，小呗小姐用对讲机联系上根尾先生，于是根尾先生找借口送走了被他叫来五栋的春日井小姐，走出大楼，回程时再顺带捎着我们回去。

结果就是小呗小姐相信事情进展一定会顺利，我则不然。在纠结要不要冒这样的风险之前，我根本就想不到这么极端的方案。

"这就是所谓与'完成品'和'完全品'的差异吗……"

以及看得见和看不见的差异。

也许这次兔吊木垓辅的事件总结起来就是这么回事。凶手看得见我这种凡人看不到的东西，因此毁尸行为，包括带走断臂和血字装饰在内，一切的一切，也许都是有其含义的。

"还剩一小时二十五分钟……"

用"死线之蓝"风格来讲就是还剩一小时二十四分四十六秒七七。可我冥思苦想了两个半小时都没有头绪的事，又怎么会在一个半小时内得出结论呢？当然，消极看待问题不会给事情带来任何进展，然而思考却会不由自主地带上负面情绪。

"子荻啊——如果你站在我的立场，即便局面如此绝望，即便状态这么糟糕，你又是否能想出最善、最佳、最良的计策呢？"

唔，不过你总会有办法吧。

但我却做不到。

我根本成为不了子荻那样的军师。

强行推理一下好了。想想比卿壹郎博士的结论还要牵强的可能。没错，比如——现在，正在为我的思考活动提供帮助的石丸小呗小姐，她就是凶手的可能性究竟有多少！

总而言之，至少不会是零。没错，要问为何，首先卿壹郎博士不知道小呗小姐的存在，整个研究所内知晓此事的仅有"背叛者"根尾先生一人，不过，现在志人君和美幸小姐也都知道了。而且，唯独小呗小姐与其他员工不同，平时并不是缩在某栋大楼里。也就是说，她比别的犯罪嫌疑人都少一层障碍。而从方才她展示给我的应变能力、智慧，以及判断力来看，她若想杀死兔吊木，再把现场伪装成"不可能"犯罪，难道不是轻而易举、小菜一碟吗？

"这也太戏言了……"

我硬是打断自己的牵强附会，再怎么无理取闹也要有个限度。虽然我从未想过向卿壹郎博士低头，但与我的假设相比，博士那套玖渚友凶手论搞不好还更可信。真是的，世上根本不存在不可能的屈服啊！

"那么，假定根尾先生和她条件相同……就还剩下最后一种出人意料的假说了……"

即凶手是我自己——杀害兔吊木者，正是作为玖渚友的同行人，伴她一路走来的我——这种解答也不失趣味吧？虽说除了趣味以外没有任何意义。我知道自己不是凶手，而且虽然对兔吊木抱有敌意，却从未起过杀心。

然而——

在这种状况下与是否做过无关，重点在于动机，只要能说得通，那么接下来——

"我这都是什么愚蠢想法……"

自言自语的同时，我发现房间里有一部电话。虽然我有手机，但这次出门前把它留在家里了，荒山野岭本来就不可能有信号，所以没带，如果是玖渚那台，已经被卿壹郎博士没收的卫星手机还好。不过根据某条法律规定，只要在日本境内，无论是什么地方，海中孤岛也好，深山野墺也罢，只要申请，通信公司就必须为当地牵上电话线。正因如此，即便是在这里——斜道卿壹郎研究所，网络也连接着世界，而根尾先生的个人房间里也才得以安装电话的吧。

我忽地想起一事，一般这种建筑群内部的电话不是转接就是内线，多半不能直接联系外界，然而这家研究所的少数精英主义若称第二，没人敢称第一，不会浪费人手专门做这种事，因此那部电话理应直通外界……想到这里，我早已走到电话前拿起话筒了。

第一个想到的号码拨到一半我便停手，把话筒暂时放了回去。仔细一想，就算打给那个人，对话也不会成立。那人不想说的时候就不说话，想说的时候也一言不发，而且要是听进去了还好，可那人是个彻头彻尾的人才，除了自己主人的命令以外，其他一概不予理会。而且进一步想想，首先就不一定是她接电话，最坏的情况没准还得碰上那个电波占卜师，拥有千里眼的她，究竟会对我现今所处的状况做出何种评价？光是想想就要全身血液倒流了。

"可是，美衣子小姐又出门了啊……再说她没有手机。"

而且美衣子小姐的第六感锐利得犹如鬼丸国纲[1]，不敢保证她不会察觉到铃无小姐和玖渚被关在地牢里的事实。而考虑到美衣子小姐那直来直往的性格，这发展是我不太期望看到的。烦恼之末，我最终决定打给小姬。

"喂喂喂——"两声呼叫音之内，话筒中便响起小姬那有些迟缓且又带着某种紧张的嗓音，"请问是哪位？"

"计划征服世界的男人。"

"啊！师父，早哇早——哇！"小姬仿佛松了一口气，声音中的紧张消失了，"来电显示没名字，搞得小姬好紧张啊，师父。怎么啦？您这会儿不是应该在名古屋县游山玩水吗？"

"嗯，差不多吧。"我一边回答一边想，名古屋什么时候成的县？而且我现在是在名古屋吗？好像不是，可是名古屋县又似乎存在……

"现在，呃，我在旅馆给你打的电话。"

"哦，所以才没显示啊！啊——对了对了！正好，小姬有件事情忘记跟师父说了！"

"什么？"

"土特产！希望师父能帮忙买五根外郎米糕回来！"

"欸？你爱吃甜食的啊？"说着我尝试回想外郎米糕究竟是不

---

1 鬼丸国纲是日本名刀，"天下五剑"之一。——译者注

是甜食。啊，对了，这里是爱知县，名古屋是其中的一个市，我想到的那个应该叫名古屋圈。

"外郎米糕是不是跟羊羹差不多软绵绵的？小姬，你爱吃那个吗？"

"哎呀，不是啦，是小姬的朋友喜欢吃。您忘了吗？不是给您介绍过吗？名叫小鹈鹭的朋友。听说师父去名古屋县旅游，就说顺便给她捎点外郎米糕回来，可是小姬给忘得一干二净了啦。小姬自己不要吃，就给朋友带五根而已，而且最好颜色都不一样，弄好看点哦。师父天天从小姬这里薅羊毛，应该蛮有钱吧？"

"你别张口就来好不好，传出去很难听的……嗯，好吧，如果能平安回去，不要说五根，五百根我也买给你。"

"才不要——呢，又不是太宰的'芋粥'。"

《芋粥》是芥川的好吗！

我姑且作为师父教育了她一句。

"是吗？不过师父，您这话什么意思啊？什么叫'如果能平安回来'？听起来就好像有可能回不来耶。"

"谁知道呢？有句老话叫'人间何处不青山'，反过来讲，其实死在哪里都不奇怪啊！"没错，没什么奇怪的，特别是我这种人，"总之万一我没回去，我房里你想要什么都可以随便拿。"

"真的吗？"电话里小姬开心地叫起来，"那小姬可以尽情拿走奇怪的T恤、奇怪的牛仔裤、奇怪的外套、奇怪的袜子之类的吗？"

"以后不要说别人的衣服奇怪……"而且你拿袜子想干什么？

"嗯，不过退租以及处理大型垃圾那一堆事也得小姬去做了。"

"呃……"她马上有些不满，也太现实了吧，"话说啊，师父，你听起来相当认真呢。状况很糟吗？人在大厦里被恐怖袭击，还是飞机掉进来，还是被潜水艇撞到啊？"

"不是，这次不是这些剧本……不过差不多吧。"

小姬不太信服地"哦"了一声，但似乎也接受了我的说法。

"师父你明明头脑很聪明，却总是耍笨耶。"她仿佛十分了解我，操着与实际年龄不符的语气苦口婆心道，"虽然小姬脑瓜不好使，可不是笨蛋哦，所以听得出来师父现在特——别——烦——恼。"

"这样啊，那还真可靠。所以你会帮我吗？"

"这当然不可能啦，马上要上课了。"

理由很平淡呢。

"啊，对哦……小姬你在学校啊。"我瞟了一眼她给我的手表，"不可以带手机去学校哦，不可以。"

"了解啦——知道了啦，师父。"此时我听到远处传来的上课铃声盖过了她的声音，"哎呀，刚刚上课铃好像响了，那师父，小姬就先挂啦。"

"嗯，拜拜。"

我遵守拨出方的礼节先挂了电话，然后如释重负般尝试散去全身力气，叹了一大口气，把肺里所有的空气都驱赶出去后，我坐回沙发上。

这样就好。

这样就好了吧。

从未相信过自己的我,不存在所谓的自信。数小时前对小呗小姐说的话固然不假,但我的人生一直是一本满载失败的史书,又用后悔和反省装点其间。但是……正因如此……正因如此,我才认为失败的时候,或者后悔反省的时候,不能留有未竟的遗憾。

收拾残局的线索已经有了。

接下来就是随心去做。

"也许该回一趟地牢,问问玖渚的意见比较好……"

远距离控制型,这个词用来形容玖渚友最为合适。她蹲在自己的公寓里,没别人就连楼梯都不下。尽管如此,不论是世界形势还是学术知识,总而言之,没有小豹那么夸张,玖渚友网罗了多方讯息,只要把我这两个半小时内收集到的数据输入给玖渚,没准就能弹出个什么答案呢。

然而要回四栋也伴随着一定的风险。春日井小姐已经归位,但我不认为她会走楼梯,因此这条路线没什么问题,但考虑到这次冒险可能造成无法挽回的后果,不得不慎重考虑。

"虽说烦恼也没什么意义……"

反正小姬都上课去了。我一边嘟哝着别人不知所云的独白,一边打算离开房间,去找小呗小姐商量一下。但我的手还没来得及搭上门把,门就自己开了。咦?这是自动门吗?尽管我还未能得见,但世上似乎确有非横拉式的自动门存在——不，可是我印象中这门没那么高端。那么就是有人从外面打开的吧？接着我的猜想便得到印证，在走廊里，小呗小姐正要进来，此时似乎被门后的我吓了一跳，瞪大了眼睛盯着我看。

"哎呀，怎么啦，吾友？傻站在这里。"

"不，只是刚好打算先回一趟地牢……听听玖渚和铃无小姐的意见可能比较好。但是说危险也危险，正在犹豫该怎么办。"

"不，在下认为这主意不坏。"小呗小姐说，"而且也正凑巧。"

"凑巧是指？话说小呗小姐，您和根尾先生聊完了吗？"

"该说是聊完了还是被打断了呢……"小呗小姐说得模棱两可，"算暂停吧，因为有位新客横插一刀。方才根尾先生接到神足先生的电话，说是对方有事要来拜访，又不能让神足先生发现你在这里，所以根尾先生他们打算用这间屋子，在下正要来带你出去。"

"这样……"

神足先生啊。

我脑中浮现出刚才的迫不得已，我没见过比那更痛苦的瞎编了，编出来的神足雏善犯案论。虽然"以头发代替绳索"的方案被小呗小姐一口否决，却也没有完全洗清他的嫌疑。神足先生仍有可能用别的方法杀害兔吊木，至少和其他员工的嫌疑等同，而且，他和兔吊木的关系似乎也不好……但是话又说回来，和兔吊木关系好的员工好像一个都没有。

"一个都没有……为什么呢？"疑问开始跑偏，"明明他和心视老师那种人应该很合得来啊……"

"也许是兔吊木先生自己主动回避他人。"小呗小姐道，"你问问玖渚小姐不就知道了？不过玖渚小姐似乎不太想提起兔吊木相关的事。"

"没办法啊，她的嘴很笨的，要么全说，要么全都不说，像'这部分说了也没关系'之类的模糊标准，她好像很难理解。"

"真是布尔型（Boolean）[1]的思考方式。嗯，或者她是布鲁型（Blue）？"

"当然二者皆是。"

我离开房间，步入小呗小姐所处的走廊里。然而就在此时，脑中浮现出一个不坏的主意。我当然不可能留在这里正面撞上神足先生，但是，只要不打照面，就没有问题吧？站在收集线索的角度上，我也很想听神足先生的自述。既然我不能亲自去问，那么——

"小呗小姐。"

"了解。"

在我下达某种指示之前，她便从大衣口袋里掏出对讲机。它比手机还小巧，外观几乎就是一块板子，上面有四个旋钮代替按钮，小呗小姐就是在调整它们。刚才联系根尾先生时虽然也见她用过，不过小呗小姐不愧是大盗，口袋里揣满了秘密道具。

---

[1] Boolean（布尔值）是计算机术语，取值只能为0或1（True或False），与蓝色（Blue）的片假名写法相近。此处是谐音冷笑话。——译者注

"是的，没错，根尾先生，那就拜托你了。"

两三句对话，小呗小姐便从根尾先生那里取得了许可——或者该叫达成一致。

"那么咱们就去屋顶等吧，其他房间虽然也可以，就怕神足先生信步乱逛，打开门的瞬间，就会被发现啦。"

"这样……"又要去屋顶啊，"不过，在屋顶怎么听他们说话？"

"就用这台对讲机解决，只要切换到收信专线，他们就听不到咱们的声音。嗯，唯一需要担心的就是假如有第三者接收了电波，窃听的事就会曝光……不过它的电波没有强劲到需要担心这个问题。"

说着，小呗小姐就往楼上走去。

"反而那两个人比较需要担心。"

"您是指志人君和美幸小姐吗？"我跟在她后面爬上楼梯，"不是说至少半天也醒不过来？因为您下手的力度超重啊！"

"哎呀，把别人说成施虐狂可不是十全之举，在下的每一击都是必要的啊！"

"美幸小姐先不提了，我觉得您打志人君有点过火了吧？全冲着内脏下手呢？不是给脑袋来一下就能解决了吗？他醒过来以后会很痛苦哦。"

"随你说吧，马上你就知道在下有多善良了。"

小呗小姐说着不知所云的话。爬到屋顶，刚一进门她就一拂大衣下摆，当场席地而坐。我也学着她的样子抱着膝盖坐在对面。小呗小姐开始调整对讲机的频道。

"说起来,这里虽然有报警装置,不过没有摄像头啊。"我为了打发时间开口,"虽然对我和您再合适不过,但从警备来说很有问题吧?"

"从管理上讲,没有比较十全。"她仍然盯着对讲机,嘴上回答我的问题,"可能不想留下影像记录。刚才的MO盘也是,虽然有一定的价值,但并不是很重要,所以就是这样。"

"一切记录都只存于脑中吗……"

不过,既然有那么严密的安保系统,可能仅靠报警装置也足够了。

此时小呗小姐似乎调完了旋钮,把对讲机放在差不多我们中间的位置,能够听到类似衣服摩擦的声音。根尾先生把对讲机放在自己口袋里吗?

"嗯……信号不太好啊!"

小呗小姐歪着头,又做了一阵微调。紧接着,对讲机就发出类似人声的声响。

"就是这……啊……足兄。"

"不关我事。"

"话说这次来得有点晚啊!以一贯守时的神足兄而言,可真稀奇。"

"因为不知为何电梯坏了。"

是根尾先生和神足先生的声音,听起来不像边走边聊,那么看来他们已经坐在那间挂满画作的房里了。

"所以……有什么事，神足兄？"

"当然是研究上的事了。"

然后两人对话中的术语，什么性能啦，某某回路啦之类的术语和别称就开始频频登场，最初我还认真听讲，可是世上没有比一直听下去却还是完全不知所云的讲演更无聊的事。虽然对根尾、神足二位先生都很失礼，但我渐渐对他们的谈话内容失去了兴趣。

"似乎完全是白跑一趟呢。"小呗小姐也有相同感想，一脸无聊地说，"不，虽然没有跑，但亏他们能喋喋不休一直讲这么无聊的话题。有意思吗？"

"您应该能听懂一部分吧？我听着基本等于外语。"

"就是因为听得懂一部分，所以才无聊哇。"小呗小姐说道，"听不懂本来就无聊，可是听得懂竟然也无聊，那么无聊的名头算是坐实了。"

"根本就是浪费时间呢……根尾先生就不能抛个和案子有关的话头吗？"

"现在往那边转不自然啊，他也有他的苦衷，至少现在，不能为了这样的小事露出马脚吧。"

"这我倒也理解……那小呗小姐，可以拜托您守在这里吗？"我站起来，"我要回一趟地牢，去看看玖渚她们。"

"分头行动吗？虽然你把这么无聊的工作全推给在下很不十全，不过事到如今，这也算迫不得已，时间确实不多了。"

177

我看了看表，还剩一小时十五分钟。

"啊……不过，小呗小姐迎击了志人君他们，这能成为掩护的话……能让博士他们陷入混乱的话，说不定这个数字还能宽裕一些哦。"

"反过来也一样。"小呗小姐正了正自己的帽子，"本该去七栋观察情况的两人总不回来，这也太可疑了。自然，若博士信赖他们，就会更倾向于认为'无论发生什么他们都能处理，而且正因是眼下这种局面才更要仔仔细细地调查楼内'吧。"

"'信赖'啊……信任倒是有。"此时我想起一件事，是小呗小姐与美幸小姐对峙时说过的话，"对了，小呗小姐，那是什么意思？"

"所指何物呀？"她刻意地反问，"在下可不记得自己和你熟稔到可以用'这'和'那'交谈。或者，莫非这是吾友的期望？"

"您不要装傻了，不是您指着志人君问美幸小姐的吗？'在下是不是要被用作博士的人体实验材料呢？——就像这个傻小子。'"

我学着她的讽刺语调复述了一遍，自以为声纹模仿得很妙，她脸上却相当不快。我轻咳一声，然后继续强行问，继续对话。

"没什么意思呀，按字面解释即已十全。"小呗小姐的心情好像被这个问题搅得相当差，回答非常粗鲁，"简言之，大垣志人和兔吊木垓辅同样是标本。但他有许多替代品，因此'同样'的表述有些不妥，但即使如此他也确是一个超凡的存在。"

"超凡的存在啊……"

事实大概如她所说。尽管我到访此地之后还未曾见识到志人君的聪慧过人之处,但不过是因为没有机会而已。他是个有能力的人,就凭他生活在研究所里,就足以证明这一点了。

但若小呗小姐所说的"人体实验"符合我的想象,这句话就将带上一点不同的意义。成为博士的实验材料、研究对象,这即是说——

"天才制造计划——是吗?"小呗小姐一边听对讲机里两人的对话内容,一边有些滑稽地说,"这个话题最好留待一切结束后再聊吧?大垣志人为何会在这家研究所,又扮演着何种角色?而这竟与玖渚友,以及兔吊木垓辅有关联,就算是你也不会这样想吧?"

谁知道呢!我真的不清楚,这我也不清楚,什么都不清楚,一点都不清楚。

就在此时——

对讲机中传出神足先生的声音,叫停了我的思考。

"根尾,关于这次的事……"

2

"根尾,关于这次的事,你怎么看?"

"还能怎么看,没什么看法啊,神足兄,局势相当糟糕,兔吊木先生一死，咱们不就束手无策了吗？虽说咱们的博士大人好像另有一些企图。"

"企图啊……你说那蓝头发小女孩？"

"对对对，就是她，怎么说也是前'集团'的老大，当素材甚至比兔吊木先生还好上许多。况且正值弱冠之年，光论操控性也比兔吊木先生有用许多。"

"她看着可不像容易操控的。"

"也许吧。她个人确实如此，但玖渚家的小姐还有两位人质，这可不能忘记哦，神足兄。"

"人质啊，人质吗？"

"没错。黑衣大姐就算了，她看着和玖渚家的小姐也没有多亲密，但那位青年可是张好牌——玖渚机关直系血亲的恋人，这可是很难到手的S级稀有好牌。具体有没有价值暂且不论，至少稀有度无可争议吧？"

"确实。我难以理解，但蓝发女孩似乎真的一心扑在那小鬼身上。"

"是啊！虽然博士说她没有感情，说她是个能直接联结（Real Access）机器的人才。不过就我看来，看不出她有那么能耐啊，也不像很聪明的样子，那个黑大姐看着反而还聪明得多。"

"以貌取人难免会招致知识衰退……若以貌取人的话——"

"确实如神足兄所说，小弟当然一清二楚啦，玖渚大小姐的实力之强，光听坊间传言都足以知晓了。所以博士不惜瞎编乱造也要把她推上凶手的位置，这种心情倒并非不能理解。"

"是否瞎编乱造尚且不明啊！"

"瞧瞧，你又说这话！倒也没错。按博士说的手法不无可能，只是立证困难而已。"

"根本没必要立证！"

"也许吧，毕竟用不着特地搜集证据这么麻烦，咱们只要一口咬定就成啦。问题在于和玖渚机关之间的交易呀，或者该叫策略，总之都一样。要是听说玖渚机关的人成了活标本，他们自然不会保持沉默吧。"

"只要说是她本人期望的就行了。"

"和兔吊木先生一样吗？这倒是一着妙棋，可是怎么才能让她开口呢？"

"别忘了你自己说过的话。"

"啊啊，是指人质吗？原来如此！哼，这计策倒不坏，真的不坏。"

"那变态当时也用了同样手法，但说乏味倒也乏味。"

"那变态？啊！是指兔吊木先生吗？也许吧，但这类事情没必要追求趣味不是吗？我等并非卖艺逗趣之人，是学者，只是和兔吊木先生那时不同，这次咱们得把很具体的东西——也就是那位青年本人拉来做人质。也就是说，要关押玖渚家的小姐，同时也得把那位青年关起来才行。是这样吗？"

"应该是吧，但这也称得上侥幸。"

"嚯，神足兄在打什么哑谜呢？"

"那个蓝发女孩缺乏认知现实的能力，即意味着她人在哪里都一样。换句话说，她既无处不在，也不在任何一处。"

"神足兄这话说得真有深意。哎哟，失礼了，小弟不该插嘴。您请，您请。"

"因此她无论在自宅，还是在设施里都一样，只要身边有那个小鬼陪着……"

"哈哈，原来如此，确实如你所说，那么七栋便是两人的爱巢了？虽说一天二十四小时都要被监视，体验不怎么样，但这也不坏吧？"

"仅限于那蓝发女孩。"

"啊，是了，那位ER计划中途退学的青年阁下嘛，倒不像有了玖渚大小姐就万事如意。哎，他这个人也不好捉摸，虽说小弟不甚了解，不好多言。"

"可以捉摸之处，有，只不过实在太多，怎么抓也抓不完罢了。"

"哟，这就下了小弟一城，诚如所言！不愧是神足雏善，一针见血呀！唔，虽说玖渚大小姐被他迷得神魂颠倒，他身上却谜团诸多啊！这方面博士打算怎么处理呢？他不过是个和玖渚机关完全无关的个体，假如人间蒸发了，家人、友人会闹事吧？"

"看着倒不像朋友多的类型。"

"确实。那位青年虽说是个待人和善的话匣子，却也是由于害怕接触他人吧——若有心理学者在场便会这么说，但他身上似乎有更复杂的成因呢，有种来路不明的感觉，这倒不得不说他存在着与玖渚大小姐和兔吊木先生的相似之处。最可怕的不是什么都做得到，而是不知会做什么的人。他还年轻，就更加如此了。总而言之，世道已不像过去那样兵荒马乱，一个大活人就这样失踪，怎么可能不引起骚动呢？"

"是吗？也不一定。"

"哎呀，也对，前些日子京都那起连续拦路杀人事件，到现在都还没解决呢，那还是玖渚大小姐的住处。也许世道确实乱吧，可即便如此——"

"根尾，比起那个小鬼，我反倒认为你口中的'黑大姐'更有问题。"

"呦，这又是怎么回事呢？呃，我记得，是叫铃无小姐吧？铃无音音。"

"对。你认为她会被卿壹郎博士怎么处置？"

"啊？人质有一个就足够了吧？然而为了保密，肯定不可能直接放她回去，但放在研究所里，又会出现和青年同样的问题，即家人、友人会闹事。"

"博士没调查过那个大姐吗？事前不是应该调查过吗？"

"啊……他好像是说查过，但时间不够，所以资料也不详细。连那个青年是ER计划的研究生的事，都是在三好女士告知之前从未听闻的。这里可没有曾在'集团'待过的超强探索者呢。不过考虑到ER3系统的保密性，查不到倒也合情合理。呃……是什么来着？小弟记不太清了。"

"我刚才试着查过，非常出乎意料。"

"出乎意料？你说那位青年的经历吗？"

"不，是铃无音音。"

"嘿，是怎样的经历？小弟很感兴趣。"

"我来这里其实是为了找你谈她，详情等之后再说，但若一直关押那女人，状况会相当棘手。"

"你是说会比持续关押玖渚家的小姐和那名青年还要棘手吗？看来今后不会太平呢。"

"我正在犹豫要不要向博士谏言，毕竟如今占据'堕落三昧'阁下大脑的只有如何束缚那蓝发女孩，弄不好很可能被连累。"

"连累啊……对了，神足兄，事若如此，小弟有一招妙计，你看这样如何？简而言之，便是由我俩去找出杀害兔吊木先生的真凶！学着少年漫画来一句'凶手就是你'！再来个凌空一指！神足兄和我凑在一起，也称得上绝佳拍档哦。"

"不了。"

"是吗？那太遗憾了。话说回来，老兄你怎么看？神足兄认为玖渚大小姐是凶手吗？"

"谁知道，无论谁是凶手，情况都一样。"

"这样啊，也许吧，也许都是同样的道理吧。但杀人可是个骇人听闻的事，想到自己和这么残暴的人同处一所，啊呀，真让人毛骨悚然。"

"'你杀一人是杀人犯,杀百万人是征服者,若歼灭众生,你就是上帝'——这是让·罗斯丹[1]说过的话。"

"哎哟,被你抢先啦。也许吧,把那兔吊木先生赶尽杀绝,想来似乎与杀百万人同等意义,这就相当于杀死那千千万万本该成为兔吊木先生后继者的人啊!"

"那是事实。"

"诚如所言。"

"然而唯独还有一事要提。"

"欸?那么是何事呢?不要卖关子了,快说嘛,神足兄,咱们俩什么关系啊?再这么吊下去小弟都要瘦啦,到底什么事啊?"

"兔吊木垓辅是自杀的!"

3

"兔吊木垓辅是自杀的。这不是比喻。"

对讲机中传出的声音让我的身体陡然僵硬,于是不由自主朝它扑了上去,结果额头撞到小呗小姐的鼻尖。小呗小姐"啊呜"一声惨叫,连连后退。

---

[1] 让·罗斯丹(Jean Rostand, 1894~1977),法国生物学家、科普作家、道德学者。——译者注

"不用凑这么近也能听到吧？吾友，在下感觉有点痛呢。"

"对不起……"

我随口致歉，稍稍远离一些。话虽如此，现在仍然贴得很近，尽管有自觉，却也说服不了自己再后退。

"……"

"自杀？自杀是怎么回事呀，神足兄？"根尾先生照旧拿腔拿调，"怎么看都是他杀吧？当然啦，密室杀人事件的真相难免是自杀，可是这个案子怎么说都不同吧？密室成因，完全是因为有自动上锁的安保系统呀。"

"我说的自杀不是那个意思。"神足先生的声线还是那样低沉，仿佛独白，"说到底，根尾，我们认识的兔吊木垓辅不是一个乖乖坐以待毙的人吧？"

"嘿，这个嘛，小弟没有亲眼见过他，所以不好说，但从电话、邮件交流，以及曾经听过的传闻来看，也许如此吧，不像是个老实人。"

确实如他所说。我虽与兔吊木只进行了不到一小时的对话，但已经能看出他这个人很自我，用玖渚的话讲就是"我行我素"的人，无关好坏，他是个从骨子里看不起别人的天才，属于学者型，外加披着矜持外皮的自以为是"怪"。这样的兔吊木会甘愿死在某人手里吗？怎么可能！这才是若非"死线之蓝"犯案则绝不可能发生的事。

"但实际上不还是一声不吭被杀了？"根尾先生反驳，"况且还被残暴至极地蹂躏一番……怎么说呢？好像把他杀了都还嫌不够。也就是说咱们应该认为，正因为他是那种性格，正因为他不是乖乖束手就擒的性格，才会遭此毒手吧？以咱们的角度来说。"

"这便是我们的分歧之处了，但此时不妨先回归原点。"神足先生淡淡讲述，"兔吊木最初为何被囚禁于此？"

"被囚禁的理由……这个嘛，表面上是来所里的员工，实则担任博士的智囊团，更深层次的理由就是博士的实验对象了吧？"

"我不是那个意思，是说兔吊木怎么会接受这一切！"

"啊！原来如此。"

根尾先生似乎点了点头，我也点了点头。

没错，就是它——兔吊木存在于此的理由！这也是我非常在意的点！昨天对话途中，我和玖渚的发问都被巧妙地搪塞过去，虽说本人昨天听了这个形容捧腹大笑，但兔吊木是基于某种类似"把柄"的东西被博士抓在手上，才不得已留在此地的。

"呃……是什么来着？小弟也没被告知，不是很清楚正确与否。不过记得是以抖出他曾经的犯罪经历——也就是'集团'时代的恶行之类的来威胁他吧？"

"不对，那才是表象。"

"这样啊，原来如此，为了隐藏真相，放出虚假的传闻吗？该怎么说呢……博士办事还是那么卑鄙？或者，手段还是那么高明？所以，神足兄你知道真相？"

"之前听他本人说的。"神足先生发出意外之言，"以那人而

187

言算是难得一见说漏嘴——他说是'有关玖渚友的出生'。"

听了这句话后，根尾先生沉默片刻，我也沉默片刻。我不得不沉默，竟说是……玖渚的出生？刚才，神足先生是这样说的吗？

怎么会！

这是真的吗？当然是假的了！怎么可能啊！就算，就算事实正如他所说，兔吊木也没理由告诉神足先生这件事。那个飘飘然的男人，就因为不小心说漏了嘴？怎么可能把这样的事泄露给别人知道？

这样的事……

"这是，何意呢？"根尾先生强行拿起他的腔调，"小弟听不太明白。"

"我也不明白。"神足先生回答，"简言之就是兔吊木被握住了这一类把柄。想必对兔吊木垓辅而言，那蓝发女孩至今仍在他心中占据不小的地位吧，毕竟是'集团'时代的首领。若自己拒绝博士的要求，甚至逃离此地的话，那个秘密就有被公之于世的可能，至于博士是否会冒着和玖渚机关对立的风险做这种毫无收益的事也很难说。但是——"

但是，这种威胁——

"这种威胁，正因不会实际执行才有其效力。名为'万一'的恐怖无法去除，兔吊木垓辅才存在于此——就是这样。"

"哦，如此这般——可这又能说明什么呢？神足兄啊，兔吊木先生无论基于何种理由存在于此，博士无论以何种理由将他关押于此，结果不都一样吗？终归不过是兔吊木先生不得不待在这里，有外幕、有内幕，都不影响啊！"

"但是，这次，那个玖渚友自己来了。"神足先生继续说，"矛盾从这里开始，明明是为了蓝发女孩才待在这里，最终却害了她，这就是矛盾所在。"

"所以才自杀了，是这样吗？"

"理论上是。死了的话，博士也束手无策，威胁死人根本没有意义。"

神足先生的假说，听来很令人信服，至少，感情上我完全可以赞同。那可是大言不惭把玖渚说成自己的"支配者"的兔吊木啊！如果用玖渚的事威胁他——那么他若为此选择死亡也毫不奇怪。那么，昨天的对话就几近于遗言了？对他曾经的统率者，以及对在自己身死后将要守护这位统率者的我——立下遗嘱。这样的话，他对玖渚说的"挽回污名"也可以理解了。

既不是挽回荣誉，也不是洗脱污名。

挽回污名。

洗脱荣誉。

但是，如果硬要给这个说法挑刺，其中存在一个矛盾。

"但是，神足兄啊，"就连根尾先生似乎都察觉了，"这很奇怪吧？这样一来就很奇怪了，兔吊木被人杀死——哎呀，就算他自杀好了，玖渚大小姐因而被逼入更加危险的境地，她现在可是被关进地牢了，而且今后也得被半永久地关押在所里啊！"

"你说得没错。"神足先生似乎最初便十分清楚矛盾所在,他大方承认,"总而言之——"

正在神足先生开口要说的瞬间,播放器中混入几丝杂音,听着很不舒服,引得我下意识地调小了音量,于是神足先生和根尾先生的声音都听不见了。

"它坏了吗?"

"不,只是有电话。"小呗小姐冷静地说,"那房间里不是备有电话吗?大约是某处的人拨打那台电话了吧。虽说是有线电话,却也不可能完全不发射电波信号,就像在电脑旁很难用手机是同样道理。电波和电波相撞,对讲机的更微弱,因此输了,大约就是这样。"

"是这样啊……那它的构造可够敏感的。"我扫兴地离开对讲机,一屁股坐在屋顶上,"根尾先生好像很努力地从神足先生那里打听情报了……可没带来什么进展啊!"

"是吗?方才的对话还挺重要吧?"

"从概念上讲,兔吊木是自杀这个意见我也能接受。虽然能接受,可咱们现在又不是在讨论概念,时间充足的话,倒还可以在这方面闲扯……可实际上兔吊木就是被人杀了,这绝不会有错!人怎么可能那样自杀呢?无论他死前坐以待毙也好,有一番激烈抗争也罢,总归是死了啊!"

"嗯……也许吧。"小呗小姐抱起手臂思考,"话说关于'玖渚友的出生'是怎么回事?你知情吗?"

"不，我不知道。"

秒答！可再怎么说答得也太快了。小呗小姐看向我的目光充满了怀疑，我才不管，这个谎撒得再怎么显而易见，但凡说出了口就得坚持到底，我不得不这样做。

"算啦，探寻玖渚小姐的底对在下也没什么意义……"我们互相瞠视数秒后，最终是小呗小姐认输，"话又说回来，这电话粥煲得有够久，也该挂了吧？莫非对讲机真的坏了吗？"

小呗小姐开始鼓捣对讲机。我用余光瞟着她，又是一声叹息。自从到这家研究所以后，除去睡觉的时间，我平均一小时就要叹一次气。本来我就很讨厌也不擅长应付情绪被扰乱的状态，可波动一直很激烈，要是再在这里住个两三天，肯定要患上精神疾病的，没准已经得了——我一边回忆至今为止自己的行动一边想。

看看表，还剩正好一小时。

"啊，连上了！"

说着小呗小姐把对讲机放回地板，我则将倾向后方的重心移回前方，再次凑近去听。

"你说什么？"

"哎呀，就是说——"根尾先生吐字异常清晰，"你听我说嘛，神足兄，这可是件天大的事！"

"什么？"

"刚才是博士打来的，好像出大事了，还不是随口说说的那种，出了天大的事啊！差不多有一百件事那么大吧！"

此时根尾先生拿腔拿调的口吻，听来格外清晰，诡异十足。没错，就像是……就像是故意说给在屋顶上用对讲机窃听的我和小呗小姐听，就像是非得清晰传达，非得通知我们不可一般。

自然而然，喉头鸣动。

小呗小姐也探出身子，侧耳聆听。

"和玖渚大小姐同来的那位青年……似乎不见了。"

我先是犹豫不决，然后在下个瞬间——

我凌空一个翻身，冲了出去，什么都没有想，大步跳过五栋和四栋之间2米的距离，在四栋屋顶着陆，然后直接冲向门扉，身后有个声音，是小呗小姐，她在说话，我听不见说什么，哪有闲心听内容。我为了打开通往楼内的门拧下把手，却由于内侧上锁打不开它。我才不管！我倾注全身的力气一脚踹向把手附近。就算门本身很结实，只要一直对支点或受力点施加强烈冲击，弄坏这种破锁小菜一碟。这是谁告诉我的来着？不记得了，在那边时某人告诉我的，缺点在于会留下证据，但证据和我没关系了，既然现如今事情已经曝光……

不知第几次后，门如愿开了，锁彻底坏了。

"这叫什么事啊！"

缓刑期还剩一小时，这谬论此时有如纸屑般四散飞去。他们为什么会发现我消失了？究竟为什么？是春日井小姐偶然去地下观察情况了吗？还是说，志人君或美幸小姐比预估的更早醒来？不，说起来之前美幸小姐开过一枪，也许枪声被某人听见了？难道心视老师去和博士告了密？或者，是方才我拨给小姬的电话在这里留下记录，有人从中察觉到了问题？仿佛所有假设都有可能，又全都留着一丝不自然，但又不可能存在一切自然的现实，现实就是现在。浑蛋！所谓的语言、逻辑，到底派上什么用场了？说到底，不都是些先入为主和独断误解堆积在一起吗？

既然事情已经曝光，就再也没有理由放着电梯不坐，然而电梯井又没有修到屋顶，还是不得不走楼梯……先下到四楼，去那里坐电梯吧。我如此判断，然后踏出一步，准备走向楼梯。

此时，肩膀被人从身后抓住。

是小呗小姐。

"你要去哪里？"

她的声音有点慌乱，这么长的距离下，想追上先跑一步的我，即便是她似乎也不算轻松。啊，对了，在踹门上浪费太多时间了吗？可恶！我现在没闲心应付你啊！

"你现在回地牢不会有任何好处。"

不会有任何好处？是吗？是吧，她说得对，小呗小姐说得很对，我回去想必不会有什么作用，没错！就是因为没错我才必须回去。我正打算甩脱她的手，但却没能成功，小呗小姐的手指紧紧咬着我的肩膀不放。

"我很感谢您，石丸小呗小姐。"我的语调有如朗诵，"真的，因为有您，我才得以在这数小时间不失去希望，才得以做一场自己尚有路可走的美梦，所以我很感谢您。"

"你干吗说得好像接下来要去送死一样？"小呗小姐强行把我掰过来面对她，"还没有失去希望！不，既然如今事情暴露，你就是唯一的希望啊！对玖渚小姐，对铃无小姐，即便对你自己也是！而你如今竟要自己丢弃它吗？"

"才不是丢弃呢，是归还。"我自动回答，"之后的事情已经和您无关了，所以今后——"

一声脆响，我花了大约三秒才察觉到是自己被小呗小姐扇了耳光……一点都不疼，由于过于兴奋，看来我的感觉神经已经麻痹了，脸上只是发烫。

"你竟敢说无关？数小时一起行动下来，事到如今你竟还能说出无关的话？你这人……"小呗小姐看起来有些亢奋，却又像硬是扼制自己的感情，压低声音道，"如今的你，脱离常规了。"

"常被人这么说，"我唯唯诺诺地点头，"真的经常被这么说。"

"你还记得吗？在下在七栋楼顶对你说过的话，'下次再这样独断专行，就撕毁和你的同盟协定'。"

"您这样做我也不会介意的。"我低头致礼，"至今为止非常感——"

我没能说完这句话，因为被小呗小姐打飞了。我仰面朝天从楼梯上摔了下去，连缓冲动作都来不及摆，径直滚到中继平台为止的十三阶台阶，最终撞上墙壁才停下来。我虽念叨着"好痛啊"，但其实一点都不痛，甚至神清气爽。来到这家研究所后，我第一次感到神清气爽。

此时，什么东西从上面飞了下来，它滚落在我的脚边，正是那把锥状小刀——开锁专用铁具。我的目光在其上停留了一瞬，之后再次仰望台阶上方。小呗小姐保持丢出刀子的姿势站在那里。

"只当是饯别了，吾友。"淡淡地，十分平淡地，小呗小姐宣告离别，"门自然是少蹚为妙，你会受皮肉之苦。况且，它作为武器尚可一用。只靠你右胸那把刀，恐怕难以心安吧？劝你不要使枪，虽说这一切忠告想来不过是给你徒添烦恼。"

"……"

我虽开口欲言，然而，她已决然离去。看着小呗小姐的背影，我没能说出任何话。最终她的身影消失了，我捡起那把小刀，然后站起来。似乎既没有骨折也没有碰伤，看来您把我打飞时力道掌控得恰到好处，石丸小呗小姐——我看着刀心心想，想着、回忆着直到最后关头仍呼我为吾友的她……最终也只是我单方面向她索取，而没能报答她任何东西……这是我唯一的牵挂，但也许这个问题不仅限于她。虽说人与人之间就该互相扶持，可我只是在一味地依靠他人，一味成为他人的负担，至今为止的人生中，想必缺了任何一人的帮助，我都是活不到今天的。

正因如此——

"即便是戏言，此时也该做个了断……"

没错，返还吧，然后返回吧！

一点点，全部，正正好一半。

就像初次遇见那名蓝色少年时一般。

就像相遇之前一样。

我曾十分讨厌做决定，曾十分讨厌做选择，曾对他人毫无兴趣，曾对自己毫无兴趣，曾厌恶和人竞争，曾厌恶和人对抗，曾厌恶被人嘲笑，曾根本笑不出，曾根本不会哭，曾不知乐为何如，更不识怒为何物，曾什么都做不了，曾什么都没感觉，曾什么都得不到因而尽数破坏，曾万分渴求，最终却破坏了⋯⋯一直很想要，所以都丢掉；一直很想相信，所以背信弃德；一直非常喜欢，所以否定一切；一直希望守护，所以亲手伤害⋯⋯因为待着舒服所以逃了出去，因为关系很好所以感到孤独，因为十分羡慕所以尽数碾碎⋯⋯在必要变得不再必要之前，在喜欢变成极端厌恶之前，我都装作是个冷淡的人，装作是个达观的人，装作是个开悟的人，装作是个聪明的人，装作是个滑稽的人，装作自己是人，模仿自己之外某人的样子，没能模仿这么一个人，对这么一个人抱有憧憬，非常厌恶自己。我曾尝试喜欢自己，曾尝试喜欢上自己之外的谁，曾尝试爱上自己之外的谁，最终没能爱上自己之外的谁，没能爱上自己，没能平等地理解怎样爱与被爱，所以逃走了，可是没逃掉，无论从何处，无论从谁身边⋯⋯

"那么就来一场杰作吧⋯⋯"

杀掉、分解、摆出、陈列——展示给你们看。

心境极度平和。

我摸了摸上衣口袋里的刀,然后左手持开锁刃——

一步步走下台阶。

一步步,坠下台阶。

第二天（6）——唯一的笨办法

"我"（旁白）

0

自己的评价要由他人决定
他人的评价也由他人决定

1

我顺着楼梯而下直奔地下室。虽说下到四楼时出来过一趟,但发现电梯停在地下一楼,任我大脑再怎么亢奋,却也不难看出直接跑楼梯更快,况且如今的我毫无兴奋可言,反而像是体温降到零下般出奇冷静。

在楼梯上摔倒两三次,每次都跌落到中继平台才停下,但每次都马上爬起来了,毫发无伤当然是不可能,却也感觉不到疼,一路走到这里,我好像抵达了某种境界。虽说人类这种生物无法操控痛觉神经,但至少我正在做着相近的事。对了,以前好像听说,生物受到致命伤时,比如半个脑袋被打烂,或者上半身和下半身分离之类的时候,就会自动遮蔽一切感觉神经。因为再怎么挣扎,最多不过再活几分钟而已,传递生命危险信号的行为会被自动判定为无意义且不必要。这么一想相当愉快,虽然不够慎重,但我的心情变得非常愉快。无惧死亡的话,疼痛就没有任何价值。只是做出了某种觉悟,生物竟能强大至此吗?或者说,不过是舍弃某种精神意识,生物竟能孱弱至此啊!无论如何,我认为自己现在的状态绝顶,一边紧贴着墙壁摇摇晃晃地支起第四次跌倒的身体,一边胡思乱想。

尽管摔得不痛不痒,万幸只是有点刺痒感。可是无法好好走路很成问题,脚完全没有踩在地面上的实感,地面很不稳定,简直像在无重力的空间漫步。说起来,在我去参加ER3系统的ER计划之前,貌似曾与十三岁的玖渚友聊过这个话题。

"不知我们成年以后是否可以自由地去太空旅行了呢?""也许可以了吧。""你想去吗?""没啊,我没兴趣,你呢?玖渚君。""想去哦。""明明是家里蹲却想去太空啊?了不得的俗物秉性。""什么是俗物啊?""就是指无趣的生物啊!""我才不无趣呢。""可能吧,但太空很无趣哦。""反正这世界上根本不存在有价值的东西!""哪里都不存在有价值的东西啊!""哪里都没有?""哪里都没有!就算到了太空,回头望向地球也只会觉得'好蓝'而已。""都跑到太空去了就这点感想吗?这种程度的去看素描簿不就够了?不仅有蓝色,红黑绿什么的,想看什么都有。""去往太空只不过印证自己的渺小,过火的极致浪漫主义而已,还不如看你的头发呢,嘿嘿。""你不要莫名其妙地笑啊,好恶心啊，我就是讨厌你这一点。""偶最喜欢你这一点啦。""随你说吧。"

"少在那卖弄了……"

无聊透顶的小鬼！我自己都这么想。自高、自大、自命不凡、自视甚高、洋洋得意、雀跃欢欣、忘乎所以，却误认为这就叫自我，只看到世界的表象，或是只看到世界的内幕，从未打算全面地认识世界，在狭窄的视野之中自顾自以为得道开悟，自认为满口大智妙语，担心被虚构粉饰涂装的自己崩坏而害怕得无以复加，崩坏过后的内在又是一具空壳，就是因为虚饰变成了本体，逗不了趣，甚至于催不了泪的正剧与闹剧……而这出闹剧至今仍未闭幕，一直都持续着，一直都停滞着。总之，被束缚在"死线之蓝"手中的我至今毫无成长，似乎也不打算成长，因为还有其他我不得不去做的事。

第五次摔倒，同时我也抵达地下。这次貌似重重摔到了脑袋。痛楚仍旧苍白茫茫，暧昧不清，然而这次却连意识都有些模糊起来。于是我又回忆起从前的事——家人、妹妹、姐姐、父亲、母亲、祖父母。

孩提时代的记忆——朋友的面孔一个也想不起来。我谁都不认识，谁都不认识我。事故、崩坏、飞机，妹妹的身影在此处消失。再见了，霞丘先生，直先生以及玖渚友，其他一切都消失了。这也算人生的走马灯吗？

搞不懂词语的意义——ER3系统。与心视老师相遇，熟络不起来的同学，少数混熟的同学，想影真心。告别老师，然后发生了许多事，大部分都想不起来了，如果记得也许会被撑爆。

辍学、日本、京都——与玖渚友重逢。毫无改变的玖渚，毫无改变的我，浅野美衣子小姐，铃无音音小姐，伴天连爷爷和离家出走兄妹。跑去东京的她现在怎样了呢？

鸦濡羽岛——没有画风的画家，被斩首的七愚人，惴惴不安的厨师，不愉快的占卜师，与我同类的他，被孤立的大小姐和她的三胞胎女仆……好想见一面啊！哀川润小姐——人类最强的承包人。

五月——与她们的相遇，然后是与人间失格的接触，无聊的对话，不自爱的杂谈，穷凶极恶的魔女七七见奈波，唤我作师父的少女……就在记忆一路延伸到小姬时，我清醒了过来。

自言自语了一句"搞什么啊"，这是有意识的自言自语，记住了不少嘛，嗯，看来我不用全盘否定自己的记忆力。我一声叹息爬了起来，捡起滚落在地的开锁小刀，捅进门把手上的钥匙孔，晃动几下，轻轻松松打开了。我抓住了门把，还是没有感觉。既然身体能正常做出动作，那就没有骨折。这个推测虽然站不住脚，我还是决定对此深信不疑，紧接着打开门。

昏暗的四栋地下走廊，若问光源，只有天花板上仿佛马上要熄灭一般不停闪烁的荧光灯。我刚进门，便听到某处传来人声，一阵安心，似乎还没麻痹到听觉神经，原本担心在楼梯上摔得那么惨烈，会不会已经摔破鼓膜，看来这份担心是多余的。于是我侧耳倾听——

"我——所以——"

这个声音……是谁啊？极端缺少起伏，简直像电子合成音般流畅，句与句之间毫无顿点……我终于回忆起来，没错，是春日井小姐，春日井春日小姐在这里！她在哪里？就在前面！当然就在前面的地牢里了。

"那个男孩若跑到别处去会变成我的过失，我可会非常困扰的，所以我必须要从你们口中问出什么，明白了吧？"

春日井小姐的声音虽称不上安稳，却也不算激动。我蹑手蹑脚，屏住呼吸，一步一步慎重地慢慢通过走廊。猝不及防一阵头痛袭来，也许摔太多次伤及大脑了，无所谓，怎样都好，反正脑袋一开始就坏掉了，都无所谓，所以希望能再撑久一点，希望能再等一等，我需要时间，我还有不得不做的事啊！

此时我差点笑出声，久违的差点笑出声，还有不得不做的事。我……偏偏是我，竟也有这样的时刻吗？曾想全数摒弃义务，尽数放弃权利的那个孩子，竟也会有这样一天？那么也许……非我所想，我可能不仅仅只是停滞，至今为止，我不过是装作没有察觉而已，大概就是这样。倘若如此，我远比我自己所想的……远比他人眼中看到的……更加白痴，彻头彻尾、岂有此理的傻子。

但最终我没有笑出来。

"哎——呀——不知道呢。"

令人怀念的声音，虽然不过几个小时没听到而已，令人怀念的铃无小姐的声音传入我的耳中。

"可能回家去了吧？不满意你们待遇太差之类的。你别看他那样，其实伊字诀从小到大都是娇生惯养的哦。你们这里环境这么糟糕，他多待一分一秒都受不了吧。"

"请不要说笑了。"春日井小姐的声音还是没有起伏，既没有恼怒也没有责难，甚至于不含困惑，"那你说说他要怎么离开这个笼子啊？他逃走的时候，你们应该目睹过全过程的。那个男孩是怎么逃出去的啊，有内部人员协助他吗？"

奇怪，春日井小姐话音里貌似还混着某种音源，就像野兽一样，不知是不是出自她本人之口，铃无小姐也没有发声……那会是谁啊？难道是玖渚吗？我瞬间被囚禁在了腿脚麻痹的感官结界里。不，不是腿脚，而是整个身体，就像被封锁的痛觉复苏了一样。

"你这样一说——"

此时。

"人家的确看过，阿伊他是拆掉全身关节从缝里钻出去的呢。不愧是阿伊，都不知道他要做什么呢。"

我从麻痹中得到解放，松了口气，玖渚目前还没事，不过，那个音源就连玖渚说话时也在哼哼不停。到底是什么啊？还有别人在吗？不，感觉不到其他人的气息，内部的神经越是迟钝，对外界的感官便越是敏锐，比平时敏锐数百倍。那么，我得趁地牢门口尚只有春日井小姐一人时做些什么才行。

尝试归纳总结之后，依旧没有想出好办法。虽说思考过程只耗时两秒，却马上就觉得荒唐，摇了摇头。我已经花费了整整三个小

205

时思考，结果没找出一点头绪，那么即便此时想破脑袋，也难说会有多少意义。那就没必要思考了，反正我的大脑不过是残次品，不如期望自己的肉体能像专家一样条件反射地行动，不如祈祷我还能动弹。

我拐过转角，向着人声传来的方向探出身子。是的，只要拐过这个弯角，前面就是玖渚和铃无小姐所在的地牢。

"……"

然后，那里站着春日井小姐，披着白色大褂，她那冷淡的目光此刻正盯着我，脚边还有一条狗，就是昨晚扑向我的那条。啊啊，低吼声原来出自这头野兽，它又黑又大又凶猛，如昨夜一样，没有拴链，就连项圈都不戴。为什么要把狗带到地下室来啊？我不懂春日井小姐的目的，所以自然而然，目光就回到她的身上。春日井小姐多少有些惊讶，却没有表现在脸上，只淡淡地道一句"哎呀"。

"你为什么——"

"哇，是阿伊！"玖渚扑到铁栅上大喊，声音里满怀极度不合时宜的欣喜，"呀嚯，阿伊，你回来啦！"

我无法回应她，只是陪着春日井小姐两相对峙，然而却又做不到完全无视，目光略微移动，瞄向铁栅后的玖渚。还挺精神的嘛。至少看上去外表没有受伤。那么，我大概是赶上了。铃无小姐也在，她正悠然自得，游刃有余地背靠着墙，同时又用叹息的目光看着我，然后静静地，仿佛毫不抱期待一般开腔："所以……"

"伊字诀，看你这副模样，不怎么顺利啊！"

"啊,真的呢,阿伊你全身是伤,到处都擦破了呢,还流血了,没事吧?"

铃无小姐那句话当然是指调查进展,玖渚却好像完全不在意这回事,只关心我的身体。玖渚她一向如此,从不自省的。为什么呢?我怎么会知道。

我取出开锁小刀,摇摇晃晃地自以为每一步都稳扎稳打地……走近地牢。咦?锁开着……为什么?难道是春日井小姐打开的吗?我回头再次看她。

"等等,你别乱来,别动!"

她在说什么?听不见,我的鼓膜果然破了吗?听得见却不明白内容,明白内容却不理解意思,就像在听咬字清晰的法语一样。算了,不管了,听春日井小姐说话又没有用。我拉开地牢的门。

"好了,回去吧,小友。"

"欸?啊,嗯——"

玖渚表现出困惑,真少见。咦?我说了什么奇怪的话吗?只不过是邀她一起回去啊,不是一向如此嘛,一起去某处,再一起回家,仅此而已。啊,对了,回家路上还得去买外郎米糕,小姬的朋友要吃的,到时美衣子小姐估计也会吃,所以买六七根差不多吧。

肩膀被人拉扯,是春日井小姐。

"请你就这样直接进去,我会尽量不施暴的。"

"闭嘴,杀了你。"

我回身甩开她的手。

207

"请不要阻拦我们，我们要回去了。"

"怎么会让你得逞！"

春日井小姐全无惧色，一只手推了我一把。我顺势后退两三步，被推离了铁栅，被推离了玖渚。啊，我只是要回去，但却遭到春日井小姐以及一头大狗的阻拦。

此时我才发觉，春日井小姐脚边的那条黑狗，不是昨夜的那两头，虽然外表一模一样，气质却全然不同，何止看起来凶猛，它就是非常凶猛，一双牛眼正瞪着我，仿佛在向眼前的天敌示威，前爪仿佛已做好随时扑杀的准备，后爪稍沉，谨慎提防我的攻势。跟这家伙比起来，昨天的那两条狗说是儿童玩伴都不为过。尽管披着同样的皮囊，它却是个异种。

"三胞胎里的第三头吗？"

"明察。"

春日井小姐看了黑狗一眼。

"不过这家伙和你昨天见过的两条不同，既不安分也不温顺。这就是所谓的实验结果。"

实验结果？什么实验能把三条拥有同一套遗传因子的狗变成这样？这话昨天说过了，又好像没说过，想不起来，没必要想起来，关键是春日井小姐打算用这条狗做什么！关键是她打算用这条狗把玖渚怎么样！

"您……在想什么啊？"我问春日井小姐，"牵出这条恶犬，这可远远超出玩笑和奇想的范围了。"

"都怪你擅自逃走啊，老实待在里面多好。"春日井小姐淡然回答，没有一丝犹豫和踌躇，"好了，能不能请你赶快回牢里去呢？我也尽可能不想动手，但要是非做不可我还是会出手，就是这么简单。"

很平常。

春日井小姐的语气着实过于平常。

在这个毫不寻常的地点。

在这个毫不寻常的时间。

她竟如此平常。

"原来如此。是这样啊……是这样啊，原来您也是这样。"

我彻底理解了。

根尾先生说的"小心春日井"的意义，到了如今，我才终于理解。

原来如此，原来如此……是这样啊！所谓的没有信念，除了等同于无所不能以外，没有其他意义。不曾受任何制约，未许下任何誓约，因此没有签订任何契约。这就是这位春日井春日的独特之处。讨论与逻辑，道德与申请，都不具有任何意义。

自己绝不做选择，自己绝不做决定，行到末途就变成她这样吗？坦然地束缚他人、关押他人、伤害他人，这一切都不基于自己个人的信念，根本没有那种东西！

卿壹郎博士为了自己的研究，心视老师为了自己的目的协助，又最终背叛博士，志人君和美幸小姐则怀着对博士的一颗忠诚之心,而恰恰由于忠诚之心的存在,他们的关系轻易就会崩塌。

春日井小姐则不同。

她没有理由,没有动机,情理从一开始就不曾咬合,直到最后都不会理解。硬要说的话,她只是无思想的逻辑(Psychological)而已,无药可救,无论做什么都救不了她。即便我再晚到一会儿,春日井小姐已经放狗咬了玖渚,那时的她十有八九仍会这么平静,即便最终造成玖渚的致命伤,她一定也仍旧那么坦荡。没有目的就没有手段,不曾后悔就不会反省,没有谈判的余地,怀柔、笼络、威胁,一切办法都无效。

没有信念。

确实如根尾先生所说十分恐怖。

但是——

"要这么说,我也一样。"

我伸手入左胸口袋,拔出那把刀,左手持开锁刀,右手握住哀川小姐给我的薄刃,两边各自摆好架势,与春日井小姐对峙。而面对这样的我,她的眼神也未显露多少惊讶,没有任何感情。

"我觉得你再怎么进行抵抗也没有意义。"

"没有意义?"

"没有任何意义啊!博士和其他员工很快都会赶来这里。你就算突破了我这关又能怎样?也不能怎样啊!"

"怎么会没有意义呢?"我逼近一步,距离春日井小姐只有不到2米。这个距离开枪没效果,虽然也有小呗小姐忠告在先,但我还没有傻到去使用从未操练过的兵器，就算如今我的行动比那种做法还要愚蠢。"突破您的防线以后，再把陆续赶来的博士，以及其他员工，也全都突破掉——那才是我的计划。"

"你疯了！"

不想被您这么说。

在我用这句话反驳之前，春日井小姐打了个响指，黑犬立刻敏捷地行动起来。她的响指似乎是某种信号。不愧是春日井小姐，堂堂生物学家，但要说完全出乎我的预料，彻底打我个措手不及却也没有，我也没有慌张，右腿发力后退三步。黑犬则展示着它守护春日井小姐的坚定意志，停在她的身前。

"姑且忠告你一句要是被它咬住，你就逃不掉了。现在的话还能阻拦它啮合，也许那个词叫齿合？现在我还是可以阻止它的。"

我无视春日井小姐的忠告，正面对垒黑犬。玖渚和铃无小姐什么都没说，因为那两个人都不在我的视野之内，她们是什么表情我都无从知晓，或者也许她们说了什么，至少我是听不见的。

啊啊——我变得不正常了吗？

竟连玖渚的声音都听不见了。

"真的很愉快啊……真的真的真的真的真的真的真的很愉快。"

我扔掉了开锁小刀。哐啷，干瘪的声音在地下室回响。黑犬虽对这个声音稍作反应，却没有扑过来。明明正在应付这么大的狗，双手都被占住的话，实在没有信心能打过。刀有一把就足够了。

"是吗,这样啊,看来你是认真的,我还有点遗憾呢。"春日井小姐看起来真的有那么一点遗憾,却又好像非常真诚,"我曾一度以为你和我也许非常合得来。"

"我倒是刚刚才产生这种想法呢,春日井春日小姐。"

"去吧(Break it)。"

那就是信号。黑犬好似把它蓄积已久的力量在这一瞬间爆发出来,张开血盆大口飞扑过来。在春日井小姐面前展示出的,并非坚决守护她的意志,而是不将我撕成碎片誓不罢休的决心。我误会了,浑然不知黑犬心思,还与春日井小姐悠然对谈,这样的我自然没有任何存活的手段,尽管没有,身体却在行动,行动速度比我的思考还快,快上许多。

而这行动连我自己都顿感异样。我直接将自己的左臂送进黑犬飞扑而来的血盆大口,说得更准确些,我是向着那气势汹汹势必咬断我喉咙的群牙之中,以掠走整个犬颚的气势,拼上全身力气使出一发肘击。反正狗的爪子除运动功能外,只有极少的其他机能,狩猎时它能使用的武器只有牙齿,就像春日井小姐自己暗示的那样,仅限于牙齿罢了。那么既可以轻松预判它的轨道,判定过后封锁起来也十分简单。不知是喜是悲,犬类的习性便是不会轻易放开一度已经咬住的猎物,若牙被卡在其中就更是如此了。

嗯,从逻辑上解释是这样,但我并没有思考其他,只不过看到对方张开嘴,我就用手肘顶过去而已。

但即便先发制人,我仍是被扑倒的那一方,就连灌注全身力气的肘击,似乎也没能顶翻眼前这头超级大型犬,看来动物与人类的体力存在根本性差距。从背后传来强烈的冲击,我被黑犬骑在身上,这副光景和昨夜很相似,但那时的对手是两头,而且比起现在轻松得多。按倒我的黑狗用前爪紧紧压住我的胸口,然后深深扎进我左臂的牙齿又收紧了几分。

黑犬就这样越发紧咬不放,没有一点暂且松口的意思。那当然了,它不仅隔着夹克咬我,还紧压住布的另一端,哪有那么容易松开。不过对我可不是好消息,因为既然拔不出,它就可以干脆咬断。当然我的手臂也是由肌肉组成的,狗的咬合力再怎么强也难以咬断人手。不过以这家伙的能耐,想撕烂我的手臂应该还是绰绰有余的,它的力量足以做到,从紧紧摁住我的前爪上也能瞥见一二。剧痛让我的神经不再正常工作,根本不可能抵抗,连思考机能都不再正常运转,只能大声惨叫,任由对方摆布——通常就会变成这样吧。

然而,现在的我没有痛觉。

被撕碎、被摁倒,也什么都感觉不到,感觉不到……什么都感觉不到啊!只不过想到刚刚治好的左手又要有一段时间不能用了,有点遗憾。我举起右手,毫不留情地举起握着薄刃的右手。黑犬似乎察觉到了,但它束手无策,还不是你自己咬这么紧,无论是什么事情,自己做的就得自己负责,对吧?

真是的。

我们都不容易啊!

我持刀向着黑犬的左眼，向着那颗漆黑的硕大的眼球拼命捅了进去。几乎没感觉到阻碍，刀子径直破坏了黑犬的头骨。黑犬没有惨叫，取而代之的是它以超越极限的怪力将我的手臂咬得更紧。肌肉已经被破坏，感觉牙齿直接抵达了骨头，再这样下去，我的手臂怕是毫不夸张地要被撕烂了。浑蛋，还有多久啊！等这家伙死掉还要多久？我的身体还能坚持多久？我的意识还能维持多久？！可恶！破坏得不够，破坏得还不够啊！破坏……破坏……破坏……破坏啊，用破坏去破坏，非得破坏不可，我要破坏它，破坏破坏破坏，更多的破坏，更多的虚幻，将这过于虚幻的生命，将这过于缥缈的梦境，将这现实，我把全身的力气灌注在背部肌肉上，抬起上半身——

"啊啊啊啊啊啊！"

右手重新握住刀，然后从头盖骨向着躯体一气划出一条直线，左手则带着上半身螺旋一周向后一拉，也就是右手的刀向前划，左手带着牙齿卡在我手上的黑犬的躯体，狠命往后拉扯，各自向着相反方向，给单手灌入较平常强上两倍的力量驱动刀刃……斩断骨头的声音、割断血管的声音、皮肤撕裂的声音——同时响起，我的鼓膜恢复正常了吗？这些声音令人不快，又令人十分愉快，听着非常悦耳。

大约撕裂它漆黑身体的一半时，我狠狠拔出刀子，血雾立刻喷了出来。黑犬的内部四下飞散，像是喷涌而出的黑暗一般。

"哈……啊……"

我猛然倒在地上，根本没想到会倒，我却还是倒了，像电池用完了一样，需要充电，可我已经动不了了。黑犬的尸体倒在我的身上，好重，重得要死，眼皮好重，好困，好想睡，想睡觉……还不行，还不行，还什么都没有结束。

啪，啪啪。

掌声。

"真厉害啊，我佩服你。"是春日井小姐，"说是感动也无妨，能打赢这么大的恶犬固然厉害，但我觉得你能平静地杀死动物更厉害。这件事可不是人人做得到。啊，那些蔑视生命的傻瓜暂且不论哦，是说在非常理解夺走生命意味着什么的前提下，仍然夺走它的生命这点非常不一般。那么你并非无知，而是深知生命贵重的傻瓜吧。"

"承蒙夸奖，鄙人不胜荣幸。"我喘着粗气回应，"好了，请您让开，放我们过去。您也不想死吧？"

"是啊。难得遇到你这样的人，也许我确实不想死，但自己的狗被人杀了就算是我也无法平静面对……而且你看……"

春日井小姐摆出侧耳聆听的姿势，下一瞬间我便理解了她动作的意义。咚——传来电梯宣告抵达地下室的声音。电梯，记得在四楼的时候看到它是停在地下的，本该停在地下的电梯如今抵达地下，就意味着它已完成了和某个楼层之间的交互，电梯完成了自己的任务，即意味着它已载着某人抵达这里。

也就是有人要来了。

"毕竟——时间到了。"

我从春日井小姐这句话里听出了些许怜悯之色，当然也可能是错觉。我猛地抬起头，然后看向铁栅中的玖渚，没看见铃无小姐。她去哪儿了？她是到哪儿去了吗？我只发现了玖渚。

现在我的眼里已经只有玖渚友。

咦？为什么？怎么一脸要哭的表情？你不是做不出这种表情的吗？你总是笑嘻嘻的，笑得天真无邪，无论何时都对我微笑，无论何地都对我微笑。你若开心，明明就会笑得很开心才行。为什么？我不明白啊，玖渚君。你……这样的……表情，我从来也……

只见过一次而已啊！

一次，而已！

有人奔跑过来的脚步声，我稍稍偏头看向那个方向，不止一个人，有好几个人。领着队伍走在前头的是斜道卿壹郎博士，他身后跟着根尾古新先生、神足雏善先生。咦？他们后面那不是大垣志人君吗？旁边宇濑美幸小姐也在。什么啊，你们这就醒了？那春日井小姐之所以会来查看地牢的情况，也许就是收到了他们的信息。不该把志人君丢在玄关附近的，虽然我也不知道怎样才对。他们两人身后是三好心视老师，啊啊，加上已经在这里的春日井小姐，现在整个设施的员工就集齐了。

已经没辙了吧。

我想。

已经没辙了啊！

我理解了。

"结果你啊——"

春日井小姐说。

"到底想要什么?"

她在向我发问。

那是一个万分确信的,非常核心的问题。我想,大约找遍这个广阔又狭小的世界,都只有春日井小姐一个人会问的简单明了的问题。

"爱。"

我喃喃自语。

这不是答复,而是嘀咕。

"我想要爱……"

心情愉悦,想笑,真的想笑。

我用重获自由的右手撑起身体,然后打算站起来。行啊,垂死挣扎吧,不见棺材不落泪就是我的人设。满是鲜血的全身,衣服好恶心啊,我的思考方式也好恶心,但也只能这么办。我看了看刀子,不愧是人类最强的承包人直授小刀,进行过那般破坏工作之后竟仍不曾出现一处卷刃,既然如此事情倒是简单了。

只需在脖颈上用力一划——

我看向玖渚。

她依旧泫然欲泣,紧紧抓住铁栅,几乎已经哭了,却仍然强忍着泪水,神色悲痛,又哭又笑似的。对了,就像我不会笑一样,那家伙不会哭,她和我一样不会哭,她不知道怎么表达悲伤,所以表情才那么难看。这让我相当遗憾。起码最后一刻,我想看的是玖渚天真无邪自然纯度百分百的笑容啊!

啊啊,不过——

那是……

过分奢求了吧。

我发觉左臂很重。

是黑犬,那条生命已不知消逝去了何方的黑犬,它的利齿还嵌在我胳膊里。我想起兔吊木,想起兔吊木的尸体,被毁得体无完肤的兔吊木垓辅……看来我在无意识中,似乎与这案子的凶手采取了相似的行动,实在非常滑稽,说不定我就是凶手呢。

虽说事到如今无所谓了,问题不在于有没有发生。而是对此是否有认知,仅此而已。脚步声渐渐逼近,由于我的视野也渐渐模糊,看不清他们还有多远……不过真的没时间了,我用那只持刀的手搭上黑犬的嘴,这样下去有点不好动弹,而且再这么吊下去,有点对不起它。太可怜了,还是把它扒下来吧。但不知是否卡得太巧妙,怎么也扒不下来。不,这不是卡住也不是咬合,而是僵化。没错,就是所谓的尸体痉挛,伴随暴力致死发生的尸僵现象。虽然这种情况几个小时前才和老师讨论过,我却万万没有想到会在此时此刻遇到。

"欸——"

就在我打算割开黑犬的嘴,用刀子捅进缝隙的瞬间,这次换我僵住了，不由自主僵住了。

尸体痉挛……你说尸体痉挛？

"喂！你搞什么！"

志人君的声音在地下室回响，但对我已经没有任何意义，对已经僵住的我没有任何意义，连鼓膜都不再振动。等一下，快想，快想啊，冷静点，不，不要冷静，着急起来，马上就要到了，快伸出手去，把手伸出去啊，就差一点了，能够到，还差一点就够到了。

换言之……是这么一回事吗？

我的手不知不觉间松开了刀柄。它从我手中滑落。

兔吊木垓辅……假如，假如他是符合我预想的那种人，昨天的对话也是，兔吊木垓辅、"害恶细菌"、GreenGreenGreen、"集团"、坏客……不可能坐以待毙的兔吊木垓辅却被杀死的事实，为了玖渚友，只为这唯一的目的便对卿壹郎博士言听计从的那个男人，玖渚友曾经的同伴——

被钉在墙上。

如果那就是诱因。

如果那不是现象而是诱因的话。

"喂！你到底在没在听啊！"

咚，我被某人推了一把。是志人君吗？害我好不容易撑起的身子再度与地板亲密接触，好痛，痛觉正在复苏，感觉神经逐渐恢复了，浑身都疼起来，手尤其疼。当然了，半只胳膊的肉都被搅烂了啊，但没什么可抱怨的，因为我夺走了对方整条生命。

事到如今，我这才涌起歉意。

不过，其实不算有错吧？

你没有错啊！

没犯错的生命也是会死的。

即便没犯错……

即便没犯错……

"喂春日井，这到底是……"

"唉，虽这么说……"

"你到底在搞啥呢？喂，你……"

"我说……"

"你给我解释下……"

"狗……"

"……"

"血——牙——"

"治——疗——"

"麻烦稍微安静一会儿好吗？诸位。"

我静静地说。

"我打从生下来以后第一次想夸自己呢。嗯，当然我知道这是错觉。我当然知道，是错觉也没关系，所以至少，请容我再品尝那么一会儿这种感觉啊……"

但就连这也来不及了，就连这么渺小的愿望都无法实现。我渐渐失去意识，这次是由于安心，但我也感觉自己可能再也醒不过来了。

可能再也醒不过来了吗……

算了,那也不错。

而且……我现如今……非常幸福。

"……"

最后被我模糊的视野捕捉到的仍是玖渚友。虽然模模糊糊,什么都看不见,整片视野却出奇地蓝。

纯洁、清澈、美丽,又很舒服。

何等的——蓝色。

"……"

我可以说一句任性的话吗?

我喜欢你啊。

2

讲个故事吧。

在某个地方,有一个,仅仅一个,实在无可救药的男孩。那是一个只能靠着非常扭曲的性格和畸形到凄惨的价值观,终日口吐戏言以此而活的少年。

在某个地方,有一个,仅仅一个,实在无法救赎的女孩。那是一个只能靠着非常老实的性格和正确到凄惨的价值观,终日天真烂漫微笑度日的少女。

原本讲到这里，故事就该结束了，因为少年八成会匆匆走完他稍有不幸、较为悲惨的人生路，少女也将匆匆过完她还算幸福、尚且优雅的一辈子，因为少年和少女居住在完全不同的两个世界。

然而，情节一反常理，少年遇见少女，少女也邂逅少年。这其中究竟有谁，有怎样的意志参与其中？究竟是何等的心血来潮，怎样的牵挂顾虑，最终促成了他和她的相遇？若以偶然、命运、奇迹这样的词语，草草为这疑问作答，那对少年和少女来说，实在太过残酷了。

好多人死了。

好多不是人的人死了。

少年死了好多次。

少女也死了好多次。

少年做了好多错事。

少女没有。

然后，少年他，承受不住罪孽的重量，承受不住惩罚的重量，一个人逃走了。

丢下少女，一个人逃走了。

"平庸无奇的旧闻……"

搞得像自己是受害者一样佯装悲情。

就好像一个人背负整个世界的不幸。

就好像自己独揽全世界的厄运。

无论何时都是个可怜的受害者。

明明是你害别人，明明是你害别人，明明是你害别人。

明明一点都不可怜。

"我这种家伙到处都是啊……"

然后现在，我一个人，喃喃自语。

左臂上一圈一圈，十分夸张地缠满了绷带，不过大概不算夸张，心视老师甚至说这还只是应急措施罢了，那条黑犬的利齿万幸没有伤及骨头，但它的咬合力十分优秀，貌似造成我左臂桡骨撕脱性骨折。当然我受的伤不止这点，虽然从楼梯上摔下来那么多次，搞成这样也很正常，据说我是遍体鳞伤。"据说"这个词用起来似乎事不关己，可我真的没什么实感，痛觉大部分已经恢复，然而由于心视老师隔三岔五就给我打一针麻醉，搞得现在感官神经还是麻痹的。

"不过以你现在这样，一般来说会疼得满地打滚呐。"心视老师如是说。

既然解剖学的权威教授都这么肯定，那应该不会有错。所以我的身体可能真的不太对劲，该让老师帮我切开来看看才是。

身处五栋，根尾先生的大楼楼顶，我一个人思考着。

话又说回来，真是充满了戏言。接下来将要发生的事情到底算什么啊！既可以称作前定和谐[1]的闹剧，也可以说不是。因为要论

---

[1] 由17世纪德国哲学家莱布尼茨（G. W. Leibniz）提出的学说。世间万物虽都是互不干涉的单体，却相互协调构成和谐的总体，莱布尼茨认为这是神明创世时为万物添加的基本属性。在日本还有一项引申义，指"一切事情按照所有人的期望发展，结局也同时满足所有人"。——译者注

闹剧,至今为止发生的一切——在这半天内以我为主角上演的一切,远比之后要做的事更加闹剧。

正因如此,在我察觉到一切,没错,真正一切的时候,这出闹剧就该闭幕了,根本不需要什么谢幕,连降下幕布的必要都没有,一切都要在此结束。

那么,接下来要上演的究竟是什么?

"类似余韵的东西吗……"

不,不对。

倒不如说,这像预兆,是某种东西,某种非常重要的东西开始之前的预兆,是无论如何都不可避免,总要经历的人生大事。这样一想,眼前充满戏言的情景也渐渐捎上几分意义。当然我并没打算抱怨诸如"有意义,没意义"什么的。

那么就开始吧。

戏言玩家一生一次的人偶剧。

首先是五栋到四栋之间的2米。我已自知可以轻松跨越,空有形式的助跑过后,飞身跳到四栋楼顶。虽然感觉着陆的反冲力震得脚有点痛,却也无须在意,看来麻醉在正常起效。

四栋,我和玖渚、铃无小姐之前被关押的场所。哎呀,不过话说回来,做了对不起铃无小姐的事。说起来玖渚和我遭遇飞来横祸倒是必然,可这事与她毫无关系,害别人被卷进来也要有个限度。因为铃无小姐没有美衣子小姐那么善良,事情结束后我八成是要被说教的。算了,反正我也不讨厌,特别是铃无小姐的话。

然后从四栋跳到三栋，这里有3.5米，所以一定要小心。反过来说，只要小心点，这个距离也很轻松。

三栋，三好心视老师的地盘。虽然不知道她的真实想法，但我是不希望再与老师重逢，倒不是讨厌，只不过不想见她而已，再也不想见到她。可是假设，如果这次没有她，我会怎样？这样一想，恐怕此次重逢也多少有其价值。

接下来从三栋跳到二栋，不足2米，这和从五栋到四栋一样，相当游刃有余。

二栋是……神足先生来着？神足雏善先生。我想起那个人，然后想起他和"悖德者"根尾古新之间，我通过对讲机偷听到的对话，"兔吊木垓辅是自杀"。

"唉，要说是自杀，这么不像自杀的自杀可不多见……"

我虽自言自语，却并不认为如此。既可能是，也可能不是，怎样都好，怎样都不好，我想，这最终仍只是一个行为与认知之间的问题罢了。

从二栋到一栋，3米不到。

此时我想起了小姬。她是被我托付一切善后工作的人，"自称"我的弟子。

如果小姬在的话，一定可以理解我的心情。那个少女和玖渚有几分相似，内在却更接近我。上个月因缘巧合相识，最近她搬进了我租住的古董公寓一楼。我虽受她雇用，做她的家庭教师，学业进度却不太乐观，世上没有比教讨厌学习的人念书更难的事。但我接下来不得不这么做，不得不对斜道卿壹郎博士这么做，我独自站在这位博士统治下的一号研究大楼楼顶如此盘算。

转个方向，距离六栋只有1.5米。比起从容，简直该叫轻松。

走到这里，已经能看到七栋的屋顶了，那里站着好几个人，他们就是这出人偶剧的看客兼主角。硬要说的话，是我接下来要用戏言强行制服的对象。究竟是否做得到呢？念及此我回忆起浑身丹宁布衣物的那个人。既然要假设"若没有她我会怎样"，那么她才是最适合用其修饰的人物。我们最终闹得分道扬镳，但那完全是我的责任。那么至少，哪怕只有一点也好，向她报恩才是我应尽的义务，大概吧。

顺便一提关于这位名叫"石丸小呗"的角色，我决意坚称与她素不相识。既然曾被志人君和美幸小姐目击，那么要隐瞒她的存在自无可能，然而一旦坦白我与她的联系，就必然要连带根尾先生一并招供出来。我判断这颇为不妥，所幸还有那把开锁小刀，我决定将"自己开锁逃走"和"独自一人通过跳屋顶四处瞎逛"的说法贯彻到底。当然，这个解释也很牵强，但对他们来说"闯入者"的存在并不如意，因此似乎含糊间也接受了。

"含混不清主义也算是用到极致了吧……"我说出戏谑的独白，"不，这种情况该叫诸事不顺主义吗？"

六栋与七栋相距5米，但实际上七栋比较矮，因此看作4.5米即可。

听玖渚说，男高中生跳远的全国平均纪录差不多就这个数字。

那我就放下心了，最近再怎么没好好运动，却也不记得自己的身体素质衰弱到输给十七岁的男生。当然也有可能只是我不记得，但之前已经成功跨越过一次。虽说当时整个人都浑然忘我吧，反正是跳过去了。成功的先例无论如何都是一种勉励，我稍加慎重地拉开助跑距离。

想在助跑跳远上取得好成绩，并非只靠脚部的跳跃力，这是玖渚说的，似乎，考虑怎样巧妙地将助跑之中产生的加速度转换成空中的推力，才是重点。具体操作起来，首先在助跑的前半段就把速度提升到极限，然后必须慢慢将重心往上半身移——玖渚给我开了个助跑跳远讲座，可这些步骤就算大脑能理解也不意味着什么，行家里手的"随便跳跳"，我一介外行人怎么可能轻松复制嘛，所以我也只是"随便跳跳"罢了。

助跑——起跳。

身体浮上半空。

哗——对面楼顶一阵骚动，大概有人喊出声了吧，也有人没出声……我的大脑还有余力考虑这种杂事。着陆之前的时间特别漫长，经常听说人类面对生命危险时，眼前的景象会像慢镜头一样播放，也许此刻我身上发生的就是这种现象，或者，只是跳得不够远，现在正大头朝下，整个人砸向地面而已。好像无论哪种都挺好的，果然还是哪种都不太好吧。

万幸的是，不久我便落在七栋楼顶，更准确地说是着陆失败了，摔了个大跟头，由于率先砸向地面的是受伤的左臂，尽管没有失去意识,却又磕到脑袋,疼得我当场缩成一团。我的登场方式简直逊毙了。

"你干什么呢,你……"三好心视老师目瞪口呆地走过来,"没事吧?你到底为什么会往伤得更重的那边摔啊?"

"我没事……比起这个……"

借助老师的搀扶,我撑起身体,看到她身后站着所有的人:斜道卿壹郎博士、秘书宇濑美幸、助手大垣志人、员工根尾古新、员工神足雏善、员工春日井春日,中间隔开一点距离,再过去是铃无音音小姐,以及玖渚友,合计九名,包括我在内,共十个人聚集在七栋的屋顶。当然,促成这次集会的是我。

"总之,如诸位所见,"我站起来,夸张地摆出环视四周的姿态,摊开手道,摊手是为了展示自己平安无事,"像刚才这样,通过跳屋顶就可以到达任何一栋楼。现在各位理解了吗?"

"哼!"从表情和语调都满溢出避之不及的情绪的人,想来只能是卿壹郎博士,"荒谬!这太荒谬了!年轻人。"

"'年轻人'?您真严格。"我轻描淡写地当耳边风,现在非得刻意屏蔽自己的情感线路不可,"您不认清现实的话,我的故事可没法继续啊,博士。"

"你以为这种骗小孩的,不,这连小孩都骗不了的把戏,你以为我会买账吗?从这里就看得很清楚了,七栋在设计上比六栋矮,你虽然证明了可以跳过来,却还没证明能跳回去。"

不愧是博士,和我不同,不费吹灰之力就能察觉到这点小事。

要是现在能写下Q.E.D.自然万事大吉，可是不会如此顺利。

"或者，难不成你小子马上要表演跳回六栋给我们看？"

"不不不……这还是办不到的，至少我办不到。"

"看吧！"博士嗤笑。

"浪费了多少时间啊，竟然答应陪你胡闹，我也太好心了。"

人好——想来确实如此吧。

即便深知那只是源于轻视对手的游刃有余，却也无法否定这是斜道卿壹郎的善良。鉴于他容许了我——容许了一个敌人随意行动，不得不说他人真的很好。至于从我的角度来看，不好意思，就容我利用一下您的善良吧。

"哎呀，您不要急着下结论。"我说，"好了，总之博士说得没错，从七栋无法回到六栋，除非我们之中有人拥有世界级运动员的脚力。但是，我刚才的行为应该证明了一点，即是'虽然没有返回的手段，但有可以闯入七栋的路线'。"

"这又怎样？"博士泼来一盆冷水，"进得去出不来的单行道没有任何意义。虽然不用我说，门口的安保系统无论从内从外，都必须通过一系列检测才能打开。纵然真能开锁，那也会留下记录，从里向外打开过的记录，然而并没有那种东西。"

"我想也是。嗯，您说得也没错。"我姑且赞成几句，"锁和记录的双重束缚，就当是这么回事吧。"

"干吗？你这是什么意思？听着话里有话啊，难道你想说我斜道卿壹郎在其中动过手脚吗？你想说我删了记录吗？"

"我才不会说这种话呢。而且,您删不掉的吧?玖渚虽然能删掉,您却做不到!不是吗?只有玖渚才有能力!不是您自己说的吗,博士?"

话里多少有些不怀好意,博士听罢恶狠狠地瞪着我。但他的神情,与其说是震怒,更接近于看不透我手牌的困惑。

"你小子——"

"再说了,"我把他的话堵了回去,"现在就断定'回不去'还太早,又没人规定只能赤手空拳完成任务啊。比如,用上绳子的话,就可以造出一条路来了。"

"确实可以,前提是要找到这种撑得住成人体重的绳子。所以,哪有?"

"我觉得这家研究所恐怕没有吧……不过我说的绳子只是比喻而已,比如用身上的衣服扭成一条啊,或者用办公机器的电源线拧成一股,都可以的。"

"你觉得那样能撑住人的体重?"

"不觉得。"此时,我的目光从博士移到神足先生身上,"那么现在我套用博士喜欢的说法,头发是不是能充当撑住人类体重的绳索呢,您看如何?"

所有人的目光齐刷刷看向神足先生。他本人却只是扶扶太阳镜,一言不发,照旧沉默寡言。我虽对他过分的寡言少语有些哑然,但还是继续说道:"神足先生曾留了相当长的头发,只要把它们连在一起,就可以在七栋和六栋之间搭桥了。各位不觉得吗?是吧,铃无小姐?"

"嗯?"她有点吃惊,"哎呀,怎么把话头丢给我?啊啊,是哦……头发确实很坚韧。虽然每个人情况不一样,但是你这么一提,本小姐以前好像见过浅野用她的武士单马尾勒住别人的脖子呢。"

"是的。虽然您说的场景我不太希望有机会旁观……根据相关记录,曾有一位女性用自己束成一束的长发测试过能承受的最大重量,结果加到一吨都没有断裂。"这也是从玖渚那现学现卖的,"即便这是极端案例没有普遍性,但用头发代替绳索的方案完全可以成立。或者……"

现在我转过去看春日井小姐,大家也跟着我的动作。

"不是人类……动物的话,也许就能跳过去。嗯,诸位也看到了……"我抬起缠满绷带的左手,"如果是方才和我上演生死搏斗的巨犬,难说跳不过这么一段距离吧?依您看呢,春日井小姐?"

"谁知道!我没有实验过,不过多半跳得过去吧。"春日井小姐一边疑惑,一边给了我肯定的回答,"这样的话,你觉得我是凶手吗?"

"不,我还没说到那个份上呢。只是,我想通过具体举例的手法,跟大家展示面前的七栋绝非密室,更没有被封锁而已。那么会变成什么情况呢?至少根本没有理由只把玖渚一个人,以及我们三个看作嫌疑人了。"

"烂大街的把戏!"然而博士并不会被这几句说辞撼动,语带

231

嘲讽地打断了我:"捏造出让人印象深刻的极端假说,然后把听众受到的冲击偷换成宛如真相被解明的惊愕。你方才一路表演靠助跑跳远到七栋,也是这个计策的一环吧?典型的诈骗手段!年轻人,我可不吃你这套。"

"您说捏造……是吗?"

"是啊,想想就知道了。你刚才那两个假设随便动动脑子都能驳倒。神足的头发虽然长,顶多也就1米,就算是分几份绞成一股,那也有强度的问题,总长4米不能再多,这个长度在七栋和六栋之间搭桥有点困难吧?动物犯案就更扯了!你倒是说说,凭区区一条狗,到底要怎么刺杀一个人,再把他钉墙上,最后留下血字啊?"

"谁知道呢?如果狗背上坐了一个人的话?"

"这实在有点牵强吧。"春日井小姐连我开个玩笑都来捧场吐槽,没准她其实人很好,"背着一个人肯定跳不过去的。"

"多谢您指出了。"我低头致礼,"承蒙急报,在下不胜惶恐。"

"然后?怎么?年轻人,你的手牌这就打完了?"

"是啊。您看这种解释如何?我们假设,兔吊木垓辅被拆得七零八落是有其必然性的好了,为什么要划开他的肚子?如果那是为了掏出他的内脏呢?"

我像舞台剧演员一样,夸张地做出询问台下所有观众的动作。虽然这装模作样简直就是另一个根尾先生,但这种事既然做了,应该就没有做过头一说。

"掏出内脏……"老师似乎很不可思议，"是咋回事？兔吊木先生的内脏，可都好好留在里头呢？咱把胃啊肠子啥的都给解剖了嘛。"

"您说得对，因此，只是假设而已。"我话锋骤地一转，"刚才不过是想到一个恶劣的玩笑罢了。不过嘛，为兔吊木先生肉体被损坏找一个合理的解释，我认为思路应该大胆些。我自知是后辈，并不敢在此给诸位开讲犯罪心理学……但兔吊木被杀的犯罪现场那样子，甚至能感觉出偏执，各位难道不觉得其中有猫腻吗？"

"所以到底有什么猫腻？"博士有些不耐烦地问，"你小子说话真绕！绕得要死！你到底想说什么？要说快说啊，爽快点，像个爷们儿！"

"像个爷们儿？我当然不介意……"我轻轻耸肩，说话太绕吗？可其中有些东西不得不绕大弯子阐述，所以没办法。"但是仔细一想，博士您的假说也称不上爷们儿吧？什么'玖渚友应该办得到'……有点牵强吧？而且，就算玖渚能做到，可也不代表您，不代表诸位就一定不行。因为你们只需要坚称自己'做不到'就行了。"

"这就是你的答案吗？"

"不，只是挑毛病罢了，没什么深意的，暂时还没有。"

我刚提出假说又马上收回，见到这么吞吞吐吐的讲法，博士的目光虽多少有些困惑，但这次他没再反驳。而归根结底，我现在想要的就是这种效果。直到最后一刻，我的真实目的都得藏在烟幕之后，我必须拼命虚张声势，让博士，以及其他所有人都陷入困惑。如今，最重要的就是迷惑对方，最重要的就是扰乱对方，最重要的，就是不让对方和自己处在同一个水平上。

虽是与"人类最强的承包人"完全相反的做法，但我这人类最弱想超越"堕落三昧"斜道卿壹郎，就只有这一手段。

"老师，"我转头问心视老师，"总之，能请您告诉我兔吊木先生的验尸结果吗？"

"嗯？啊，呃……推定死亡时间为子夜一点前后，死因是脑损伤导致的，肚子上的损伤都是死后加上的，手臂被砍掉是更之后的事，最后再被钉墙上。嗯，简单概括起来大概就这样。"

这些话我早在三栋听过，但当然要隐瞒。老师姑且也清楚，因此她非常自然而然地，与其说是告诉我，更接近于报告给大家。而尽管没可能发生，我对此也全无意愿，不过这样一搞，好像我俩是共犯一样。当然了，这也是称不上信赖关系。

"要问咱在意啥，还得是砍手之前的延迟时间吧。死了以后三到四个钟头才被砍掉呢？这又费不了多少时间，为什么——"

"喂，你话太多了，三好。"博士责备老师，"我不管你们以前什么交情，但你要是给这家伙多余的关照我可不允许。"

"关照啊……"心视老师讽刺地对博士一笑，"了解了解，多余的事儿咱不做。好啦，听完兔吊木先生的验尸结果，你想怎么办呀，徒儿？"

"没想怎么办啊！不过老师，把人类的身体弄成那样，甚至还要钉到墙上去，是不是很费体力啊？"

"你想说玖渚家小姑娘那瘦胳膊瘦腿办不到？"回答我的是卿壹郎博士，可能是不想让老师再多说一句，"哈！别再制造毛病让我挑了！那系列动作当然没必要全由玖渚大小姐来做。她只要打开门，剩下的事——比如让你小子来都行。"

"一切如您所说，我一句都没法反驳。"我不理会博士的挑衅。今早，虽然被博士挑衅到情绪失控，但那最初就是我的失败，我不会重蹈覆辙的，尽量吧。"但即便如此，为何要将兔吊木垓辅的尸体破坏至那等惨状？这仍旧是未解之谜。"

"难不成你小子想说自己知道答案？"

"这个问题容我稍后再答。好了，再花时间拖下去也没意义，咱们差不多进入解决篇吧。实际上，不仅各位脚下的七栋，整个设施内部所有的建筑物都称得上易守难攻，根本无法入侵，没有窗户，虽然贵所工作性质使然无可奈何，可是连入口都只有一个，而且还挂着玖渚友制作的安保系统锁。嗯，不过我们先不管锁，总之向外界开放的只有现在我们所在的屋顶和玄关，说起来就像通天隧道一样呢。按照卿壹郎博士的推理，杀害兔吊木先生的凶手是从玄关出入的。"此时我瞄一眼博士，他什么都没说，于是继续，"因此照这个理论，凶手只能是玖渚友阁下一行人，然而我们又不可能就这样认罪，估计会被博士说成'互相包庇'吧，但我可以证言玖渚的无辜。或者换句话说，我知道玖渚友是清白的。这样一来，玄关入口就不能使用了。"

"按你的意思，只能走屋顶啦？"

"三好！"博士怒吼，"你给我适可而止！你今天言行一直很有问题！"

"那多有冒犯啰，又没人叫咱是吧。"

老师轻描淡写地低头致歉，想来对已经放弃博士的她而言，我的人偶剧上演成功才更符合心意。那么，我和老师之间，也许正是共犯关系。

"嗯，差不多。不过啊，这也有很大的限制吧？"我转向自己跳过来的六栋屋顶，自言自语，"屋顶路线的'限制'是什么，诸位知道吗？"

这个问题没有特定的询问对象，也没有人回答，我并不在意。又等了一会儿，博士才不耐烦地开口："所以不都说了是单行道吗？"

"进得来，出不去……不就是——"

"不对，但您说的这点确实存在。虽然出不去，不过仔细一想，进得来其实也很难吧？"

"什么？"

"如果要从五栋开始，经过一栋再跳到六栋，既然大楼的间距最长也就3.5米，那么想来在座任谁都能办到，但最后这段距离，无论如何都不是谁都办得到的了！"

距离5米，体感距离大约4.5米，匹敌全国男高中生跳远平均纪录。纵然能得出所谓的平均，正是由于全体水平有高有低，而非任谁都能通过的最低界限。这个数据的存在甚至说明，整体之中有起码一半的人达不到标准。

也就是说，连这个"4.5米"都分为"跳得到"和"跳不到"两种——

"而如诸位所见，我跳过来了。别看我这样，既然各位几乎都知道，那我就直说了吧，我曾有五年时间参与名叫ER3系统的研究团体开展的'ER计划'青少年留学制度，在那里姑且锻炼过身体。因此，我至今仍然保有平均水平的体能，虽然有点下降的苗头。"

我半开玩笑地补上一句。

"呃，不好意思，铃无小姐。"我再次发问，"如果您要跳这个距离，能跳过去吗？"

"可以吧。"她大概也料到问题会抛给她，很快便做出回答，"本小姐没认真做过测试，不过，5米左右都很轻松，没准6米也……6米可能不行，大概就是这样。"

"这样啊。"

即便是外行人，见了铃无小姐超出常规的身高、腿长，以及体力，对这个回答也不会意外，况且我早就觉得她能比我跳更远了。我点点头，下一个转向玖渚。

"小友，你呢？"

"呜……办不到啦。"玖渚噘起嘴，不满地回答，就像在说"干吗还特意问人家"一样，"1米……可能都跳不到。"

237

她这也符合我的预想。由于玖渚是既厌食又偏食外带家里蹲的小姑娘，与肌肉、脚力等基本无缘。我说着"您都听到了"，转向博士。

"就连我们三个的情况也不尽相同。但是，既然定死了'只能跳屋顶'，那就能证明我们的清白。若非身在某栋楼之中，是走不了这条路线的。既然每栋楼都被施以森严的戒备，我们就无法进入楼栋。"

"你的意思是凶手在我们之中了？"

博士眼珠一翻，对我怒目而视。

"所以我不是一直都这么说吗？"

我淡淡回应。

"是谁？名字报上来。"

"等会儿就报，您性子不要这么急嘛，都到最后关头了，好好享受一下呗。好了，那么这里有谁不能使用屋顶路线呢？斜道卿壹郎博士、宇濑美幸秘书、大垣志人助手、三好心视老师、根尾古新研究员、神足雏善研究员、春日井春日研究员……"我一个一个端详过他们的面孔，接下来就是高潮了，"首先三位女性可以排除，也即排除老师、春日井小姐和美幸小姐。"

"……"

"……"

"……"

三个人都沉默不语。

"只是单纯的体格问题……三位身材都比较娇小，而且，我没有性别歧视的意思，基础体力也摆在那里，以女儿身挑战这项杂技，风险实在太大了。"

隐隐约约感到右边的铃无小姐投来视线，我当下决定无视，考虑到之后的安排，在这紧要关头退缩可不是聪明的选择。话虽如此，她的目光真的要杀人呢。加油啊，这一幕很严肃的！我微微摇头继续说道："接着，我认为根尾先生也做不到，这也是基于体格原因。"呃，怎么说呢，"因为您的身材较之普通人更为富态……"

"哎呀，我想也是。"见我吞吞吐吐，根尾先生一边夸张地大笑，一边拍了拍自己的肚子，"四舍五入等于负重二十公斤跳远嘛！肯定办不到吧。这样一来，鄙人也不是嫌疑人喽。"

"那么，只剩三位了。斜道卿壹郎博士、大垣志人助手、神足雏善研究员。而其中可以轻松排除的，不必说，自然是博士您了。"

"为何？"

"没有，若您坚称自己能跳，我不会介意的，但博士毕竟年事已高，六十三岁……比较难吧？"

博士对此一言不发，但也不必特意等他回答，按常理思考，任谁都会认同博士不可能跳得过去。

"那么，剩下的就只有两位了。"

神足先生，以及志人君。

所有人的目光集中在他们身上。

"这二位可以利用屋顶路线,即志人君从一栋到六栋再到七栋,神足先生则从二栋开始,按照一栋、六栋、七栋的顺序,可以一路跳到这里来……"

我一边说一边窥视两人的神情,然而神足先生和之前一样纹丝不动,一心扑在自己的位置上,正可谓稳如泰山。但志人君就不行了,他怒火中烧,大吼大叫起来,满脸通红地打断我的话。

"喂,你小子!别人安静听着,你就给老子信口开河——"

"不好意思,我现在没时间配合你吐槽,请你可以继续闭嘴听我说吗?"

"你说啥?你这——"

"放心吧,你也一样,也不可能利用这条路线。"我单手制止情绪失控的志人君,依旧淡然作答,"你有视力的问题。"

"什……"听到"视力"二字,志人君当场停下动作,"什么?"

"都说是视力了……看不清楚吧?你那双眼睛。"我故意装作早已看穿的模样回答,"问题不像出在晶状体上……所以是视神经吗?我解剖学得不好,其他就不清楚了。"

众人哗然,知情者都盯着我,不知情者则看志人君。他们自己人中,似乎只有美幸小姐和春日井小姐两人不知道这件事。而我们这些外人里,铃无小姐看来没发觉,玖渚则似乎早就有数。我想,以她的观察力,这很正常。

"你小子……为什么会知——"

"只是感觉是这样而已。"

比如，初次见面时，他凑到几乎脸贴脸的位置观察我，又用手拍拍打打确认玖渚，以及看不出身材高挑的铃无小姐是男是女，等等。再说，他看都没看就发觉蓄水槽的死角里藏着我和小呗小姐，首先平日里依赖视力生活的家伙就不可能办到，而且之后他还是认不出和铃无小姐一样身材高挑的小呗小姐的性别，再加上，这位小呗小姐为何揍起志人君来完全不碰其面部，一味只攻击腹部……就是把这一大堆碎片全部综合起来之后得出的"感觉"。

"不对吗？"

"错倒没错……"

视神经异常造成的视力疾患，我无法判断是先天自带还是后天造成。然而，无论哪种，甚至是博士"人体实验"的结果也罢，都不是我该管的闲事，与我无关。简言之，就是志人君眼中看到的风景和人物只有模糊的影像，看他在设施里大摇大摆走着，倒是不至于一点都看不见，但这样一来……

"这样一来就能判断，你不可能跳过这么远。"

"喂，等一下。虽然我眼睛的事你没说错……可是，这样的话……"志人君稍稍压制住声音里的怒气，但现在的他显得有些慌张，"这样的话，不就只剩一个——"

"没错，只剩一个人，就是他——"我指着神足先生，"神足先生的情况如何？您在性别、体格、年龄、感官方面，或者类似的方面，有什么问题吗？"

神足先生纹丝不动，连瞪也不瞪我，情绪更无起伏，就连一息间便能完成的微小反应，他也不愿表露。

"没有……"

唐突做出如此宣言的人不是我。

是神足先生本人。

"我确实没有，没有这类理由。"

"神足！"博士怒吼，"胡说什么！你不是——"

"请您冷静。"神足先生以与我不相上下的平淡语调简短地回答，"博士，只是说明我可以跳到这里而已，暂时不过如此而已。对吧？小男朋友。"

"小男朋友"，这个称呼当下的讽刺效果实在过于强烈，令我浑身颤抖。这也就意味着，我是玖渚友的——

我和神足先生之间大约相距5米，不，6米吗？也许再近一点比较好。想着，我向他踏出一步，然后相对而立。

接下来的对手不再是博士。

接下来，神足雏善才是我的对手。

"或者你想说我就是凶手吗，小男朋友？"

他像凶手一样发问。

"没错！您就是凶手，神足先生。"

我像侦探一样回应。

虽然听到博士的怒吼声，但这种杂音我要无视，我又向神足先生走近一步，再近下去反而会没意义吧，直线距离约4米，最为合适。

"有趣！既然你说我是凶手，那好，证明给我看啊，小男朋友。"神足先生面不改色，"想来确实只有我能用这条路线，毕竟我的名字叫'神之足'啊。但正如博士所说，也正如你所了解，我是回不来的。"

"回不来，是吧？"我重复着这句话，"这是建立在'有必要回来'的前提下呢。"

"……"

神足先生没有回应。

"不，当然有必要回来了，不然的话，据称残留在中央电脑上的记录会与实际不符的。另外，假设你杀害兔吊木先生后一直留在这里，等被志人君发现再从玄关大门离开……这个手法也用不了，门是自动上锁的，所以开门后不抓紧是出不去的。这样的话，开门后一边不被志人君察觉一边马上离开也很难，无论你躲死角也好怎样也罢，都会被志人君发现啊。"就像他发现我和小呗小姐一样，"即便你撞了大运，成功逃离七栋了，接下来就会进不去你自己的大楼，进是可以进去的，但会留下记录。"

"你那堆不可能假说我已经听腻了！"博士这次不是找碴，好像是真听腻了，"适可而止吧，我没闲心再听你的戏言——"

"很遗憾，就如您是'堕落三昧'一般，我是'戏言玩家'啊！况且您不用担心，很快就会到结局的，前面就是终点了。"我只对博士说了这么一句话，又再次转向神足先生，"回归正题，说到底，兔吊木垓辅的尸体为何被破坏成那等惨状呢？怨恨？支配欲？仪式性？总之，是哪个都无所谓，但唯独有一点我很在意——为什么凶手要拿走兔吊木垓辅的双臂呢？"

神足先生面无表情，也不作答。

"因为他作为曾经的网络恐怖分子，手腕高明，所以按照字面意思夺走了他的'手腕'吗？想法浪漫，却着实有些牵强……我首先想到的是可能发生了尸体痉挛现象，为此凶手要毁灭证据。所谓的尸体痉挛现象嘛——"我一边说一边瞟了一眼老师，"是一种由暴力致死引发的急性尸僵，被害人遇害时若手上紧紧抓着什么东西，尸体就会保持那个状态僵住不动。也就是说，若此时手中握着凶手的上衣纽扣或名片一类物品，就会成为决定性的证据，因而在凶手看来，这是即便要排除万难也非毁灭不可的东西。"

"你的意思是兔吊木先生手里捏着某种决定性证据了？"铃无小姐问我，"但是这样的话，光砍走两只手掌不就好了？而且切掉手指也可以拿走啊！那个什么，伊字诀，本小姐也快听烦了，你能不能说得再直白点啊？"

"对不起。"面对铃无小姐，我老老实实道歉，太没出息了，"呃，没有直接砍掉手掌或手指，是出于不想让大家猜测'也许发生过尸体痉挛'的考虑，整条胳膊砍下来的话，某种程度上可以掩盖……或者说，蒙混过去，我之前是这么想的。"

"之前？"

"可是，仔细一想……兔吊木先生的死因，是剪刀伤及脑组织导致的。铃无小姐。那样的话，道理就讲不通了。"

"为什么？本小姐觉得这死法足够残忍了啊。"

"我之前也这么觉得，实际也够残忍……但是问题在于，如果正面有把剪刀瞄准自己的眼睛刺过来的话……"我比出剪刀的手势，放在自己眼睛前面，"此等危急关头，怎么还会有人去抓别人上衣的纽扣，或者白大褂的衣角啊……"

"啊啊……这么说也是。"铃无小姐点头，"首先会抓对方的手臂吧，为了保护自己。嗯……倒确实是这样，但跟砍手臂又有什么关系？"

"问题不止这一处啊！刚才老师也说了，为什么死后好几个小时才砍手呢？不过这个问题很快就能揭晓！凶手只是在等雨停罢了。"

"雨？"

"就是雨。屋顶这条路线，本来想返回就很麻烦了，昨晚竟还下了一场大雨。"小呗小姐曾说过，既然手臂是死后数小时才被砍下来的，那时候外面已经在下雨。但这件事反过来也说得通，就是因为下雨了，砍手的步骤才被推迟到数小时后。"实际上天快亮的时候雨已经停了。嗯，但原本没有计划在那样大雨倾盆的夜晚杀人的吧，神足先生？"

"谁知道。"神足先生低声回答，"不懂你在说什么。"

"但你非得在昨晚杀人不可！因为你不知道我们三个什么时候回去，放过昨晚的机会，今天我们就要打道回府的话，你就没有替

245

罪羊可找了。"

"……"

"所幸，雨停之后，只要回去就行。"

"所以说，我一直在问怎么才能回去啊！"

博士终于忍不住发狂了，朝我丢来他的手杖，看来他的忍耐已经到了极限，木制手杖隔着绷带直接击中我的左臂。麻醉效果还在，我倒不觉得痛，却被冲击得后退了两三步，这下没准会造成完美的骨折。

我学着今早铃无小姐的样子，一言不发瞪着博士。

"你那眼神什么意思？你用这种……这种……目光……"虽然我没朝他丢东西，可博士也频频后退，结果撞到美幸小姐，他停下来，"你干什么……像那家伙一样，像你这样的小鬼，怎么能这样看我？"

那家伙？是谁啊？不是铃无小姐吧？是兔吊木吗？还是年纪尚幼的玖渚友或直先生呢？不知道，也不打算知道，爱谁谁吧。

"站在那边往这里看的话，"我说，"其实挺不容易发现的……能去不能回的单行道规则，比如神足先生，不，算未定吧，假设凶手跳过来才发现回不去的话，这时候要怎么回去呢？找根绳子就行了。"

"所以说！根本没有那种——"

"我刚才说过了吧？用神足先生那头长发代替绳索就行。"

"那我刚才也说过，这样长度会不——"

"不够的补上就行了！比如——

"比如利用兔吊木垓辅的手臂之类。"

事到如今……总算不会有人再喝倒彩了，恐怕谁也没料到我会说出这种话……不，唯独某人例外，我转身面对这个人。

面对神足雏善。

"在用长发拧成的绳索两端各捆上一只手臂，虽然不知道成年男性平均臂长多少，以我自己的胳膊举例，独臂大约在60—70厘米之间，两边加在一起就差不多1.3米吧。这个长度和头发的长度加在一起，足以够到六栋了。而且，人类的肉体怎么可能承受不住人类的体重呢，神足先生？"

他没回答，又扶了扶太阳镜。

"利用绳索或者类似物品，其实还有一个问题，即在六栋屋顶没有护栏的情况下需要一个挂钩。然而，若使用兔吊木的手臂捆在绳索两端就可以解决这道难题，保持着抓住凶手手腕的姿势发生尸体痉挛的兔吊木手的形状，正好像这样成了钩子，足以卡住屋顶边沿的排水管道——"

"戏言也要有个限度！"

是博士，是"堕落三昧"斜道卿壹郎博士狠狠跺脚、气喘吁吁地怒吼，他身后原本要拉住他的美幸小姐被甩到一边。"这么脱离现实……生拉硬扯……强词夺理……牵强附会的理论……你以为说得通吗？！"

"脱离现实？生拉硬扯？强词夺理？牵强附会？没错！"

我大声在博士面前充门面。

"但是，博士啊，既然有您大名鼎鼎的斜道卿壹郎、兔吊木垓辅以及玖渚友三位参与其中，此次事件的逻辑若不脱离现实、生拉硬扯、强词夺理、牵强附会，怎么可能得出绝妙逻辑呢！这才是这家研究所唯一的真相啊！"

"怎么可能……可恶！怎么可能有这种事！分明是你胡编乱造！"

"问题不在于是否发生过，问题甚至不在于是否没发生，行为有无根本不是问题所在，问题在于其处是否有认知啊！没错吧！神足先生！"

"闭……闭嘴！！"博士的表情因盛怒而痉挛，脸先是涨得通红，紧接着煞白一片，"神……神足！你说句话啊！对这个滑头小鬼——"

"……"

神足先生听了博士这样说，也没有任何反应，然后，他微微抬起下巴，对我说："证据呢？证明是我做的证据。"

"证据啊……头发剪了并不足以立证，但是——"我指着他，"如果我的想法大致正确，你手臂的某处应该有兔吊木先生的手形，痉挛的尸体狠命留下的掐痕留在上面吧？"

"……"

"神足！"

博士再度怒吼。

"你快说不是啊！袖子卷起来给他看！赶快自证清白啊！那我就再也不会把这死小鬼放出地牢了！这次我把他关到地下的地下的地下去，彻底、彻底、彻底把他——"

"唉，也就六十分吧。"

神足先生一改他至今为止低沉的语调，说话的声音甚至轻快无比。

"神足——"

"六十分，给分很宽了，你手法太差，也浪费太多时间。"

"那真是多谢您喽。"我耸耸肩，"不过已经，足够拿到……学分了。"

我故意压低声音。

然后神足先生笑了。

游刃有余，从容不迫。

就像在嘲笑我的小丑姿态。

小丑。

实际就是如此吧。因为我始终是这个男人掌中的提线木偶，始终，真正贯彻始终，从最初，到如今这预定和谐的最后，直到最后的最后。

"您……您为什么啊？"喊出声的是志人君，"您为什么要做这样的事？您根本没有理由杀害兔——"

249

"理由？是吗？理由啊……"

神足先生先作若有所思状，双手插进白大褂的口袋，然后——

"不过你不觉得，根本不需要所谓的理由吗？"

"您在说什么？"志人君的声音颤抖起来，"毫无缘由，竟然杀死他人，没有任何动机地杀死他人……"

这种事。

不能发生吗？

没有动机的杀人。

当然不行了，有没有动机都不行啊！

那么——

"有动机难道就可以杀人了吗？"

"神足先生……"

"开玩笑的。"

神足先生露出一丝笑容，那是冷笑。

就像看着什么都不懂的孩子一样露出冷笑。

那是怜悯的优越。

那是慈悲的轻蔑。

看着志人君的神足先生就是这种感觉。

"当然是开玩笑了。"

他伸进白大褂口袋的手抓住了什么。

"是啊，没有动机就称不上凶杀案了嘛！"

然后飞快地抽出手投出指尖夹着的刀。三片刀刃一片不落地瞄准我的左臂扎进绷带里，我被这股冲力弹飞，仰面倒在地上，背朝地板，全身狠狠摔了一跤，肺部受到强烈的冲击，使我瞬间窒息，脑袋也被撞到了。

此时所有人的目光仅仅在我身上集中了一瞬，回到神足先生之前又过了一瞬。

加起来共两瞬。

这就够了。

砰——关门的声音。

待所有人的目光落回原位时，神足雏善已经从那里消失得无影无踪。

忽然的消失。

就像是——

就像是这名角色最初便不存在。

"浑蛋！开什么玩笑！可恶！你这没人性的家伙！！"志人君跑向门去追神足先生，"别想逃！"

"别追啦，志人君，"我躺在地上，以自己史上最懒的语气叫住他，"你追也一样，越追越没意义的。"

"啊？"志人君皱着眉转过来看我，"什么意思？"

"字面意思啊，现在追是抓不到神足先生的。"

没错，肯定抓不到的，说到底，从他能觍着脸游刃有余地来听我的解决篇，就可以料到一定追不上了，他肯定早已准备了某条非常靠谱的逃跑路线，为了能成功从我们手上，以及警察手上逃脱。

而具体是何种手段,我不得而知。

这样就够了。

我本来也没想着抓住他,重要的是证明玖渚友的清白,现在这个目的已经达到,那就足够了,剩下的都是别人的工作,不是我的。

"而且志人君,你还有别的事要做吧?"

我撑起身体,然后一根根拔掉刺在绷带上的刀子。鉴于没有出血,应该只是皮外伤,顶多擦掉一层皮吧,似乎绷带起到了一定的防护作用,而这层擦掉的皮也多亏麻醉奏效,并没让我感觉疼,但光是想想药效以后的情形就很可怕……这条胳膊今后还能用吗?

不过,这三把刀要是没用手挡下来,肯定就命中心脏了!他笃定我会防御吗?还是说认为杀了我也无所谓呢?事实真相如何,连想也不必想,多半是后者不会错。

因为他有杀了我也无所谓的理由。

而我也有不得不被他杀掉的理由。

拔完刀子,我用那只左手指了指斜道卿壹郎博士。

"志人君,你的工作是当这个人的助手吧?"我注意着让语气不要太冷漠,但终究还是很平淡,"那你得好好干呀!"

"博士……"

志人君喃喃道,用好像被吓得目瞪口呆的语调。

他面前只留下了茫然,不知所措,全身脱力的老人。老人目不转睛地瞪着神足先生离去的门扉,眼皮一眨不眨,呆呆地张着嘴。

看起来一推就会倒塌。

看起来一戳就会崩落。

就是这样一名身材矮小的老人。

失去兔吊木垓辅,又没能得到玖渚友的老博士,丢失了他唯一的目标,丧失了他无二的希望。

失去一切的人就会变成这样吗?

"堕落三昧"。

这才是确凿无疑,真正原本意义上的——

"地地道道、货真价实的戏言啊。"

我夸张地叹了一口气。

原来如此,的确是"害恶细菌"没错,尽可能地扩散自己,就连捕获也办不到。如果这就是卿壹郎博士妄图抓捕"集团"坏客兔吊木垓辅的下场,若兔吊木垓辅连斜道卿壹郎这样的天才都无法掌握的话,又怎么会被我这等无名小卒掌握呢?

"阿伊。"

我的右手被什么东西紧紧抱住。

是玖渚。

蓝色的,我再熟悉不过的女孩子。

"那……事情也办完了,一切都结束了,回去吧?"

办完了,结束了。

到底什么事办完,又有什么东西结束?

我不知道。

我不知道。

253

我只知道一件事。

这个，玖渚友……

"呜咿？怎么啦，阿伊，不回去吗？"

玖渚身后是铃无小姐，她正在点烟，目光和我虽一瞬相交，但她毫不在意，又抬头望天去了。

"是啊……"

没错！

结束了，也办完了。

根本没有什么要在之后做的事。

根本没有什么要用踪迹做的事。

根本没有什么要向余痕做的事。

因为剩下的，只要听凭摆布就行。

所以——

所以，回去吧。

"回去吧，小友。"

但是……

我们俩究竟要回哪里去呢？

后日谈

丧家之犬的沉默

兔吊木垓辅，"裁决罪人"害恶细菌（Green Green Green）

日中凉，"埋葬静寂"双重世界（Double Flick）

梧轰正误，"嘲笑同胞"罪恶夜行（Reverse Cruise）

栋冬六月，"喧嚣血眼"永久立体（Cubic Loop）

抚桐伯乐，"颓丧饯别"狂喜乱舞（Dancing with Madness）

绫南豹，"旋转铃木"凶兽（Cheetah）

式岸轧骑，"蠢动没落"街（Bad Kind）

滋贺井统乃，"复苏失誉"尸（Trigger Happy End）

玖渚友，"行走逆鳞"死线之蓝（Dead Blue）

作为尾声，或者说，作为绝对不该被叙述出来的舞台内幕，嘴上虽说着不知回哪里去，如今我能回去的地方只有京都的那座古董公寓。我们在收拾完残局的当天，拜托志人君帮忙给车加满油，过夜之前就驾驶着美衣子小姐的菲亚特马不停蹄地离开了斜道卿壹郎研究所。铃无小姐在路上订了旅馆，当晚就睡在名古屋。由于事出突然，临时找的旅馆宽敞舒适、服务一流——当然是不可能的，但也比研究所的"鬼屋"好上数十倍。我们在床上躺成川字（顺序是我→玖渚→铃无小姐），精疲力竭，酣然入梦，睡得如死般沉寂，其实没那么夸张，但感觉很久没有好好睡上一觉了。

天亮以后，铃无小姐的说教便宣告开始，我只能正襟危坐乖乖听着，不发一言，不容反驳，偶尔还要被敲脑袋，持续数小时之久，被骂得狗血喷头。骂着骂着玖渚醒了，当天就干脆改成了名古屋一日游。玖渚欢闹得就像孩子，然后找到小姬要的外郎米糕，正好五种颜色一盒，都不用选，加上给美衣子小姐和公寓里其他住户带的份，一口气买了十根。

傍晚回家路上，首先在滋贺县的比叡山境内让铃无小姐下车。

"那替我向浅野打个招呼，剩下的说教就留到下次吧。"

她是这么说的，似乎早上骂了那么久还意犹未尽，毛骨悚然的同时，我又有点期待。

然后开往京都引以为豪的（或说"引以为耻的"）城咲高级住宅区，停在即便在这片区域内也足够惹眼的玖渚的公寓门口，然后送她进屋。

"那……改天。"

"嗯，改天啦。"

虽然不是很懂什么"改天"，总之像这样打过招呼后，我回到车里，最后开往自己居住的公寓。把车子扔在停车场，徒步不到一分钟便即抵达，回自己房间之前，我先去隔壁敲了敲门。

"呀！回来啦。"所幸美衣子小姐在家，还是穿着那套甚平来应门，她似乎喝了少许，不，喝了相当多的酒，脸有点红，"很快嘛，才三天两夜？"

"三天两夜……"

对，我们三人实际只在那家研究所待了两天，感觉却像被关押了整整一个月。

"嗯，是啊，谢谢您借我车，钥匙还您，还有油费……以及土产——外郎米糕。"

"嗯……嗯？"美衣子小姐瞥见我的左臂，瞥见了由心视老师再次治疗过的左臂，绷带就别提了，还被结结实实打上了石膏，"伊字诀，你是用这只手从名古屋开回来的吗？"

"是啊……不，您看，手指能动的，而且换挡靠右手嘛。"

"是吗……那还好。"

美衣子小姐没有问下去，没再追问我何以身负重伤。

"进来吧，咱们来吃米糕，这种特产当然是两个人一起吃更美味。"

"本来我该推辞掉的……"

但是，面对久违的人间温情，就连我也难以抵抗。

"那我就盛情难却了，美衣子小姐。"

"嗯，来来来，再过来点。"

我在美衣子小姐的房间里享用了米糕和茶，虽说应付醉意正浓的美衣子小姐略为棘手……随后回到了自己的房里，结果发现我的房间家徒四壁。

"咦？"

不对……不对，家具本来倒也没有，但所有的衣服和书籍也都没了是怎么回事？手机和充电器也一起消失，哦，就连健康保险卡和存折都不见了！有一瞬间我差点急得大喊有贼，但下一秒便察觉到了真相，转身直奔一楼的小姬那里。

"因为您说过全都给我的嘛，师父。"

犯人就是她……

"小姬帮您打扫房间了呢，连垃圾都帮忙丢了哦！"

小姬口中的"垃圾"无疑包括我的生活用品在内。

"小姬，我记得我跟你说的好像是'假如我没有平安回来'才可以……"

"是吗？可是，您手都这样了啊，师父，好像不算平安吧？"

"可能吧……"

真是的……要是所有事情都能像这样解决就好了。

我用外郎米糕只从小姬那里换回了存折和保险卡，然后再次回到自己房间。

"啊……总感觉啊——"

好像从虚无之中醒来，从噩梦之中醒来，当然，多半只是神似妄想的错觉。在"堕落三昧"斜道卿壹郎研究所的经历，却是无可争议的现实。

"现实和幻想之间到底哪里有区别呢？"

不知那家研究所今后会如何，我认真思考起来。既然所长斜道卿壹郎博士都变成了那样，研究所大概已经发挥不了其原本的职能，恐怕不久便会被附近的研究机关吞并，玖渚是这样说的。没错，我也不认为玖渚本家会继续援助已经派不上任何用场的"堕落三昧"。那么其他员工又会何去何从呢？

根尾先生大概没问题，那个人本来就是"悖德者"，以背叛为生，最终意义上不属于任何机构，他只需返还未完成部分的工作报酬给委托人，然后作为职业悖德玩家，继续迎接下一份工作就好。

"不过啊，想和你再联手一次呢，鄙人都想直接挖你回去呢。"

"您的这个玩笑我可笑不出来啊……请不要说得好像'你很有当叛徒的潜质'一样。"

"哎呀，你可不像叛徒，要说的话，你大概是那种显而易见的弃子。"

"……"

"咦？刚才这句蛮好笑吧？"

虽然估计不会再见面，也不会再扯上关系，但挥别后，却又觉出根尾先生的几分有趣。不可思议的体验！大概，世上罕有坚决贯彻"背叛"到底的人吧。

三好心视老师说自己可能会回归ER3系统，想来那里也没理由拒绝老师这种级别的人才，理应一切顺利。

"看来以后没机会再见了，老师。"

"不会呀，反正很快又要见到你啦。"

"……"

"而且呀，那会儿肯定要比这次更加……更加过分，你最喜欢的那种烂到家的状况。好啦，那就到这吧，拜拜……"

临行之前，老师又在我的耳边留下一句不吉的预言。唉，那个人到底为什么会如此不舍得离别啊，我真心希望她能放过我。

春日井春日，春日井小姐嘛……她总会有办法吧，只有她无须我操心，只有她不会找不到出路，只有她不可能落得走投无路的境遇。她没有所谓的"信念"，就只是"优秀"的人才，没有想做的事，也没有不想做的事，没有欲求也没有弃物，没有满足也就没有不满，没有幸福因而也无不幸，没有需要守护之物因此根本不知道破坏冲动为何物，不曾活着也不会死，有价值却没有价值观，没有一切问题因而没有一切解答——她就是这样的人。

据我推测，恐怕她会被调动到玖渚机关下属的某个部门，因为将这样优秀的学者放归山野实在太过浪费。大概不会再见到她了，但是，不，仅限于她，实在不想再有什么"但是"。

大垣志人和宇濑美幸……志人君和美幸小姐两人似乎要继续跟随博士，跟着他到天涯海角，直到永远。我对此全无评论，没有想对他们说的话。对信念坚定的人，毫无信念可言的人又能说什么呢？

然后是——

神足雏善。

神足雏善——逃走了。

守在山路大门的保安也说没有看到他，就如一缕青烟，又如彩云化霞一般，消失得无影无踪。

"消失……虽说人类怎么可能消失……"

然而人类却可以被消除。

所以事情其实是这样。

"哦……不对，还有一个人来着？"

对了，还有一个绝不能忘记的人，绝对不能忘记的……

当晚，我一边想着这些，一边堕入深眠。

翌日，尽管常常健忘，但我仍记得自己是在读大学生，平时要去上课。说实话我还想再休息一天养养，但之前已经为这次小旅行请过三天的假，即使扣除这三天，上个月的住院生活也让我缺席了太多课，而且考试将近，再怎么不舒服也只能拖着身子露个面。由于手臂无法自由活动，只好找了美衣子小姐帮忙，准备完毕之后，我走出公寓。住在同一栋公寓楼上的崩子正蹲在小巷角落里，她为了遮挡早晨的阳光戴着一顶草帽，很是合适，非常可爱。

"呀，早上好啊，崩子。"

"早上好，戏言玩家哥哥。"崩子没有看我，只点了点头致礼，"哥哥接下来要去学校吧？"

"嗯，你在干什么？"

"在杀虫子。"

"啊……是吗，加油哦。"

"好的，我会加油。"

我正打算从她旁边走过，崩子却头也没回地揪住我的裤腿，唤我"戏言玩家哥哥"。

"哥哥,你今天要是去大学的话,大概会死的哦。"

她平静地丢过来这句话。

我也平静地回答"我知道啊"。

"知道还要去吗?"

"反正人生也很无聊。"我耸耸肩,"而且快考试了。"

"这样啊。"崩子松开手,尽管她还是没有正视我,我仍然挥挥手,然后徒步前去上课。

课堂内容仍然很无聊,感到无聊是本人的资质问题,因此抱怨也没意义。无论考试周如何将近,也不论我有没有出席,只有无聊是雷打不动的。由于课程实在无聊,我从七七见那里借来小说《死亡快船》[1]打发时间。这本书由于装帧和文风都过于古旧,有点难读,硬皮封面附带套盒,又因为体积较大,怎么往包里塞都会露出来,实在难以理解七七见的品位。但若只论内容,我却读得非常愉快。

下课了,午休过后有小组学习。我买了甜面包当午饭,往四楼小组学习课的教室走去。虽然想坐电梯,但又总感觉今天没有坐电梯的心情。

"然而坐电梯的心情又是什么啊……"

说来兔吊木好像讨厌电梯,虽然无关紧要,但实在搞不懂原因。

---

1 大阪圭吉作推理小说,原题《死の快走船》,初版于1936年发行,存世量极少。——译者注

难道是因为有禁闭的感觉吗？

我一边想一边走进教室，却发现眼前是一片奇妙光景。门口挤着好几个同学，他们趴在门上，简直像在偷窥，明明直接进去就好了，大家却都没这么做，所有人都是一副认真的表情，透过门缝偷看里面的情形。

"在干吗啊，诸位？"

"呀！伊君啊。"谷重同学（夏天也穿大衣，兴趣是收集串珠）转过身来，"好久不见嘛！啊，你怎么又伤着了？"

"嗯？哎呀，真是伊君。"美奈山同学（运动衫配高跟，奉《脑髓地狱》为圣典）也发现了我的存在，连连招手，"伊君，快别傻站着了，过来过来！来看！"

"看什么啊？你们别闹了，赶快进去不就——"

"不成不成不成！"苇柾同学（金毛，头发倒竖，穿五分裤。梦想是当宇航员）慌忙按住我伸向门把的手，"你想干啥，想干啥呀！这么对待珍贵财产！"

"财产？"

"现在里面有个怪女人哦。"童话同学（右肩趴了个仓鼠，哥特萝莉风）好心给我解释，"然后就……怎么说呢，难以进去？"

"怪女人？不是同学吗？"

"不是呀！她超帅的！"

"哦！真的超厉害！"

"超漂亮！"

"个子又高,头发又美!"

"腿那么长!"

"可以说超野性!"

"看起来巨厉害!"

"好想和她在一起!"

"那么红……"

"难以接近的氛围和气场呢!"

"该说威风凛凛还是威武雄壮呢,整个人挺得直直的。"

"等等。"

我制止他们。

"刚才是不是有人说过'很红'?"

"嗯?说过啊,有什么问题吗?"

"我找到了头绪。大家,麻烦你们让一让,我要过去。"

所有人的眼睛瞬间一亮,然后就像早有预谋似的异口同声——

"不愧是伊君!敢为我们所不为!叫人憧憬!崇拜呀![1]"

大叫快哉。

这帮同学真讨厌……

我无视他们拉开门。

眼前自然不必说——

"哟……"

---

[1] 原句为《JOJO的奇妙冒险》第一部中的一句名言,此处作者将原句中的迪奥替换为了伊君。——译者注

坐在桌上，双腿跷着，仿佛天上地下唯我独尊的，正是人类最强的承包人——哀川润的御姿。她还是那身红得发疯的西装，全身散发出压迫感，光是这副身姿，便足以称为艺术品。

"居然能在这里碰见你，好巧啊，小哥。"

"要是这也能叫凑巧，那全世界的人就不会丢骰子了……"

"哈哈！也是。"哀川小姐讽刺地一笑，保持着跷腿的坐姿从椅子上直接跳起来，跨过课桌，在我面前站稳，"嗯，老实说，本小姐是来找你的。"

"这样……是没关系啦，但请您不要坐着起跳好吗……"

"别那么固执嘛，而且说得也太迟啦！"哀川小姐自来熟地搂过我的肩膀，凑得很近，面颊都要贴在一起了，然后她转向班上的同学们——

"所以呢，各位路人甲乙丙丁，这位'小新娘'，本小姐就抢走一会儿了啊。"

"您请您请！"

所有人的声音如同喊口号一般齐整。

这帮同学实在太讨厌了……

手无缚鸡之力的十九岁"新娘"，之后便被乖乖地拖出教室。哀川小姐搭着我肩膀的手不仅丝毫没有放开的意思，甚至锁得更紧，她把整个身子贴了上来，简直像是搂我，我心下暗想不知别人会怎么揣测我们的关系。

绝对不可能是情侣！

虽然是自己做的假设，大脑作答的速度却快得容不下一个断句，这让我不禁有些失落。

"嗯？怎么啦，小哥？比平时老实得多嘛！心情不好啊？"

"没有……话说，好热，请您放开我。"

"什么啊？过分。"哀川小姐打趣地谴责我的发言，"姐姐我好伤心，好伤心哦！竟然被人这么说，小哥你怎么这么冷淡嘛！冷血动物！坏心眼，坏心眼，简直不是人——"

"很热的，现在是夏天，而且好难走路的。"

"你说怕羞不就好了？好个纯情小男生。"哀川小姐咯咯直笑，终于放开我了，"哎呀，不过，你这萌点倒也不坏，绝对有人把持不住的。嗯，所以，怎么样？还好吗？"

"您有什么事啊？都找到大学来了，您有那么闲的吗？"

"嗯，应该说努力得让自己变闲了才对，正好有件事刚刚完事。"

"这样吗？办完了啊。"

"好冷淡呢，小哥。"哀川小姐苦笑道，"行啦，行啦……本小姐自己坦率点好啦。是啊，今天就是专程来见你的。"

"我看也是，再说刚才已经听您说过。"

我们离开校舍。现在还在午休时间，大学园区里挤满了人，我和哀川小姐在人群间灵活穿梭，看来她有特定的目的地，脚下没有一点犹豫。我虽对她的意图怀着一抹不安，却也只得乖乖跟在后面。

"总之呢,今天是来跟你和好的。"哀川小姐说道。

而我被她真切又坦诚至极的发言吓了一跳,吓得一时语塞,接着心中马上充满喜悦,兴高采烈,可同时却又似乎缺了什么。

嗯,不对,不是这样,让咱安心、信赖的哀川润应该更——

"所以本小姐要逼你道歉。"她继续说,光明正大面不改色。

我猛地紧握右拳。没错!没错没错,就是这样才对嘛,这才是哀川润的风格。

"没问题啊,完全没问题。"我点点头,"石丸小呗小姐,当时是我不好,对不起。"

哀川小姐微微勾起嘴角说句"很好,原谅你了"接下道歉。

"嗯,那会儿是不揍你不行。不过,本小姐也想跟你和好,所以决定先让步了。"

哦,这都算让步了吗?

哀川润就是这样才对嘛。

"这样就好,而且我也不想和哀川小姐——"

"叫我润。"她此刻也毫不留情,"我不是一直在提醒你别用姓氏叫我吗?你也该长点记性了吧。"

"我也不想和润小姐吵架啊……"不是,真的,这是实话,"所以……那个麻花辫是假发之类的吧?"

"嗯,变装道具,还有帽子和眼镜。哎呀,虽然蹩脚到笑死人。"哀川小姐这次撩起她自己的头发答道,"不过话说,你这么久都没发现啊?还当你在配合本小姐的扮装兴趣呢。不过我也想过，你会不会到现在都没发现，不过还是有点小看你了。"

"嗯，这个嘛……虽然忘得一干二净了，但是要论谁适合充当鲁邦三世，那自然是您啊！"

"哈哈，可能吧！不过啊，本小姐完全不记得这次在哪儿埋过伏笔，小哥，你是什么时候发现的？"

"不啊，伏笔还挺多的……比如从七栋逃出来的时候，您用模仿声音的本事骗过安保系统……虽然'小呗小姐'当时说得轻描淡写，可是哪有那么简单！那可是玖渚友建造的防护罩呢，寻常模仿技术怎么可能骗得过！还有，您把开锁小刀给了我，这点也很奇怪，那东西给我了，接下来'小呗小姐'又怎么开锁呢？不过想想这两件事，其实只要拥有人类最强的模仿技术和开锁技术的话，总有办法的吧，就是这样……"

"所以你是经过媲美斜道卿壹郎的牵强附会式推理之后才下的判断啰。"

我耸了耸肩，回应哀川小姐的打岔。

"嗯，这倒是没错，模仿声线骗过周围的人任谁都能做到，但是能改变声纹的人，可能真的只有本小姐了，确实确实。不过，当时的情况只能那么做。"

"没人会用'零崎'做假名也是润小姐告诉我的吧？"

"是吗？这我不记得了。"

"这样啊。话说，刚才那都是事后加上去的理由……当我第一次发现，或说第一次对'小呗小姐'的身份有所怀疑，已经是最后的关头了。'小呗小姐'当时丢给我开锁小刀的时候，说过'只靠你右胸那把刀恐怕难以心安'吧？"

"嗯……说过吧，好像说过。"

"但是，那时我已经把刀子换到左胸了。"我继续解释说道，"放左边更方便，所以自己换的，就在当天早上。可是'小呗小姐'却说'右胸的刀'，如果发现左胸有刀，只能说明观察力很敏锐而已，而说右胸有刀，只可能是事前就知道。而事前唯一知道此事的人，只有送我刀和刀套的人，也就是润小姐。"

"哎呀——"

啪，润小姐一拍自己的额头。

"啊……原来如此，还真是无聊的失误。"

"润小姐也会失误啊，我还以为您是故意的呢。"

"没啦，大概是放松警惕了吧。话说……不对吗？大概是见到你太兴奋了。"哀川小姐戏谑地一笑，"本小姐的修行也还不够格呢。"

"修行是吗？那是石川五右卫门的台词。润小姐，说起来您也够坏的，既然都这样了，为何不干脆告诉我呢？要是知道石丸小呗就是哀川润，我也会更加信赖——"

"信赖吗？别说得这么严重嘛，本小姐好歹是去工作啊。再说你口风又不紧，而且，最主要是你的反应很有趣。"

"就为这个吗？"

"开始跟你搭话本来就是打算逗你玩啊，可是你第二天就被关起来了嘛，那本小姐岂有不救之理？"

她极其自然地吐出这句话。

"想着既然要救你的话，就顺便再捉弄你一会儿好了，才继续变装。"

这句也说得光明正大。

"可是你却说什么不要我救，既然客户说自己能解决，作为承包人又不好插手，挺为难的，啊啊，不对。"哀川小姐耸耸肩，"嗯……事到如今，本小姐就老实说吧，那时候有点被你的话感动到了，'总之我就是觉得能和她当朋友真的很好'那段，然后就延误得错过了时机。"

呃——

啊啊……那时候吗？她这么一说，我才想起好像是说过那样的话，万万没想到本人就在面前，因为对方是"一别无缘"的"小呗小姐"，稍不留神就说了真心话。

"本小姐老早以前就觉得交了你这个朋友很开心。"哀川小姐坏笑起来，眉眼弯弯语带揶揄，"人家最喜欢你啦，小哥。"

"……"

哇，太丢人了，超级丢人啊！糟糕，这个发展太糟糕了！我得……我得转移话题，转去哪儿呢，话题该转去哪儿啊？

"话……话说，您为什么报假名？一点都不像润小姐的风格，就算零崎爱识只是您的恶趣味，石丸小呗到底是……"

"解释起来很麻烦呢……再强调一次，本小姐也是去工作的，所以没办法啊。哎呀，虽说有保密协议不好说得太细，这次承包的是盗窃的委托。也就是说，叫'石丸小呗'的人是存在的。"

"嘿，所以，润小姐是代替那个人做小偷？"

"是啊，小呗算是我的恶友，你别看她说话语气那么文雅，人真的特讨厌，比起鲁邦三世更接近怪人二十面相的感觉，如果是真的小呗，她会要你帮忙，但是不会帮你。所以啦，小呗的委托太麻烦了，本来想推掉的，可是正巧发现跟你和小玖渚去的同一个地方，也挺担心你们的，我就接下来啰。"

这个人工作里掺满了私心啊！

"不过为什么那位小呗小姐，真的小呗小姐不自己去，而是委托您啊？"

"嗯，因为小呗她吧，讨厌根尾。"

那家伙也掺私吗！

"本小姐倒还挺喜欢他的，明明净干缺德事，却怎么也恨不起来的类型。鼠男[1]那种感觉？哈哈，小哥你也差不多是这样吧？"

"请不要把我和那种人混为一谈……不过话说，根尾先生见过真正的小呗小姐吧？可是他居然没发现？"

"发现不了的。先不论本小姐的变装很到位，人这种生物平时根本不会观察别人，就像你没发现本小姐是一个道理。啊，可能只有小玖渚发现了。"

"可能？"

---

1 鼠男是水木茂漫画《墓场鬼太郎》中角色，主角的恶友。——译者注

没错，凭着玖渚友的眼光和记忆力，即便有所察觉也并非不可能，会不会告诉别人暂且不提。而小呗小姐出现在四栋地牢门口的时候，玖渚之所以呆呆的，也许就是基于此类缘由。虽说没有问过她，也不打算去问，所以我也说不准。

"唔，是啊，这回大概算夜礼服假面[1]吧。"

"……"

人类最强承包人阁下似乎连少女漫画也有涉猎。

"不过，真的很难发现，明明您也没有调整骨骼什么的……呃，还是说您调过了？"

"不是不能调，但没必要做到那个份上，最终只要先入为主的观念定下来，人类就很好骗的。啊啊，不过要说的话，真的小呗其实不戴眼镜，只有那个是以防被你识破考虑的对策。"

"这样……只凭一副眼镜……"

"足够了！你想想电视上播放匿名照片的时候总会给眼睛打黑条吧？同样道理，眼睛被遮上的话，其实很难认出来哦？话说啊，无论怎么变装，人类……唯独眼睛和指纹，是无法伪装的。"哀川小姐说，"所以，其他还有……比如戳瞎双眼，戴太阳镜，或者留长头发遮住整个脸，又突然把头发剃个精光，也都是比较好的方法，就跟戴手套是一个道理。"

"这样，原来如此。"我尽可能平静地回答，"原来……如此啊！"

---

1 夜礼服假面是武内直子的漫画《美少女战士》中的角色。——译者注

"没有比这再直白的解说了,哎呀,就是这样,总之本小姐是为了骗过根尾才自称石丸小呗的。不错吧?人类最强承包人的技术。"

哀川小姐在此时邪魅一笑。

啊啊,浑蛋。好帅。

她真的令我心醉神迷。

"所以……您的工作最后完成了吗?"

"嗯?不是说过完事了?本小姐会这么说,就只有成功解决委托的时候,我哀川润接下的委托可从来没失败过。"

"我想也是。"

"当然了……这次多亏有你协助,小哥。"哀川小姐又拍拍我的背,"当时是这么回事,多亏你把所有人都聚集到一个地方,本小姐才能自由在设施里徘徊啊,尤其是一栋的人都被你引走了,帮大忙了。"

"您客气了。"我随便点点头,"嗯,那……算是报恩吧,尽我所能……"

"你也够麻烦的。"

"我会撒谎,但不会违背约定。"

"哼……这才假呢,就好像'不能以貌取人,可是通缉犯不在此列'?"

"不,您能不能适可而止啊……会被巫女子骂的。"

"哼哼哼,这个梗就由本小姐接手啦。"

"这不是盗版吗?"

"我看你是不知道能量守恒定律喽,就好像'向着后方前进吧!但这是月球漫步[1]'!"

还练到登峰造极了!

然后哀川小姐停下脚步,向我伸出右手。

"因此呢,握个手重归于好吧。嗯,或者你比较喜欢用接吻重归于好?"

"啊……呃……"一阵犹豫过后最终选了握手的我是个孬种,"嗯,今后也请您多多关照了。"

"我才是。"哀川小姐假模假样地魅惑一笑,"愿咱俩天长地久。"

我们已经走出校园,哀川小姐仍没有停步。话说她到底打算去哪儿?从脚步上判断应该有个明确的目的地,她却没打算告诉我。

"嗯?什么呀……什么呀……你这书看起来很古旧嘛。"

也不知她看没看穿我的心思,哀川小姐悠然盯上我包里露出一角的七七见的书。

"是某个魔女借我的,好像是推理小说。"

"哼,我看看。"说着她擅自把书抽出来,打开包装盒,哗啦啦翻了一通,但似乎很快便失去兴趣,把书装回去了,"哼!真无

---

[1] 月球漫步也称太空漫步或滑步,是一种舞蹈技巧。这种舞蹈动作会使舞蹈者看起来像是往前迈步,实际上是向后移动,给观众以舞蹈者在传送带上行走的错觉。——译者注

聊，这种东西扔了算了。"

话音未落，哀川小姐便连书带包装盒撕成两半，随手丢在旁边的城西大道，正巧接二连三开过几辆载货卡车，七七见的书就这样从世界上消失了。

"……"

"扔垃圾可真爽。"

"嗯……是啊。"

歌德名言也好，太宰说过也罢，在哀川润面前都抬不起头来。而我也没能对一个能把硬皮书和包装盒，像写字用的宣纸一样撕成两半的人说三道四。啊啊，我都说是借的了……算了，反正是七七见的，那么破的旧书，之后买来还她就是了，旧书店淘本便宜的二手货也就300日元吧？

"其实本小姐讨厌推理小说。"

爆炸性发言。

"明明就喜欢意料之外的解答，却满口鬼扯要符合逻辑，有趣的谜题也一样，要是什么都要符合逻辑的话，你不觉得就只能得出无聊的解答吗？敢说一加一等于三倒还能博本小姐一笑。"

"是吗……那润小姐喜欢什么样的小说？"

"好问题，我呢，小哥，我最讨厌那些光想着标新立异的书，最喜欢那种平平无奇，遍地都是的，诸如男人为了女人拼上性命的故事，约定俗成的剧情，王道的故事，好像在哪里听过的登场角色，再加上谁都认识的反派，用滥了的正义伙伴，配上老生常谈的惩恶扬善，热血笨蛋外加满口道理，竞争对手的友情，结局再来个催泪大团圆……这类的都超喜欢。"

"原来如此，就是王道啊。"

"对，不需要什么意外，不需要什么惊奇，手法老套（Cheep Trick）也不介意……王者就适合王道。诡道奇策说到底不都是小丑的工作吗？你不这样觉得？"

"我心悦诚服……"

"是吗？"哀川小姐满足地点点头。

"对了对了，说起王道……这次在斜道卿壹郎研究所发生的故事，你不觉得很像鸦濡羽岛上的那件事吗？"

"很像……是吗？"

天才集结，与世隔绝，被关押者死于密室，被带走的身体部件最终仍未找到……

"嗯，您这么一说，相似得让人痛恨。"

"回想一下，要是没出那件事，本小姐也不会遇见你啦——"

"您干吗呀？突然蹦出好像最终话才会说的台词，不要如此感慨啊！"

听了我的吐槽，哀川小姐只是勾起嘴角笑了笑，然后问我"小哥你相信命运的邂逅吗？"我想了想则摇摇头。

"相信命运也就算了，但我不相信邂逅。"

"是吗？真有你的风格。"哀川小姐道，"不过，虽然很像四月的那件事，却又有几个决定性的区别。首先，岛上的事件差不多有两件、三件、四件吗？总之闹了好几出，这次却只有一起事件。虽说是因为你稍微拿出来那么一点干劲，然后，最主要的区别在于这次的天才们，全是你的敌人。在那座岛上都没怎么被正眼瞧过的你，完全没被当作敌人的你，这次却担任了敌人的角色。"

"敌人……"

"没有一个人善意相待，就连被害人都与你为敌。你不觉得这种情况很少见吗？明明构成案件的骨架几乎完全一样，最终构建出的形状却彻底相反，做同样的事却得到不同的结果，这份逻辑可没那么容易成立哦。比起骨架当然是人格更重要，这才是深入人心，容易被接受的说法。对了，就像是把鸦濡羽岛那件事整个翻转过来表里对换的感觉吧。"

"以润小姐一贯的风格来说，这段话相当无聊。那么荒唐的岛上发生的事，除了我和光小姐之间的爱情故事以外什么都不记得啦。"

"啊，是吗？那好得很。"

人类最强小姐说完，便在路边打起哈欠，然而我是不会被她那无忧无虑的态度蒙骗的。

没错，我不能忘记。

在故事中承包人扮演的角色。

这个人在最后出场意味着什么。

没错……就是真相，如果把这次的事件说成与我和哀川小姐相遇时那桩案件——鸦濡羽岛惨案的反转版。那么之后，究竟会发生多么王道的逆转剧情呢？

王道。

约定俗成。

约定吗？

我们与参加修学旅行的高中生们擦肩而过，步行到了今出川大道。又走了一段路，哀川小姐才停下脚步，拐进一家咖啡屋。不知是否由于午餐高峰，公放FM电台的店里相当热闹。哀川小姐要请我吃饭吗？那我难得买的甜面包怎么处理呢？不对，都说了现在不是悠闲考虑这些的时候啊！

哀川小姐入席，并催促我坐她对面，随意点过饮料后继续开口："所以，小哥，本小姐来找你还有另一件事，你知道是什么吗？"

"和案件有关吧？大概。"

"真官腔呢。你这种时候哪怕知道说句好听的话，人生都会大有不同吧？"哀川小姐笑道，"总之，说和案件有关也没错。哦，在那之前咱们再闲聊一会儿吧，时间还没到呢。"

她都没看时间便如此断言，这个人的体内时钟犹如原子钟精准，因此，电子表、机械表都不需要。但她嘴上说的这句"还没到"让我颇为在意，与其说是在意，这句话使我明白了某件事，就像通过"右胸那把刀"发现她的便装。

原来如此，没被任何人抓到而逃离那家研究所，原来是这么回事啊。若有眼前这个人相助，就没有什么不可能。

搞不好……这才是……才是承包人真正的工作内容吧，把这个假设作为哀川小姐瞒着我的理由，是不是更容易接受一些呢？

也许只是我想多了，但是……但是……幻想却无法尽数丢弃。这样的话，包含根尾先生在内，莫非早在这位人类最强有所行动的阶段，那家研究所早就被看穿看透，被放弃割舍了吗？

我虽如此揣测，哀川小姐却似对我心中的万千思绪浑然不觉一般——

"小玖渚和你，后来怎么样了？"

她突然开口发问。

"怎样……没怎样啊，没什么变化？在名古屋疯了一天，昨天把她送回家，到今天还没去找她来着。"

"是吗？"哀川小姐点点头，"这个嘛，我想也是，虽然也想到了……"

"怎么了吗？"

"没没没，就是觉得你这个家伙可能比起主动更乐于被动。"

"听不懂您在说什么，润小姐。"

"就是让你听不懂才故意这么说的，要是这会儿被你听懂反而头疼。话又说回来，你对小玖渚的忠诚心真是吓到我了，忠诚心，简直就像中世纪的骑士一样。"

"这您就过奖了。"

"是吗？本小姐觉得是很正当的评价啊。嗯，话虽如此，这次你那差劲手法才是最惹眼的。"

"是吗?"

"就是如此。"哀川小姐笑道,"那算什么啊?用排除法找出凶手那段,你是在搞笑吗?"

"您听了啊?"

"只听了个开头,后来就被蠢到不想听了,所以多半是后来听说的,而且本小姐还得趁小哥演人偶剧的时候,去一栋工作呢,毕竟那边优先。"

"……"

后来听说的。

那么,究竟是从谁那里听说的呢?

"'屋顶路线',不是,你的起名品位就不怎么样。"哀川小姐说,"女人用不了,肥胖用不了,年老体衰用不了,眼睛不好用不了……喂喂喂,每一个否定的材料都不充分吧?"

"是吗?"我姑且装个糊涂,"没有吧。"

"风险的确不小,可是本小姐认为呢,有时候风险大反而才更应该动手?反过来讲,但凡能回避了风险,就不会被怀疑了。况且,老实说……"哀川小姐用大拇指指指自己,"如果是本小姐,如果是我哀川润,无论生来是何种性别,背了250公斤哑铃也好,变成百岁老太婆也罢,闭着眼不用助跑都能跳10米远。"

"这个嘛,润小姐您异于常人啊!您不是还能飞檐走壁吗?"

"跑天花板都没问题。可是明明认识异于常人的本小姐,你为什么还遵从世俗常理啊?难道你忘了自己上个月吃过什么苦头?怎么可能嘛！"

"上个月啊……唉，话是没错，可是当时谁都没反驳'不，这么点距离我能跳过去'啊。"

"傻子才会反驳！说完骤变嫌疑人。鉴于你这次最大限度活用了排除法理论，倒也不是不能夸你一句手段狡猾。排除法——面对面被人指着鼻子说'你就是凶手'的话，无论谁都会否认，然而说'你不是凶手'就不会有异议，因为不会有人傻到跳出来反驳对自己有利的结论。"

排除法。

从心理学上讲，没有比这个方法更蠢的，但"蠢就是武器"的状况自然也存在于世，而且分布相当不平均。

"不过，我确实觉得那段距离挺难的，那么远，就算是我，要不是形势所迫也不会想去跳的。"

"你要这么说的话，唯一可能犯案的人，靠着排除法推理出来的，唯一有可能犯案的神足不也一样？他要是运动系肌肉男倒好说，那可是个中年科学宅男呢，他就跳得过去吗？"

"谁知道能不能呢？"

我继续装傻，尽管装傻没任何意义，但像现在这样被哀川小姐步步紧逼非常有趣，搞不好我真的有轻微受虐狂倾向。

"不过，如果不是这样，实际发生的情况就没法解释了，因为这是唯一的可能，所以不能去否定呀。"

"哼，啊……是这样吗？小哥原来会这样啊！好可爱哦，来蹭蹭。"哀川小姐则与我形成鲜明对比，露出虐待狂的笑容，"那么……你呢，在讨论返程的时候，说过神足是用自己的头发和兔吊木的手绑成钩爪，再靠它逃出七栋的，这也是认真的了？"

"当然是认认真真，加上您说的，足有三重认真呢。"

"对天发誓？"

"对天发誓。"

"对千贺光发誓？"

"不能。"

"你这个人真是可爱……"哀川小姐哑然一笑，"算啦……那就假设按你说的方法可以在七栋和六栋之间搭上绳子好了。"她接着说，"所以，然后呢？"

"……"

"足以支撑人类的体重，很好，然后怎么办呢？做一根绳子，然后算你荡也好，利用离心力也罢，丢过去搭起来了。虽然前面已经相当荒唐，然后要怎么做呢？高空走钢丝吗？"

"不是吗？"

"就凭科学宅男的体力？赤手空拳去走钢丝？这年头马戏团都知道拿根平衡棒，就算你把那家高中的大小姐们拉来，也只有西条玉藻之类办得到吧？而且这还是一步走错就要送命的情况，只靠普通人的平衡感更加办不到了。"

"不，这可说不准吧？确实概率比较低，可是又不是零。人一旦拼了命，什么事都可能做得出来啊！"

"这不是跟刚才说的相反了吗？Mr.临场发挥。"哀川小姐笑道，"那本小姐也来说说反话。既然都不得不赌上性命，为什么还非得参加这个危险的赌局？"

"……"

"就这么犯傻去走钢丝的话，还不如直接跳下去存活率更高！"

"不，可是啊，您这叫吹毛求疵吧。"我尝试利用推理小说家式的瞒天过海以此逃脱，"最后的解答就是真相，再说神足先生也全盘招认——"

"招认……哈哈。"哀川小姐干笑几声。

"呃……什么来着？证据是……手臂上的掐痕？可是啊，神足到最后都没把所谓的掐痕展示给你们看吧？"

"大概他死心了？"

"死心……真好笑。"说着哀川小姐真的笑了，"啊……够了，不想再多说废话，小哥，你过来一下。"

"您要干吗？"

"揍你。"

世上哪有听人这么说还觍着脸凑过去的笨蛋呢？我停在原地，对她微微摊开双手。哀川小姐见我这样，只得对我招招手："好吧好吧。不打你，过来过来。"

我于是放心地凑过去。

被她亲了。

"……"

"嗯？你什么表情啊，反正又不是第一次？"

"嗯，呃，那当然……"

我再度耸耸肩，装作云淡风轻，为了表现出自己绝对没有动摇，轻巧地一捋头发，跷起二郎腿，抿一口端来的咖啡，然后摊了摊手。

其……其实接吻是第一次？

"总之，戏言玩家，本小姐的意思是，反正都是现编，你倒编个更正经可信的谎啊？"

"……"

现编……没错，这才是卿壹郎博士所说的"典型诈骗手段"，用惊愕偷换概念，以此略去推理的后半部分，故意说得语焉不详、模棱两可，交出的解答如何理解均可，制造出混乱的局面，然后用它替换事实的真相。

不需要什么真相。

只要有意料之外的答案就行。

没错，我根本没必要揭露真相。

只要能吓到人就足够了。

真是不折不扣的绝恶逻辑（Psychological）。

"这不是没办法嘛。"我移开目光，试图搪塞。当然，哀川小姐投过来的冷眼纹丝不动。啊啊，怎么说呢，她一翻白眼，整个视线就让人心慌。"当时没时间了，没空追究细节也是无可奈何的事，等我发觉诡计结构的时候险些没赶上呢。而且，当时心视老师还不时给我打麻醉，用这样的大脑做推理，有破绽不是很正常嘛。"

再说了，最主要、最重要的，正是达到出人意料的效果，才叫最大难题。比如就算当时我提出"某栋楼里有梯子""凶手利用直升机逃脱"之类的假说，也不会被任何人接受，要是吓不到他们，故事怎么讲得下去？

"少找借口，蠢货。"

呜哇，够冷淡。

"既然侦探、凶手和被害人都是同伙，不管怎么推理，凶手都会招供啦。那你敢不敢再答漂亮点啊？"

"可是神足先生都说给60分及格了，姑且能拿到学分吧。"

"这给分也太松了，换本小姐只给1分。"

"您可真够严格。"

但我无法否认条件对我有利，毕竟凶手早就给我备好了答案，之后无非是看我怎么调理而已。

不仅如此，就连登场人物都在给我制造优势，聚集在那家研究所中，所谓学富五车的研究员们。那群人早就习惯了不可思议，习惯了悬而未决，他们觉得世上存在未解之谜是理所当然、不言自明的道理。如果这群人（Gallery）当看客，人偶剧会相当好演。

所以我只需突击观众的盲点，那些家伙会下意识回避，甚至想都不会去想。只要找出无聊透顶、荒唐无稽的盲点，便足够了。而最关键的凶手都是同伙，要进行一场已提前商量好的比赛，简直手到擒来。

而且，找盲点、钻空子，都是戏言玩家的拿手绝活。

临场发挥的故弄玄虚，以及似是而非、假冒伪劣的"哲学"。

如果只需唬住别人，那就是我的主场。戏言在越是聪明的人耳中，越能产生绝妙的回响。

"哎呀，不过，那1分也是唯一的得分点，所以光论考试，成绩还算不错。"

"再说发现的顺序都是反的，也让我很难做啊！润小姐您是什么时候发现真相的？"

"别问我啊，不说出来才酷，懂吗？"哀川小姐非常帅气地摊摊手，"而且你会受打击。"

"……"

"哦，时间差不多啦，那么小哥，"哀川小姐喝一口水，顿了一下，随后从口袋里拿出红色太阳镜戴上，转身面向我，"这可能是最后一次机会了，所以我姑且一问。小哥啊，你当真一次都没有，一点都没有怀疑过小玖渚吗？"

她的语气仿佛不过顺口一提。

正因如此，才让我一时语塞。

"七栋那种破锁，对玖渚来说毫无意义，包括她自己在内，算大家公认吧？依本小姐看，也不能说博士挑刺，他某种程度上就是那么认为的，不然没有其他合理解释。嗯……不对不对，这种细枝末节，什么可不可能行凶，有没有动机什么的，简直无聊透顶，就算没有这些，小哥，你真的确信玖渚友不可能杀害兔吊木垓辅吗？"

"……"

我想到了玖渚友的话——

"我的东西，扔了也是我的。""让别人捡去了，我不高兴。"

"我……"

"你可以不回答，本小姐只是想问问。"我正欲开口，却被哀川小姐用手指封住了嘴，"辛苦你了，所以要请你再稍微辛苦一下。有这么棒的朋友，本小姐很开心哦。"

言罢，哀川小姐抄起账单离席。那英姿飒爽至极，威风凛凛，英气逼人，红得绝妙而彻底，其光辉耀眼，甚至让我难以直视。不，我一定从未看清过这个人。

但即使如此，我仍直视着那抹刺眼的赤红说道："哀川小姐，等下次见面……"

"嗯？怎么？"

"您可以主动来吗？"

嗓音故作平静。

我知道自己在假装。

也自觉装得太蹩脚。

哀川小姐先是面露惊讶，罕见地露出稚嫩的表情，但接着她就转换回了熟悉的邪魅笑容，吐了吐鲜红的舌头："你还早一百万年呢，小男孩！"

"那么，待另有十全之机再行相会吧，吾友。"

最后用小呗小姐的声音撂下这句话，哀川小姐不等我回答便转身离开咖啡屋。我被独自留在了双人桌旁，脑中什么也没想，什么也不愿想。然而……这样不行，我每时每刻都必须思考，我不知何时起已被逼到这样的立场上了。

所以，到底谁才是她的委托人？

石丸小呗？

根尾古新？

兔吊木垓辅？

抑或是神足雏善？

"不过……'下次机会'吗？"

那种东西——

我是否还有下次呢？这是个非常微妙的问题。算了，既然是为了能跟哀川润继续做朋友，就拼一下给自己制造机会也没什么不好，努力活个一百万年也未尝不可啊！

我这样认为。

我如此思考。

"'不能以貌取人'——唉，哀川小姐，倒如您所说。"

我啜饮着自己面前的咖啡思考。要问玖渚有没有可能行凶，我可以非常自信地断定不可能。玖渚，拥有独自一人无法进行极端上下移动的怪癖，或者说是强迫症，像走楼梯、坐电梯之类的移动手

289

段全都不行，因此从逻辑上、理论上她都没有可能。

但是——

若不合逻辑、不讲道理地考虑，只考虑玖渚会不会杀兔吊木……玖渚友或许不会。

但"死线之蓝"就很难说。

我是这么觉得。

"真是戏言！"

是的，这自然是戏言。

然而——

即便那安保措施在玖渚面前形同虚设，这也只意味着玖渚拥有万能钥匙，那么就算不是她亲手行凶，也有可能把钥匙交给别人。假如，就像小呗小姐——哀川小姐把开锁专用铁具交给我一样——

便有可能了。

"最后还是要搞清楚，那天玖渚和兔吊木说了什么啊！真是的。"我嘟囔着，"完全想象不出的天才之间的对话内容……"

虽然没有头绪。

但如果玖渚告诉他了。

这样的话？

兔吊木便可以自由穿行于整个设施内部，解除安保系统，删掉操作记录，他一定可以随心所欲，在研究所境内阔步横行吧？

既然知道秘技，那老老实实用上就行，避免使用，不过是卑微的胆小鬼最后的防壁。

"……"

自然，即便玖渚告诉我秘技的使用方法，我也无法实行，我没本事用它，但兔吊木——那个"害恶"具有此等技术，拥有理解它的大脑，也拥有操作的手腕。

那么，玖渚当然会告诉他的，"如此这般就能逃走"，她会清清楚楚、毫无保留地对他全盘托出。

然而兔吊木拒绝了，他不能接受这个提议，囚禁他的并非七栋这座狭小的密室，而是斜道卿壹郎的五指山。

想要逃离的话，只有自杀一途。

所以兔吊木破坏了自己的存在。

"然后也毁了斜道卿壹郎博士。"

当之无愧的"坏客"，不折不扣的"害恶细菌"。

到头来不知谁才是疯狂的恶魔，就是这种故事，只是单纯的破坏而已，除了破坏以外什么都不做，不拯救、不赦免、不诅咒、不杀戮，只是破坏，这实在太过滑稽、太过讽刺、太过难看——就是这种谎话连篇的故事……

最终，为何深知没有必要，明明不用那么做，只要拿玖渚的事当挡箭牌，兔吊木就绝无可能逃走，为何卿壹郎博士却仍将他，仍不得不将他关进七栋？这其中的缘由——

对兔吊木垓辅感到害怕。

对兔吊木垓辅感到畏惧。

就像他害怕玖渚友一样。

"那个博士肯定也明白……"

啊啊，是这样吗？此时我才突然知觉。

我逃出地牢的事会被博士知晓，根本不是出于我曾经想到的任何一个理由，只是那家伙跟博士告密而已，原来如此。因为我总也解决不了事件，怎么也抵达不了他自己准备的解题篇，这是他对我的叱责。

没错。

就像与根尾先生的对话内容，尽管他露骨地四处洒下提示——

"可是很难发现啊！"我把喝空的咖啡杯放回碟子，"这种事要我怎么发现？虽说随便是谁发现都行……"

强人所难也要适可而止吧？

我就非得陪着你们胡闹吗？我就非得遵从指示胡闹吗？哀川小姐只给我的推理打了可怜的一分，可那套说辞就连这点分数都嫌多。而且面对真相，我着实难以置评。

啊啊，卿壹郎博士。

现在的我很能理解你的心情。

然后是玖渚友。

兔吊木垓辅。

"你们这种人的心情，不要说感同身受了，就连试图理解我都办不到……"

更别提进一步去思考今后的一切。

但最终提交的答案才是真相。

那就是规则!

无法理解可以,不能接受也没关系。

我不需要赞赏,更不需要好评。

什么都不强求,什么都不追求。

"真叫一个绝妙逻辑啊,卑鄙小人。"

让绝望这种绝望成为绝望吧。

让混沌这种混沌成为混沌吧。

让屈从这种屈从成为屈从吧。

不必顾虑更不必忌惮任何人。

此处是"死线"的寝室,尽情欢闹吧,死线容许一切——

"随心所欲自由奔放……死去又复活——你们这帮浑蛋以为自己是《男塾》[1]吗?"

真实……你说真实?

荒唐,荒唐,荒唐!

什么狗屁真实,什么狗屁真相。

开什么玩笑!

这种东西……不就是个结果?

但是——

若被呈上结果……就不能抱怨了。

"无论怎么说明怎么解释,都是戏言啊。"

---

1 日本漫画家宫下亚喜罗创作的少年漫画,讲述斯巴达教育学校"男塾"中的事迹。——译者注

我不是不明白。

我是不知道啊！

所以不解释，就是我的解释。

向着后方前进。

那是我最后的防壁。

此时，服务员小姐发觉我面前的杯子空了，她凑过来推荐我续杯，却被我拒绝。她也只好微笑离去，脸上挂的虽是营业式假笑，但即便是假笑，笑容也是好东西，也许是最好的，而好东西……绝不会消失。

"戏言到此为止。"

咯噔——

响起脚步声。

这个声音，即便喧嚣不已，不间断放着FM电台的咖啡屋里也分外刺耳。

咯噔……咯噔咯噔……咯噔咯噔咯噔……咯噔咯噔咯噔咯噔咯噔——

左臂随之疼了起来，我想起胸口藏的刀子和仍插在裤带中的杰里科，不不不，那些装备都靠不住了。

然后脚步声从身边经过，他选择了前一刻还坐着人类最强的位置，毫无惧色。

他的装束很时髦，纯白的西装、手套、皮鞋、手表，那些大概全都冠以着某个奢侈品牌的大名，恐怕这才是他的风格偏好，而非那件白大褂。然而，所有的一切都与他的光头诡异地相衬，散发出近乎滑稽的威压。

他虽戴着研究所时的同款太阳镜，镜片却非橙色更非黑色，而是透明的……无限接近于透明的绿。

透绿彼端，那双眼睛在笑，笑得眉眼弯弯，笑得不怀好意，那瞳孔深处却未曾有一丝笑容。

然后他——

他保持着坐姿，一言不发。

"啊啊，这次是我的回合？"

想不到他挺守规矩。

明明是这种场合，我却有点开心。

丢出的六面骰，朝上的一面写着愉快。

既算不上讨厌，也没有不愉快。

"砍掉手臂只是因为指纹吗？"

他——

沉默着，表示肯定，像是在微笑一样，点了点头。

这个回答给得着实爽快。

非常爽快的解答。

一切……一切事情，若都能像这样，可以彻底理解，彻底接受，能够畅快地解决，就太好了。

"仔细一想，用'死线之蓝'称呼玖渚的只有你，其他的人，就连这个名号都不曾听闻。"

闭嘴看着，玖渚友。

玖渚她……从最开始就知晓一切。

包括石丸小呗其实是哀川润。

包括实情和真相。

也包括这个结果。

然而她依旧沉默不语。

闭嘴，只是旁观。

好吧，这也不算坏事。

这不叫背叛。

在没有信念之处不存在背叛。

在没有信赖之处不存在背叛。

因为就连我……都学会了沉默。

"好了——"

那么诸位看官。

还请暂时不要离席。

如此有趣之事……我不会停手的。

让我们掀开，终局的帷幕吧。

"你其实讨厌玖渚友吧？"

没有任何征兆，全无开场引白，十分自然又极其必然，毫不迷惘也全无隔阂，不带刹那踟蹰，不带丝毫顾虑，但同时语气中既没有高压,也不含傲慢,既像仰视又似蔑视,干脆利落又若无其事,仿佛理所当然一样,兔吊木开门见山地抛出这句话。

我如是回答。

"鬼知道。"

"Mad Demon & Dead Blue" is Very Very Dead End.

后　记
POSTSCRIPT

　　呃……虽然印象很模糊，提起这个有点不合时宜，陀思妥耶夫斯基在小说里写过这样一段：我承认2×2=4很棒，可是说起这个，2×2=5有时不也挺惹人怜爱的吗？也许有人要说了："欸……可是就算你这么讲，2×2不就等于4吗……"这终归只是外行人的浅见。"2×2=5"这句话确实有着妖艳的奇妙魅力，它魅惑着所有见到它的人。说正确的话很简单，说漂亮话很爽，高谈阔论理想很美丽，高谈阔论未来很快乐，但世上不仅只有这些事吧？人生就像乘法一样总不顺利，正确的弄成错误，漂亮的被人玷污，理想瞬间要被驳倒，未来终被过去碾碎，一切事情都不会太容易，大多数事情都很恶心，既不美丽也不快乐才是世界的内幕，这不是众人皆知的事实吗？但即便是这样的世界，人们也会在其中随意慵懒度日，有时这就会引人遐想——其实人类可以不必总是很美妙嘛。但其实我想表达的不是"不认同这个观点就无法前进"或者"倒下的人若没被发现就站不起来"，但所谓的正确本就是相对而言，正因存在"2×2=5"的错误答案，"2×2=4"才能傲然独立，自证其正确性，不是吗？正因存在着唯一的正解与无数个错答，现实世界才得以维持平衡，如果所有人都满口正论，活着会很累的。偶尔弄错也无伤大雅，带着这样的认识活下去不是更合适吗？当然啦，只追求正确而活的活法自然也很棒，且如若可以实现，大家肯定都会前仆后继去追求的。

自《斩首循环》《糸首浪漫派》《悬梁高校》之后——本书作为系列第四册并没有跟上前辈的步伐。这本书对主角——戏言玩家而言既是开始也是结束，既是结束也是开始，与此同时还能得到永不终结的新鲜体验。自然主角并不正确，也不代表别人有谁正确。话虽如此，更不想被任何人指着鼻子说"你有错"——也许这只是任性，没准只是靠三寸不烂之舌糊弄过关，可你要这么说的话，全人类都是如此，所以说出口就输了。好的，那么以上便是这次的《绝妙逻辑（下）临刑诳语之石丸小呗》。

本书是由讲谈社文库出版部发行的西尾维新文库第五册。自然，可以成书都是多亏各位取之在手的热心读者。竹小姐的插图也日益精致，那么还请大家继续多多支持这样的戏言系列了。

西尾维新

《SAIKOROJIKARU(GE)HIKAREMONO NO KOUTA》
©NISIOISIN 2008
All rights reserved.
Original Japanese edition published by KODANSHA LTD.
Publication rights for Simplified Chinese character editon arranged with KODANSHA
LTD.through KODANSHA BEIJING CULTURE LTD.Beijing,China.
本书由日本讲谈社正式授权，版权所有，未经书面同意，不得以任何方式
做全面或局部翻印、仿制或转载。

图书在版编目（CIP）数据

绝妙逻辑. 下，临刑诳语之石丸小呗 / （日）西尾维新著；戴枫译. -- 北京：中国广播影视出版社，2024.1
ISBN 978-7-5043-9091-2

Ⅰ. ①绝… Ⅱ. ①西… ②戴… Ⅲ. ①长篇小说－日本－现代 Ⅳ. ①I313.45

中国国家版本馆CIP数据核字(2023)第150046号

著作权合同登记号：图字 01-2022-5059

绝妙逻辑（下）：临刑诳语之石丸小呗

[日]西尾维新 著
戴 枫 译

责任编辑	宋蕾佳
封面设计	MF 李宗男
版式设计	曾六六
责任校对	张 哲

出版发行	中国广播影视出版社
电　　话	010-86093580　010-86093583
社　　址	北京市西城区真武庙二条9号
邮　　编	100045
网　　址	www.crtp.com.cn
电子信箱	crtp8@sina.com

经　　销	全国各地新华书店
印　　刷	北京盛通印刷股份有限公司

开　　本	880mm×1230mm　1/32
字　　数	186（千）字
印　　张	9.75
印　　次	2024年1月第1版　2024年1月第1次印刷

书　　号	ISBN 978-7-5043-9091-2
定　　价	48.00元

（版权所有　翻印必究·印装有误　负责调换）